COLLECTION SÉRIE NOIRE
Créée par Marcel Duhamel

Parutions du mois

2370. TOTAL KHÉOPS
(JEAN-CLAUDE IZZO)

2371. LA FACE CACHÉE DE LA LUNE
(G. VAÏNER ET L. SLOVINE)

2372. HISTOIRE DE LA FEMME QUI AVAIT ÉPOUSÉ UN OURS BRUN
(JOHN STRALEY)

2373. PÉRICLÈS LE NOIR
(PEPPE FERRANDINO)

GEORGUI VAÏNER
et LEONID SLOVINE

La face cachée de la lune

TRADUIT DU RUSSE
PAR PIERRE LÉON

nrf

GALLIMARD

Titre original

NA TEMNOI STORONE LOUNY

— Anarbaï !

Khalmatov cogna au portail.

Il était encore tôt, mais la chaleur, brûlante et dense comme du poil de chameau, écrasait le village. Dans la cour, on entendait quelqu'un tirer de l'eau au puits. Le jet battait, vigoureux, contre la paroi du seau.

— Ohé, Anarbaï !

Toura avait quitté Moubek de bonne heure, pour ne pas manquer Madjidov. Et aussi pour, ne fût-ce qu'à l'aller, profiter de la fraîcheur.

— J'arrive…

Les battants, en grinçant, découvrirent Madjidov, homme encore jeune d'allure, et, malgré la chaleur, en complet et chapeau, s'apprêtant visiblement à aller au bureau. L'eau ruisselait de sa Lada tout juste lavée. La voiture ainsi briquée, étincelant de milliers de gouttes d'eau entre les battants du portail, semblait tout droit sortie de chez le concessionnaire.

— Entrez ! Comment allez-vous ? Bonne route ?

Anarbaï s'écarta pour laisser passer Toura, puis se tourna vers Alik, le chauffeur de Khalmatov :

— Je vous en prie, entrez aussi.

La cour s'emplissait de l'odeur des galettes fraîchement préparées; la maîtresse de maison s'affairait déjà. De nouveau, le robinet vomit un jet puissant.

— Par ici, pria Anarbaï.

Khalmatov quitta ses souliers et, en chaussettes, entra dans le salon. Un mur entier était occupé par une longue bibliothèque vitrée, dont les étagères de bois ciré étaient exclusivement dévolues aux théières et bols de porcelaine peinte, au milieu desquels scintillait crânement de bleu et d'or un samovar de Gjel. Les autres murs étaient recouverts de tapis.

La maison d'Anarbaï ressemblait à l'intérieur type intitulé « Maison du travailleur agricole d'avant-garde », que Toura avait vu à la foire commerciale et qu'il soupçonna avoir été conçu par Anarbaï lui-même suivant son goût et la tradition…

— Merci d'avoir trouvé le temps de venir nous voir, dit Anarbaï en s'inclinant.

— Comment allez-vous? La santé va bien?

Khalmatov n'avait rencontré Anarbaï Madjidov qu'une seule fois, et encore pas longtemps, mais le connaissait très bien par ouï-dire.

Aujourd'hui, Madjidov était une victime. Juridiquement. Autrement, il travaillait au comité de la Consommation du district comme adjoint du président, vieux et malade depuis longtemps, et était officiellement considéré comme son dauphin.

Ils étaient assis en tailleur sur le tapis. Sur une pile de « kourpatchi » qui montait jusqu'au plafond, Anarbaï attrapa trois de ces couvertures multicolores pour Toura, Alik et lui-même.

— Merci. Et vos fils?

Toura retourna aux exigences de l'étiquette et de ses questions traditionnelles.

— Tout va bien. Je ne les ménage pas, mes garçons.

Madjidov sourit, découvrant une rangée de dents en or, et poursuivit :

— Ils ramassent le coton. Moi-même, quand j'ai des loisirs, je suis avec eux, dans les champs. Ce n'est pas parce que je suis adjoint au directeur… Nous avons un contrat. On peut bien gagner sa vie, si on n'est pas fainéant.

— Après cet incident, vous ne laissez personne à la maison ?

— Non.

— C'est calme ?

— Oummat est en prison ! Il a avoué.

— Je sais.

— Il m'a même dédommagé. Quatre mille roubles.

Sans qu'aucun bruit ne l'annonçât, madame Madjidov apparut dans la cour, posa la théière, les bols et les galettes devant les convives, s'inclina et, toujours sans aucun bruit, repartit.

— Vous allez acheter une Volga ? demanda, dans un soupir, Alik, le chauffeur. Posséder une Volga était son rêve le plus cher.

— La Jigouli, ça, c'est une voiture !

Anarbaï attendait que le thé infusât. Khalmatov relança la conversation :

— Oummat vous a-t-il dit quelque chose quand il vous a rendu l'argent ?

— Non.

— Racontez-moi comment cela s'est passé.

— J'ai été convoqué par Ravchan Gapourov, le chef de la milice criminelle de la ville de Moubek.

Sans hâte, Anarbaï remplit son bol de thé, le

transvasa ensuite dans la théière, puis le versa dans les bols.

— Oummat se trouvait déjà dans son bureau... dit-il en tendant les bols de thé.

— Vous ne connaissiez pas Oummat ?

— Non. J'ai compris que c'était lui en le voyant dans le bureau. Le juge d'instruction a apporté l'argent dans une enveloppe. Et le procès-verbal.

— Que vous a-t-on expliqué ?

— On m'a dit que l'argent avait été apporté par le frère d'Oummat. En cherchant quelque chose, il est tombé sur l'argent, caché à l'étage supérieur. Gapourov a demandé à Oummat :

Allez-vous dédommager Madjidov ? » Oummat a répondu d'une voix à peine perceptible : « Oui. – Je n'entends pas ! – Oui ! Et maintenant, vous entendez ? – Oui, maintenant, j'entends. Tu peux faire un reçu. » C'est à moi qu'il s'adressait. Alors, j'ai fait le reçu.

— C'est tout ?

— Oui.

Anarbaï eut un regard étonné.

— Et la seringue ? Le pansement ?

La seringue brisée. Trouvée sur les lieux du cambriolage, dans la maison d'Anarbaï. L'expertise avait révélé des traces d'opium sur les parois de la seringue. Anarbaï et Oummat déclarèrent à l'interrogatoire n'avoir rien à voir avec la seringue.

Un morceau de pansement sale, une croûte de sang... Ni Anarbaï ni Oummat n'avaient sur le corps de traces de coups. Aucune plaie. Même des plus anodines. Et, surtout, les groupes sanguins étaient différents.

Anarbaï posa le bol.

— On n'a parlé ni de la seringue ni du pansement.

— Ils ne sont pas tombés du ciel... dit Toura Khalmatov à voix basse. Quelqu'un les a bien apportés ?

Le thé vert était un peu âcre, madame Madjidov n'avait pas lésiné sur les quantités. Anarbaï posa la main sur la poitrine :

— Cette seringue ne m'appartient pas, je le jure. On n'a jamais vu cette saloperie dans ma maison...

De nouveau, la maîtresse de maison apparut, apportant des légumes et du lait caillé, ses mouvements étaient assurés, quoique toujours silencieux.

— Vous restez dîner ? proposa Anarbaï. Ma femme nous ferait un pilaf, c'est vendredi.

— Merci, dit Toura, je ne crois pas...

Trois routes menaient ici, à Ourtchachma.

La première partait de Moubek, le centre régional, et c'est celle-là qu'avait empruntée Khalmatov. La deuxième partait, à l'ouest, de Darvaza, pays montagnard, peu peuplé mais dont le nombre d'habitants ne variait guère. Un cul-de-sac. La troisième, au sud, traversait la chaîne de montagnes, comme l'a traversée le voleur Oummat, alias le Poisson, alias l'Esturgeon.

Par une de ces routes passait le chemin secret de l'opium. Personne n'en connaissait l'origine, mais on savait où il aboutissait. Entre les mains de Toura, il y avait un morceau de ce chemin, sur la route d'Ourtchachma à Achkhabad.

— À la tchaïkhana [1].

Toura monta dans la voiture.

— Tu sais où c'est ?

1. Littéralement maison du thé, où l'on sert, outre la boisson traditionnelle, quelques plats et sucreries (NDT).

— Non. C'est la première fois que je viens à Ourtchachma.

— Dans le centre-ville, pas loin de l'étang. Tu verras.

La route longeait le ruisseau profondément enfoncé dans la terre.

L'homme que Khalmatov voulait rencontrer devait certainement se trouver à la tchaïkhana en compagnie des autres vieux, avant de se rendre à la mosquée. À la retraite, il vivait avec sa fille et ses petites-filles. Il passait le temps comme les vieux passent le temps.

— Par ici ?

Avant de tourner, le chauffeur hésita, la route montait, pierreuse et étroite. Sur le côté, près du large précipice, des enfants étaient en train de jouer.

— Oui. Et ensuite à droite.

Depuis longtemps, les derniers nuages s'étaient dissipés. Le soleil, parvenu presque à son zénith, avait rempli le ciel. Au loin, à l'horizon, on distinguait les touches bleues des montagnes, du côté de Darvaza.

...La nuit d'avant, Silantiev, le chef de la milice criminelle de Tachkent, avait téléphoné à Toura :

— Je ne te réveille pas ?

— Non.

— Je sais bien. C'était pour demander. J'ai appelé à ton bureau, le milicien de garde m'a dit que tu venais de partir...

— Je vous écoute, Vitaliï Ivanovitch.

— J'ai reçu un message chiffré d'Achkhabad. Ils ont arrêté un groupe : trente-huit kilos...

Toura siffla :

— Eh ben !

— Ils ne connaissent pas toute la chaîne mais affirment que les « pommes », tu comprends, « les pommes », transitent par Moubek, par chez vous. Moubek est la base de transbordement entre la route et le chemin de fer. Un jour, Toura, cet abcès finira par crever ! Et une vie ne nous suffira pas pour nettoyer le pus. Qu'est-ce que c'est que cette affaire de seringue ?

— Un cambriolage chez Madjidov, à Ourtchachma.

— Alors ?

— Justement, j'y allais. Quelqu'un à voir.

— Ne tarde pas, insista Silantiev.

Extraits de journaux de juillet :

« Salut à toi, flambeau olympique !

Loucheny, village moldave. C'est par ici, que, ce matin, la flamme olympique pénétra sur le sol soviétique.

Depuis la rive roumaine du Prout, on entend la fanfare. Des ballons multicolores montent dans le ciel. C'est le signal : la flamme olympique s'approche de la frontière. Près du poste garde-frontière, se dresse l'emblème des XXIIes Jeux olympiques. Le relais est salué par l'ourson Micha, qui a conquis tous les cœurs, et Gougoutsé, personnage des contes moldaves. Au-dessus, ces mots sur la banderole :

« Bienvenue ! », « Biné ats vénit ! »

Ô sport ! Tu es joie !

Tu es fête pour ceux qui veulent lutter et pour ceux qui de cette lutte voudraient se délecter.

Tu es allégresse.

Tu réchauffes le sang. Fais battre le cœur. Comme il il est réjouissant de répondre à ton appel.

Tu panses les plaies de l'âme. La tristesse ou le chagrin s'évanouissent à l'instant où il faut lutter sous le regard des autres.

Apporte joie, plaisir, allégresse, jubilation aux hommes, ô sport!

Les mots chaleureux de "l'Ode au sport" *de Coubertin appellent, depuis la profondeur des siècles, les flambeaux des défilés de la Grèce antique!* »

... De l'ombre immense des platanes surgit l'Ounivermag[1]. Les troncs gris, mamelonnés, des platanes paraissaient des pattes de gigantesques éléphants. Sous les arbres, assis en tailleur sur les « tchipays », dures paillasses rectangulaires, les vieux en turban bleu buvaient le thé en attendant la prière de l'après-midi. Plus loin, derrière la tchaïkhana, blanchissait la façade de la poste.

— Ici ? demanda le chauffeur.

— Oui. Doucement, tu envoies de la poussière.

Le chauffeur ralentit avec précaution et freina.

— Je dois d'abord passer à la poste, dit Toura.

— Je viens avec vous, instructeur ?

— Pas forcé.

— Alors je fais un saut à l'Ounivermag. Je cherche des piles, pour le transistor.

À côté de la poste, sur une palissade, pendait un énorme tapis, tissé main. Son propriétaire jeta un coup d'œil à Toura, pensant qu'il voulait en demander le prix. Mais Toura passa à l'intérieur et se dirigea vers la cabine téléphonique.

Pour ne pas étouffer dans la fournaise de la cabine, traversée par une lourde odeur de transpiration et de graisse de mouton, Toura laissa la porte ouverte. La lumière au-

1. Mot à mot, magasin universel. Sorte de supermarché de quartier, à l'exclusion de l'alimentaire (Gastronome), où l'on trouvait, pêle-mêle, des chaussures, des disques ou des brosses à dents, et souvent rien du tout (NDT).

tomatique refusa de s'allumer et Khalmatov fit le numéro à tâtons. Il se trompa à deux reprises, ferma la porte, la lumière s'alluma, Khalmatov étouffa immédiatement, fit le numéro, ouvrit la porte, respira profondément, comme s'il revenait à la surface après un plongeon, disparut de nouveau dans l'obscurité et, au milieu des crépitements et bruissements de la ligne téléphonique, entendit une voix familière :

— Officier de garde, de la direction régionale de l'Intérieur.

— C'est moi, Khalmatov. Je n'ai pas appelé Pak, finalement. Comment ça se passe ?

— C'est calme, répondit l'officier de garde. Le général est parti au comité régional du Parti. Voulez-vous que je vous passe le lieutenant-colonel Nazratkoulov ?

Nazratkoulov était le chef du personnel de la Direction. Depuis le jour où, sur un ton pathétique, il avait lancé à Toura : « Si tu ne me respectes pas, respecte au moins mon fauteuil », Toura évitait soigneusement tout contact avec lui.

— Pas la peine. Dis à Pak que j'ai appelé.

— Bien.

Lorsque Toura se projeta de nouveau dans l'étuve de la rue, le propriétaire du tapis eut pour lui un regard expectatif, considérant la visite de Khalmatov à la poste comme une diversion. Mais, une fois de plus, son espoir se voyait déçu : saluant respectueusement les plus âgés d'un signe de tête, Toura s'engouffra sous les platanes.

— Ô, Toura Khalmatovitch !

Autour d'une petite table s'étaient groupés quelques chauffeurs de la base interrégionale de Moubek qui convoyaient les chargements à Ourtchachma.

— Venez par ici ! On mange du pilaf !

— Merci, les amis, il faut que je salue les vieux.

Il avait déjà remarqué Toulkoun Asimov, quoique sans turban bleu. L'ancien milicien parlait à toute vitesse avec les autres vieux. Toura se dirigea vers eux.

— Salam aleïkum.

— Aleïkum salam.

On lui versa du thé. Après avoir accompli le geste rituel acquis dès l'enfance – comme si la main nettoyait le visage avec le monde qui l'entoure –, Toura accepta le bol. Les vieux surveillaient ses gestes.

— Comment va la santé ? La famille ? L'humeur ?

— Chez vous, tout le monde va bien ?

Toulkoun avait visiblement vieilli depuis leur dernière rencontre. Il avait pris sa retraite assez tard, après quarante ans de service. Personne n'imaginait la Direction sans l'adjudant-chef Asimov à sa porte. Il était de garde tous les quatre jours et pouvait, tout en travaillant à Moubek, rentrer chez lui à Ourtchachma. Ou plutôt un peu plus loin, dans un village proche, sur la route de Darvaza.

— Comment va ta fille ? Et les petits-enfants ?

— Grâce au ciel, tout va bien. Et comment se porte Nadejda Andreevna ? – Toulkoun témoignait à l'égard de la femme russe de Toura un respect souligné, pour qu'il ne crût pas qu'il n'approuvait pas leur mariage – Et ton fils ?

— Merci, tout va bien.

Et voilà, on parle, on boit du thé, les vieux vous regardent avec ostentation, écoutent, interrogent. Comment, dans ces conditions, poser les questions importantes à Toulkoun ?

Maintenant qu'Oummat avait avoué le cambriolage chez Madjidov, on pouvait considérer que la drogue était arrivée dans l'appartement d'Anarbaï depuis le Sud, à travers les montagnes, avec Oummat. Le chemin secret de l'opium commençait certainement par là-bas. Seulement, il fallait être certain que l'épisode de la seringue fût unique sur cette terre lointaine et calme. Les vieux, dans la tchaïkhana, aiment commenter et sont au courant de tout ce qui se passe. Et, par conséquent, Toulkoun également. Avant tout le monde. Bien que vieux, il avait été milicien pendant quarante ans. Ça laisse des traces.

Toulkoun Asimov observait Toura d'un air entendu, en silence.

Le monde était désagrégé par le soleil, mais ses rayons ne parvenaient pas sous les platanes géants. L'ombre, l'illusion de la fraîcheur invitaient aux conversations calmes et prolongées. Il fallait détourner l'attention.

— Il paraît que les retraites des kolkhoziens seront augmentées à partir de l'année prochaine. C'est dans le journal, annonça Toura. Et que les anciens combattants obtiendront de nouveaux avantages…

Toura suscita un brusque intérêt. Il sortit le journal de sa poche, se leva et s'approcha de Firoutdine, ancien comptable et savant reconnu.

— Lis à voix haute, Firoutdine, ça regarde tout le monde.

Toura lui tendit le journal et pendant que le vieux arrangeait les lunettes sur son nez à l'aide d'un élastique, vint, comme par hasard, s'asseoir à côté de Toulkoun.

L'intérêt des vieux passa de Toura à Firoutdine et, tandis qu'il lisait le décret d'une voix sonore et expressive, Khalmatov chuchota rapidement à Toulkoun :

— Comment ça va, Toulkoun ?

— Le silence, hocha la tête Asimov. La jeunesse, parfois, se dispute, mais les vieux sont encore respectés. Et donnent de la voix.

— Ça infuse ?

Toura faisait allusion au thé infusé avec du pavot, le kouknar.

— Rarement. Si quelqu'un en a gardé. Une vraie rareté.

Toura regardait avec attention Firoutdine lisant à voix haute, son visage n'exprimait rien d'autre que la joie pour les kolkhoziens retraités.

— Ça roule beaucoup en ce moment, à travers la montagne ? articula-t-il à peine.

— Depuis le Sud ? Ça arrive.

Toura acquiesça : donc, Oummat n'était pas le seul à avoir été attiré par ici…

— J'ai un indice, dit Asimov avec indolence. L'autre jour, je vais dans la steppe. Qu'est-ce que je vois ? Des traces de pneus. Une voiture est passée, et plusieurs fois.

— Vers le Sud ?

— Vers Darvaza. Une Volga, je pense.

— Ça, c'est une nouvelle.

Firoutdine terminait la lecture du décret et l'attention, de nouveau, se reportait sur Khalmatov. Les vieux ne les laisseraient pas continuer leur conversation.

Toura eut le temps de demander à Asimov :

— Des gens de chez nous, de Moubek, vous en voyez parfois ?

— Non, pas vraiment.

Il passa son bol pour qu'on le lui remplisse.

— Elle est passée quand, cette voiture ?

— Pas longtemps de ça. Ce mois-ci…

Les vieux ne parvinrent pas à accaparer Toura : salué ici et là, venait vers lui un grand Ouzbek aux yeux bleus, le chef de la milice criminelle du district d'Ourtchachma.

— On me dit, Toura est arrivé ! Et moi, je ne le crois

pas. La première chose qu'il ferait, je dis, c'est de venir voir son ami... Toura Khalmatovitch, pourquoi tu m'offenses ?

Toura se leva. Il ne tenait pas à ce qu'un collègue le vît en compagnie d'Asimov. Pas la peine de déranger le vieux. D'autant qu'il savait l'essentiel : quelqu'un se rend à Darvaza, en évitant les postes de la Gaï [1]. Y avait-il au Pont-d'Or un poste fonctionnant vingt-quatre heures sur vingt-quatre ? D'après les instructions, oui...

Les deux policiers se saluèrent cérémonieusement, échangèrent les questions traditionnelles sur leur santé, celle des familles et des proches, sur leur existence.

— Oummat est toujours chez vous ? demanda Toura, lorsqu'il fut plus décent de parler affaires.

Le juge, après avoir amené le prévenu pour la reconstitution, l'avait laissé à Ourtchachma en attendant l'arrivée de l'escorte.

— Il est là. Tu en as besoin ?

— Je voudrais lui dire quelques mots.

Extrait de journaux, juillet :

« Les premiers touristes sont arrivés
L'avion transportant à son bord un groupe de touristes espagnols, un des premiers arrivés pour les Jeux olympiques, s'est posé à l'aéroport de la capitale, Cheremetievo-2.
De nombreux étrangers sont déjà arrivés en URSS pour assister aux Jeux, a-t-on déclaré au correspondant de Tass à Intourist. Parmi eux, les touristes de Cuba, de Pologne, des États-Unis, de RFA et d'autres pays... »

1. La police des routes (NDT).

On eût dit que le soleil avait brûlé le bitume de l'asphalte et que toute cette noirceur épaisse s'était transformée en blancheur, comme dans un désert de sel. Les roues grésillaient au contact de la route et le Grand Coréen, inquiet, dressait l'oreille et se demandait si le pneu arrière gauche ne cédait pas. Même acérée, la protection, dans cette horrible fournaise, pouvait sauter à tout moment.

La radio énonçait : « Les prochains Jeux seront une véritable fabrique des records mondiaux et nationaux… »

Pak poussa un soupir de soulagement : il apercevait, au loin, les peupliers du café Tchiroïli – une tache verte dans un brouillard de rouille. « Tôt ou tard, même la plus pénible des routes s'arrête », se fit cette édifiante déclaration le Grand Coréen.

Il freina et se casa le long du bas-côté, sous l'arbre. Quelques voitures stationnaient déjà. Il y avait à peine assez d'ombre pour disperser quelque peu la canicule. Le Coréen sortit de la voiture et par habitude en fit le tour. La protection arrière gauche était à toute épreuve. La Moskvitch ne gênait personne. À côté, sous l'arbre, sur un petit carré d'ombre, s'était réfugiée une Jigouli. Le Grand Coréen l'avait déjà vue, elle l'avait dépassé dans un sifflement au niveau du Septième Canal. D'après la plaque, la Jigouli venait au moins de Navoya et son propriétaire avait raison de se presser, la route était longue.

Le Coréen ferma la voiture et quitta la route. Tout de suite en bas de la chaussée, un étang boueux s'étendait jusqu'au café. Même à vue de nez, l'eau brune et épaisse semblait chaude. Étonnant que les combattants de l'Obchépite [1] ne la servent pas en lieu et place de cacao !

1. Obchépite, mot à mot alimentation collective, organisme contrôlant l'ensemble des établissements de restauration (NDT).

Le Coréen n'entra pas tout de suite à l'intérieur du café mais, sans se presser, contempla autour de lui ce désert endormi, avant de longer la petite palissade entourant les cuisines et les annexes. Il fit le tour de l'établissement mais ne remarqua rien de louche. Non, ça ne ressemblait pas à un piège, le Grand Coréen s'y connaissait. Les nerfs…

Sous sa veste, il caressa le pistolet, chaud et humide de la sueur qui avait trempé sa chemise. Il sourit et ouvrit le portail. Par la passerelle, il entra dans la cour du café. Une marquise protégeait les tables du soleil, de la chaleur étouffante et humide. Quelques clients, en silence, pinochaient mollement dans leurs assiettes, conversaient paresseusement et remarquèrent à peine le nouvel arrivant. Le Coréen se dirigea vers le coin le plus éloigné du café et choisit une table près de l'eau.

— Vous déjeunez ?

De toute évidence, il n'avait pas plu à la serveuse en blouse douteuse, mais elle avait décidé, allez savoir pourquoi, qu'il ne fallait pas le faire attendre.

— Bien sûr, acquiesça le Grand Coréen. Que me proposez-vous ?

— Soupe au riz, soupe aux vermicelles.

— Soupe au riz. Du pain. Trois bouteilles d'eau minérale. Ouvrez-les tout de suite.

— Cent grammes de vodka[1], peut-être ?

Il fit un bruit avec sa langue et refusa d'un signe de tête.

— Ça vous regarde.

Elle retourna vers le comptoir, transmit la commande au cuisinier et l'avertit :

1. Les quantités d'alcool servies dans les cafés et les restaurants soviétiques sont calculées en grammes et non en centilitres (NDT).

— Fais attention. Tu vois, dans le coin, le Coréen géant. Je crois que je l'ai déjà vu à Moubek, à la milice.

Puis elle revint avec une galette et les bouteilles d'eau.

Le Coréen remplit son verre d'eau minérale, y jeta une poignée de sel, but à petites gorgées, plissa ses yeux déjà bridés, et de l'extérieur il eût été impossible de savoir si c'était de contentement qu'il plissait ainsi les yeux ou pour observer tranquillement les clients du café.

Il sortit un stylo métallique faisant également office d'horloge électronique. Les chiffres impatients, composés de traits fins comme des cheveux, battaient nerveusement sur le cadran : 14. 09. Arrivé à temps ! Il pressa un bouton, les chiffres clignotèrent et disparurent dans le tourbillon des cristaux liquides. Et d'autres apparurent tout de suite : 07. 01. Dit plus simplement : 1er juillet. Ce n'était pas que cette horloge fût plus pratique qu'une montre de poignet mais elle plaisait au Coréen. Il lui semblait qu'un sens secret se dissimulait dans le battement frémissant et ininterrompu des chiffres, qu'il était pour lui une allusion permanente, un avertissement.

Une odeur de fumée lui parvint du fond du café : dans la cour intérieure, le préposé aux brochettes régnait en sorcier sur le barbecue. La fumée s'échappait vers l'étang. La surface trouble de l'eau se couvrait de bulles : l'étang abondait de carpes et de cochons d'eau omnivores, qui, en troupeau, se jetaient sur les morceaux de galette lancés par les clients.

Le Coréen était maintenant à son aise, il se cala plus confortablement dans sa chaise et balaya les tables du regard. Deux vieux en calotte orientale. Dans l'angle opposé, un couple de retraités, visiblement amateurs de tourisme automobile. Quelques écoliers et leur monitrice.

Deux tables plus loin, un Iranien. Beaucoup d'Iraniens dans ces pays.

Depuis la chaussée, parvint le ronronnement d'une voiture qui s'approchait et au bruit le Coréen reconnut une Volga. La voiture quitta la route, entra dans la cour du café et stoppa devant la porte de l'arrière-cuisine. Le moteur, bien qu'éteint, surchauffé par la route caniculaire, pétarada pendant un long moment encore, tremblant et râlant comme un cheval éreinté.

Le Coréen se courba au-dessus de la table et mit sa main droite sous la veste. Il avait le visage inexpressif de Bouddha attendant patiemment son déjeuner. La voix enrouée du nouvel arrivant se fit entendre à la cuisine :

— Ohé, Hodja ! Hodja !

La voix du cuisinier invisible répondit paresseusement :

— Qu'est-ce que tu as à gueuler comme un âne ? J'entends, j'entends… Je viens…

Dans l'espace entre les platanes, la marquise et la porte des cuisines, le Coréen voyait le coffre poussiéreux de la Volga grise. Sans se hâter, le cuisinier pénétra dans son champ de vision, suivi d'un solide moustachu. Les deux hommes se frappèrent les paumes, se tapotèrent le dos.

— Tu les as ?

— Je les ai.

Le Coréen ferma les yeux, convaincu que l'ouïe lui serait plus utile que la vue.

— Combien ?

— Six.

— Pourquoi si peu ? se plaignit le cuisinier, déçu.

— Il n'y en avait pas plus. Elles sont vivantes…

— Tu as perdu la tête ? Pourquoi vivantes ? Je ne supporte pas le sang, moi…

La serrure cliqueta, le coffre vomit une explosion de

caquetage effrayé, le moustachu traînait une poule blanche par le cou. Elle battait des ailes, hébétée et condamnée.

Le Coréen esquissa un sourire, se détendit. Le moustachu extirpa un grand couteau à cran d'arrêt et, d'un geste bref, trancha le cou de la poule. La poule ne tomba pas par terre : comme si toute sa courte existence de gallinacé elle avait attendu ce moment pour s'envoler au dernier instant de sa vie déjà passée. Sans tête, un jet de sang s'échappant de son cou tranché, la poule morte volait. Elle agitait ses ailes blanches et courtaudes au-dessus de la petite cour malpropre. Elle n'eut pas le temps de descendre que le moustachu saisit dans le coffre une autre poule, lui trancha la gorge, la jeta de côté; elle vola vers la première, se cogna contre elle, tomba, tandis qu'une troisième poule les rattrapait déjà, les plumes volaient et se mélangeaient aux caillots de sang...

Les poules volaient, couraient, se cognaient les unes aux autres, tombaient, se relevaient pour la dernière fois, sans savoir qu'elles étaient déjà mortes.

La serveuse cria à l'intention du moustachu :

— Épargne les gosses, au moins. Est-ce qu'ils ont besoin de voir ça?

Le Coréen secoua la tête, chassant l'hallucination : la vision était dégoûtante et en même temps elle l'hypnotisait. Il faudra relever la plaque de la Volga, songea le Coréen : les poules étaient volées, il n'avait aucun doute là-dessus.

— Eh bien, qu'ils s'y fassent!

Le moustachu se mit à rire, avant de continuer :

— Des poules mouillées, voilà tes gosses.

— Excusez-moi, puis-je m'asseoir?

Le Coréen se retourna et découvrit un jeune homme en blouson bleu qui se tenait près de sa table. Un blouson à la mode, avec les épaulettes baissées. Un pantalon banane. Un sac avec une longue courroie, porté à l'épaule. Bravo ! Celui-là était entré dans la salle et le Coréen l'avait manqué. Pendant qu'il l'observait attentivement, le jeune homme se pencha vers Pak et demanda :

— Votre nom, c'est Pak ?

— Oui, je suis bien André Pak, acquiesça le Grand Coréen. Assieds-toi…

Le Coréen regarda machinalement l'écran de son horloge : 14. 21. Le jeune homme s'assit tranquillement et avec précaution posa son sac par terre. Ses mouvements étaient lents mais précis : la souple plastique du fainéant.

La femme qui accompagnait l'Iranien, potelée, noiraude, lascive, aux yeux vifs, regardait le jeune homme avec intérêt.

— Quelle chaleur ! dit le jeune homme en louchant vers la noiraude.

— Au moins quarante.

Pak désigna une des bouteilles ouvertes :

— Servez-vous.

— Ce n'est pas de refus. Je n'arrête pas, depuis que j'ai pris la route.

— Tu as tort, entre nous. Alors, qu'est-ce que tu me voulais ?

— De quoi allons-nous parler, chef ? demanda Oummat d'un ton gai et désinvolte en entrant dans le cabinet.

— De la seringue et du pansement, annonça Toura, calme et indifférent.

— Le juge est au courant ?

— Je n'ai pas besoin de l'autorisation du juge. Je te parle en tant que chef de la milice criminelle de la région.

— Je suis sous la responsabilité directe du juge d'instruction. Oummat avait été jugé deux fois et connaissait bien la procédure. – C'est à lui que je ferai ma déposition. Avec procès-verbal, ajouta-t-il après un temps de réflexion.

Tout en observant ses petits yeux vifs et brillants, Toura songea qu'ils connaissaient le prix de chaque chose et qu'on ne pouvait ni les étonner ni les convaincre. En tout cas, lui, Khalmatov, n'y était pas parvenu. Pourtant, il savait parler avec les gens. C'était d'autant plus étonnant que le chef de la milice du district, Ravchan Gapourov, était parvenu à convaincre Oummat non seulement d'avouer le cambriolage mais aussi de dédommager Madjidov.

— J'aimerais savoir où tu as acheté la seringue? demanda Toura.

— Je ne me souviens pas. Vous auriez une cigarette?

Toura sortit un paquet de Coupoles bleues.

— Je peux les garder?

— Oui. Je ne fume pas.

— Merci pour les Coupoles. C'est pour les conversations intimes?

Oummat prit une cigarette et l'alluma avidement, après avoir cassé plusieurs allumettes.

— Mais oui, acquiesça, sérieux, Toura. Avec les malins de ton espèce, il faut entrer en confiance. Alors, où l'as-tu prise?

Les mouches bourdonnaient sourdement et se cognaient aux vitres, d'énormes mouches, lentes et effrontées comme des corneilles. Le visage terreux d'Oummat se couvrit de gouttes de sueur âcre.

— Chef, j'ai l'impression que cette seringue puante vous intéresse plus que le vol découvert et dédommagé. J'ai bien compris ?

— Oui. Cette seringue m'intéresse.

— Je vous l'ai déjà dit : elle ne m'appartient pas, cette seringue, se mit à crier Oummat, tirant convulsivement sur sa cigarette. Je ne la connais ni d'Ève ni d'Adam et ne veux pas la connaître. Je vous l'ai dit, non ?

— Si. Tu disais la même chose à propos du cambriolage chez Madjidov, voilà le hic.

— Le cambriolage, c'est autre chose. Je suis un voleur. Mon métier, c'est de prendre. Vous n'avez pas de hobby, vous ?

— Si.

— Lequel ?

— Piéger les gens qui ont des seringues.

— Elle n'est pas à moi, cette seringue, je le jure. Drôles de gens ! Tu leur dis la vérité et ils ne te croient pas. Tu mens, ils te croient. Ce n'est pas ma seringue !

— Ne t'excite pas, sourit Toura. Attention, tu vas fumer tes doigts, et après c'est tes ongles qui y passeront.

Oummat hocha la tête et, dans une furieuse sibilance qui lui monta de la glotte, chuchota :

— Comme je vous déteste tous, bande d'ordures ! Toute votre race de salauds ! Je vous déteste, répéta-t-il. Tu me dégoûtes !

Toura soupira :

— Moi, en revanche, je t'aime beaucoup. Tu m'es très agréable, Oummat. Alors, à qui est cette seringue, à Madjidov ?

— Je ne sais pas ! Je ne veux pas le savoir ! Pas la mienne ! Tu te fatigues pour rien, on ne s'entendra pas, tous les deux…

— Comment ça, on ne s'entendra pas ? s'étonna Toura. Bien sûr qu'on s'entendra. Si on ne s'entendait pas, tu pataugerais dans la merde…

Un bruit parvint de la pièce de l'officier de garde. Quelqu'un courait dans le couloir, des voix sonores, effrayées retentissaient. Oummat leva la tête, dressa l'oreille :

— Qu'est-ce que c'est ?

— Khalmatov est ici ? Où est Khalmatov ? Vite… criait-on derrière la porte. Celle-ci s'ouvrit brusquement devant le chef du district :

— On vous demande au téléphone. C'est urgent. Vous ne pouvez pas parler d'ici, allez dans mon bureau. Je vais rester avec lui… Quelle affaire…

Déjà, Khalmatov montait les marches en courant.

Extraits de journaux :

« Le départ sera suivi par toute la planète

Lors de l'inauguration du centre de presse électronique, se sont exprimés le premier vice-président du Comité d'organisation de l'Olympiade-80, V. I. Popov, et le premier adjoint du directeur de la Radio-télé soviétique, G. Z. Youchkiavitchous.

La caméra de télévision est le maillon essentiel de l'émission. La retransmission de l'Olympiade s'effectuera à partir de 280 de ces appareils, c'est-à-dire environ deux fois plus qu'à Montréal. L'image, depuis les caméras principales parviendra sur la régie du réalisateur, à la station de télévision mobile (STM) – il y en aura 73.

Les sujets transmis de Moscou seront suivis par près de 2 milliards de personnes… »

— J'arrive de loin, commença le jeune homme.

— Je m'en doute, dit le Grand Coréen.

— Vous n'avez pas le temps... articula à peine le jeune homme.

— Ah oui ? Et toi, tu as le temps ?

Le garçon haussa légèrement les épaules :

— Certainement pas. C'est pour ça que j'ai téléphoné et que je suis venu jusqu'ici.

— Pourquoi ici ?

— Personne ne me connaît. Pas plus que vous, j'espère. Vous tiendrez votre parole ? demanda le garçon et le Coréen vit des larmes apparaître dans ses yeux.

— Je ne sais pas, je ne peux rien promettre. Tout dépendra de ce que tu me raconteras.

Le visage de Pak était immobile comme le désert.

Venant de la courette intérieure, un nouveau visiteur apparut sous la marquise. D'une main, il portait des brochettes, de l'autre, une assiette de galettes, recouverte d'un torchon. La botte de brochettes ressemblait à un bouquet de glaïeuls brun-or.

« J'aurais dû commander une brochette, pensa le Coréen. Si j'avais su que le gars se serait débrouillé aussi vite pour chauffer son barbecue... Bon, il faudrait au moins en demander une pour le jeune homme... »

Dans l'angle le plus éloigné, le couple de retraités avaient branché le transistor. La voix de l'animateur moscovite parvenait à travers la friture : « 99 objectifs olympiques ont été créés ou reconstruits. » Puis, l'animateur passa à d'autres nouvelles : « Les écoutes téléphoniques en Angleterre ont atteint de telles proportions que n'importe quelle conversation privée est devenue *de facto* une "interview accordée aux services secrets" ... »

L'homme aux brochettes fit le tour de la table où se pâmait l'Iranien en compagnie de son amie potelée aux yeux vifs, posa l'assiette sur la desserte, laissa choir les brochettes en tas, se retourna à la recherche d'une chaise et se retrouva face au Coréen : à peine trois mètres les séparaient.

Le stylo-horloge et son décompte sautillant du temps qui passe, l'eau minérale dégoulinant sur le menton du jeune homme. L'Iranien assoupi, la lourde broche en or, en forme de fer à cheval, luisant dans le décolleté béant de son amie. Quelque part derrière, le cuisinier, ramassant les poules égorgées. Le visage de l'homme aux brochettes en face, à moitié oublié et pourtant si familier, un visage mat, en lame de couteau : tout cela clignotait devant les yeux de Pak, se confondait dans le hurlement perçant et interminable du danger imminent, le cri du malheur blotti tout contre lui.

Il fouilla sous sa veste, comme d'habitude, le manche du pistolet se lova dans sa main. Mais le Grand Coréen restait assis.

L'autre était debout. Il avait déjà retiré le torchon et Pak vit, dans l'assiette, un Makarov posé sur la galette rose crème.

Le temps jouait contre Pak, les secondes filaient plus vite que sur le stylo-horloge. C'est qu'il ne pouvait tirer assis : le jeune homme au blouson – que le tueur avait certainement suivi jusqu'ici – était dans sa ligne de mire, comme, un peu plus loin, l'insouciant Iranien et son amie, figée par la terreur.

Les assassins ont un visage d'aliéné, eut le temps de songer le Coréen avant de basculer en arrière, soulevant la table avec les genoux. Bouclier dérisoire que ce carré de plastique fragile : une tentative désespérée de gagner ne serait-ce que deux secondes. Espoir d'un miracle. Confiance dans le destin. Rêve de secours. Prière pour la vie. Pour le miracle évanoui de la vie. Mon Dieu, comme les poules… Un vol désespéré, la tête tranchée… Les miracles n'existent pas.

La balle atteignit la poitrine du Coréen avant qu'il n'accomplît sa culbute éperdue, le souleva dans l'air et l'écrasa lourdement contre le plancher de bois.

Il n'entendit pas la détonation, pas plus que son propre cri désespéré qui s'extirpait de sa gorge :

— A-i-i ! A-i-i ! …

Et son hurlement ne s'était pas évanoui que le silence sourd et étouffant du café était de nouveau transpercé par deux détonations : l'assassin tirait dans le dos du jeune homme, qui, de terreur, avait serré la tête entre ses mains. Il tomba visage contre les pieds de Pak étendu, eut un bref râle et mourut. Sur le jean bleu-gris délavé, apparurent immédiatement deux taches rouge sombre.

Sous la marquise, le silence était tombé. À peine entendait-on l'eau glouglouter dans l'étang, où se jetait le ruisseau sombre, qui prenait sa source sous la table renversée, et, là-bas, les carpes se bousculaient déjà, s'affairaient et ouvraient leurs mâchoires. Le cuisinier, le visage blême, se figea aux côtés de la serveuse, qui, stupide, refermait convulsivement sa blouse crasseuse, comme si elle avait eu subitement froid. Personne ne songeait à bouger.

L'assassin mordit la galette, avala un morceau, jeta la galette dans l'étang et se dirigea vers la sortie.

Comme il empruntait la passerelle, un bruit se fit entendre dans l'eau, un poisson qui sautait ou un objet tombé dans l'étang. Personne, sous la marquise, ne se retourna.

Une minute plus tard, la voiture quittait le café Tchiroïli.

Extraits de journaux :

« Le départ de L. I. Brejnev de Moscou
Le Secrétaire général du CC du PCUS, le Président du Présidium du Soviet suprême, L. I. Brejnev, a quitté Moscou pour se rendre en villégiature. »

Par le conduit d'aération, l'air pénétrait dans la voiture en un souffle puissant, chaud et dense. La voiture filait à une vitesse folle par habitude, sans aucune nécessité, on ne pouvait plus rien changer maintenant. Il y avait déjà assez de spécialistes au café Tchiroïli.

Restait l'espoir que le Grand Coréen reviendrait à lui et expliquerait, ne fût-ce que dans un murmure, pourquoi, pour qui, comment il avait filé si loin, en plein jour, sans avoir rien dit à Toura, sans prévenir personne…

Les champs de coton s'étendaient des deux côtés de la route, traversés de vagues blanches, comme la mer, le soir, est creusée par le vent.

— Allez, allez, ordonna Toura et grinça des dents.

Les silhouettes armées de peignes surgissaient des vagues pour replonger aussitôt, comme des nageurs fatigués pris dans le ressac. Ne s'offraient plus au regard que la galette incandescente de la terre, plate jusqu'au bout de l'horizon, et les fils électriques, dessinant à l'infini des traits géométriques dans le ciel, avec des angles incroyablement aigus.

Chork, chork, chou-ou, sifflaient les roues. Ou-ou-ou-gou, chantait la basse profonde du moteur et, dans son hurlement, il y avait une force énorme et comme une obtuse résistance.

— Encore heureux qu'on n'ait pas rendu le moteur, camarade lieutenant-colonel, dit soudainement Alik, avec un triomphe mal dissimulé. Avec l'ancien, on n'aurait jamais tenu une telle vitesse.

Toura se tourna vers lui :

— Comme ça, pas rendu ?

— Le chef du garage a dit : « Roule, pour le moment… »

Toura se tut un moment, renifla bruyamment, ce qu'il lui arrivait lorsqu'il contenait une explosion de colère, puis articula très lentement :

— Tu lui as fait comprendre, je suis sûr, que c'était moi qui demandais ce moteur ?

— Dieu m'en préserve ! Alik se mit à gigoter. – C'est Farfad, le chauffeur, qui m'a dit qu'il y avait au dépôt un générateur avec un nouveau moteur qui ne servait pas…

— Ça, je le sais, coupa Toura.

— C'est ça. Alors j'ai dit au chef du garage que tant que le matériel traînait et ne servait à rien, il serait bon, dans l'intérêt de l'État, de récupérer le moteur avant qu'il ne soit volé. Nous, tant qu'on ne nous donne pas les moyens, sans un bon moteur, on est comme un aveugle privé de sa canne…

— Mais je le connais déjà, ton galimatias ! cria Toura, puis il le singea : « Tant que le matériel traînait, avant qu'on ne l'ait volé, pour le moment, roule… » Est-ce que je ne t'ai pas dit de le rendre ?

— Je n'ai pas eu le temps, camarade lieutenant-colonel. Alik, le chauffeur, ne comprenait pas quelles sérieuses conséquences pouvait entraîner sa débrouillardise. – Et encore, si ç'avait été pour moi. C'est une voiture de fonction ! Vous savez où on serait, maintenant, avec le vieux moteur ? … C'est à vous que je pensais, Toura Khalmatovitch ! Le chef de la milice criminelle de la région ne doit pas rouler avec un tas pareil !

— Tu rends le moteur. Demain.

— Affirmatif !

Alik marmonna quelque chose et alluma la radio. C'était Chourali Djouraïev qui chantait et Toura le distinguait des autres chanteurs populaires. Mais il lui sembla maintenant que sa voix s'agitait dans la masse chaude, collante et à la fois sèche de l'air.

Ils évitèrent Moubek, économisant une vingtaine de kilomètres.

La route fumait devant eux, rien que regarder l'asphalte donnait chaud. Quelques heures auparavant, le Coréen avait traversé ce mirage à toute vitesse.

« Pourquoi Pak n'était-il pas dans mon cabinet, comme convenu, et a-t-il foncé au café Tchiroïli ? À plus de soixante kilomètres de Moubek, presque à la frontière avec la république voisine ? Le milicien de garde n'a rien pu dire à ce propos. Est-ce qu'il était parti pour des raisons privées ou professionnelles ? Le Coréen ne pouvait pas s'absenter comme ça, tout simplement. Il aurait forcément prévenu. Pourquoi la fusillade a-t-elle eu lieu ? »

Parfois, l'esprit de Toura, sans raison apparente, se branchait sur sa conversation avec Toulkoun Asimov.

Bien sûr, il pouvait s'agir de « longs cours », comme on surnommait les chauffeurs, champions du volant, certes, mais aussi de grosses sommes d'argent, emportant sur de longues distances les fruits précoces. Avec la complicité des patrons des entreprises de fret et des inspecteurs corrompus de la Gaï, feuilles de route vierges et gros paquet de roubles en poche, ils faisaient de drôles d'affaires. Les rois de l'oblique…

Mais pourquoi iraient-ils à Darvaza ? Le chemin des « longs cours » passe en sens inverse, devant le Pont-d'Or…

À propos de ce Pont-d'Or, qui enjambe le canal d'irrigation, à vingt kilomètres de Darvaza, où se trouve le poste de la Gaï, la milice des routes, on racontait des légendes. On disait que les « longs cours » ne le franchissaient que rarement en solitaire, préférant se grouper par cinq ou six. La nuit venue, ils donnaient cinq-six cents roubles à un inspecteur de la Gaï, et celui-là faisait franchir le pont à la « caravane ». Seulement, on ignorait qui donnait et qui recevait.

Toura n'eut jamais l'occasion de vérifier si les choses se passaient de cette façon. Et les pots-de-vin ne relevaient d'ailleurs pas de la milice criminelle. Comme on dit, ce ne sont pas nos oignons.

Les « longs cours » n'utilisent pas les voitures de tourisme. Pas rentable. Non, ce n'étaient pas les fruits du marché noir qui avaient été transportés près d'Ourtchachma. Il semblait que l'homme qui, à bord de sa Volga, avait traversé la steppe à l'écart de la route Ourtchachma-Darvaza, eût un rapport avec ce qui préoccupait Khalmatov.

— De l'eau, dit Alik, encore fâché, mais ne pas attirer l'attention de Khalmatov sur le mirage était au-dessus de ses forces : – L'eau – mensonge…

Devant eux, en plein cagnard, apparurent deux flaques claires, un peu verdâtres. Plus loin, miroitait une vaste lagune. L'eau ruisselait sur l'asphalte. Les voitures flottaient et leurs ombres allongées se reflétaient dans l'eau. Les roues renvoyaient des lueurs aveuglantes, et ce n'était pas des gouttes.

Ils roulaient vite. Bientôt, ils croiseraient le Septième Canal et le Tchiroïli ne serait plus qu'à un jet de pierre. Le courant vert de l'inondation trompeuse semblait infini et, à mesure qu'ils avançaient, l'eau devant eux reculait et ils ne pouvaient l'atteindre.

« Que pouvait avoir attiré Pak au Tchiroïli ? Je suis certain que ce café n'a jamais été enregistré chez nous... »

Khalmatov raisonnait en commissaire de la milice criminelle. Il ne savait pas raisonner autrement.

« Planque, arrestation, rencontre de contrôle, bref rendez-vous, le temps de chuchoter un renseignement ou de faire peur. Pas grand-chose d'autre à faire au Tchiroïli. Mais dans ce cas, je l'aurais su. » Pak était son adjoint, un collègue, il était comme lui, Toura, comme tous ceux qui avaient signé pour cette vie étrange, y étaient préparés et éduqués pour la vivre.

Et, pour la première fois, Toura songea au Grand Coréen, un géant désespérément courageux, infiniment rusé, et dont le corps, avec ses artères, ses muscles, ses nerfs, avait été, il y quelques heures, transpercé d'une décharge de plomb.

— O-ou-o. Le cri lui échappa : O-ou-o !

Et sa plainte fut effrayante, comme celle d'un tigre blessé.

— Vous vous sentez mal, instructeur ? Alik se tourna vers lui. Son cœur était léger : il venait de décider, dût-il user de vérité ou de mensonge, de ne jamais rendre au dépôt le nouveau moteur.

— Allez, allez !

Toura s'éveilla de ses souvenirs de Pak.

— Fonce...

L'information sur la fusillade du Tchiroïli parvint simultanément dans les directions de la milice criminelle des deux districts frontaliers le long de la route. Cette information arriva un peu en retard à la direction de la région voisine, dont la frontière était toute proche. Pour cette raison, il y avait, sur le lieu du crime, plusieurs groupes opérationnels et autant d'ambulances.

De loin, Toura vit le tourbillon bleu mauve des gyrophares : les bas-côtés de la route étaient occupés par les véhicules immatriculés à Moubek. La file dans laquelle circulait la Volga de Khalmatov avançait le long de ces voitures, comme dans un couloir étroit, imbibé des odeurs de métal chaud, de peinture et d'essence. Les conducteurs ralentissaient, pour mieux voir et pour avoir quelque chose à raconter, sans prêter attention aux cris impatients et aux gestes énergiques des inspecteurs de la Gaï.

— Circulez ! Circulez, ne vous attardez pas, cria un des inspecteurs à l'attention de Toura, ayant remarqué que son chauffeur cherchait à se garer. Ah, fit-il, reconnaissant Toura, et il agita la main.

— Par là, indiqua Khalmatov sans s'occuper de l'inspecteur.

Ils ne purent garer la voiture qu'au bout du parking, près de l'étang. En face, sous l'arbre, au bord de l'eau, Khalmatov aperçut la Moskvitch de Pak. Toutes les places du parking étaient occupées, la voiture de patrouille de la Gaï stationnait sur le côté.

« Pak n'aurait pas laissé sa voiture de travers si la place à côté avait été libre, remarqua tout de suite Khalmatov. La voiture de la patrouille occupe la place de celle à côté de laquelle Pak s'était rangé. Et cette voiture est partie… »

Tout en s'efforçant d'étouffer un involontaire sentiment de culpabilité, parce que lui, le chef de la milice criminelle de la région, était arrivé le dernier sur le lieu du crime, Toura se dirigea vers la passerelle, qui baignait dans le soleil brûlant. L'étang opaque était recouvert de bulles, on eût dit qu'il était sur le point de bouillir.

Le silence régnait à l'intérieur du café. L'inspection

était terminée. Toura le comprit tout de suite. Alik avait fauché le moteur pour des prunes. Au milieu de la salle, derrière une petite table, face au passe-plat, le juge d'instruction terminait de rédiger le procès-verbal.

— Toura Khalmatovitch…

Le chef de la direction du district le rejoignit. Ravchan Gapourov était un garçon lourd, sans cou, lent, une coquetterie dans son bel œil noir, ce qui lui donnait un air perpétuellement endormi, couverture impeccable pour ce milicien perçant, autoritaire et intelligent. Il fut un temps où tous deux étaient candidats au poste du chef de la milice criminelle de la région. Ergachev avait alors préféré Toura. Ils ne l'oubliaient ni l'un ni l'autre mais n'entraient jamais en concurrence ouvertement.

Khalmatov l'interrompit :

— Pak est vivant ?

— Oui. Le général a obtenu un hélicoptère, ils sont partis tout de suite, expliqua posément, comme à son habitude, Gapourov. – Mais le gars, celui qui était avec le Coréen, est mort tout de suite. Son identité n'a pas encore été établie. Pak est à Moubek, à l'hôpital. L'envoyé spécial du ministère est là-bas. Si Pak se réveille, il lui parlera…

— Son état ?

— Très critique, soupira Ravchan.

— Blessures ?

— Une seule. Mais grave : à la poitrine. Le mort, lui, a deux blessures.

— On a retrouvé les douilles ? Quelle arme ?

Gapourov respirait lourdement. Arrivé le premier, c'est lui qui avait dû, ainsi que l'exigeait son rang parmi les collègues, prendre les premières initiatives. Sans attendre l'arrivée de Toura, il avait déclenché les systèmes de recherches, le plan du service renforcé des effectifs régionaux, les barrages sur les routes, le contrôle des transports privés et publics. Et c'était son rapport qui s'était retrouvé sur le bureau du ministre, ce qui avait déplu souverainement à Nazratkoulov, l'adjoint au chef de la direction de l'Intérieur de Moubek.

Après l'arrivée de Khalmatov, conformément aux lois non écrites du service, Ravchan, avec une modestie soulignée, libérait la place centrale, se mettait légèrement à l'écart, au second plan.

— L'assassin s'est servi d'un Makarov. On a retrouvé deux douilles. Je les ai envoyées à Tachkent par courrier spécial, pour qu'ils vérifient aux archives. Peut-être a-t-on déjà rencontré ces douilles-là.

— Et la troisième ?

— Pas de trace, pour l'instant. Peut-être vers l'étang.

— Si on ne met pas la main sur le détecteur, il faudrait penser à le vider.

— Vous avez raison.

Ils s'approchèrent de la table renversée, dans l'angle où le drame s'était déroulé : il ne restait que des traces de sang et des morceaux de coton ensanglanté.

Sur la table voisine reposait la galette, quelques brochettes : morceaux inappétissants de viande oubliés.

— L'assassin tenait l'assiette dans les mains, dit Gapourov. Pas d'empreintes. Pak était assis là.

Il montra la table renversée.

— Et le deuxième ?

— Celui qui est mort ? Il était assis en face…

Ravchan aurait volontiers donné plus de détails à Toura, mais lui-même n'en savait guère davantage.

— Comment ce garçon s'était-il retrouvé en compagnie

de Pak ? Étaient-ils arrivés ensemble ? cherchait à savoir Toura.

— Non. Les témoins l'ont entendu demander à Pak si la place était libre. Pak était seul.

— Que faisait-il ici ? On le sait ?

— Pas encore…

— Pak a-t-il dit au milicien de garde qu'il se rendait au Tchiroïli ?

— Non. Il a juste prévenu qu'il serait de retour trois heures plus tard.

— Saïda ne sait rien encore ?

— Non. Nous avons décidé de ne rien lui dire pour le moment.

Quelques officiers pénétrèrent dans le restaurant. Khalmatov aperçut l'adjoint au chef de la direction de l'Intérieur de Moubek, le colonel Nazratkoulov, maigre et jaunâtre, au visage ennuyeux et inexpressif. Toura soutint le regard mécontent dont celui-ci le gratifia. Puis se tourna de nouveau vers Ravchan.

— Et les témoins ?

— Ils n'arrivent pas à se rappeler son visage.

Et, après un silence :

— C'est vrai qu'on ne les a interrogés que brièvement.

— Et le cuisinier ? La serveuse ?

— C'est un petit café de bord de route ! J'ai l'impression qu'ils ont peur de parler.

De toute évidence, il avait raison.

— L'assassin est arrivé en voiture ?

— Vraisemblablement. Mais personne ne peut l'affirmer.

— Et la victime ?

— Certainement un stoppeur. On ne sait même pas d'où il venait ni où il allait. Vers Moubek ? De Moubek ?

« … Que faisait Pak dans ce café ? se demanda à nouveau Khalmatov. Il devait me remplacer au bureau. Qu'est-ce qui l'a mené ici ? Pourquoi n'avoir prévenu personne, pas même le milicien de garde ? »

Toura s'écarta. Face à l'entrée, Alicher, le tout jeune inspecteur de son service, presque un gamin, de la famille de Gapourov, était en train de rédiger son rapport : il venait d'interroger le préposé aux brochettes et notait maintenant sur un carnet le signalement de l'assassin. À côté de lui, quelques affaires posées sur un journal. Khalmatov s'approcha de la table. Le portefeuille et la carte professionnelle de Pak, son stylo. Toura ouvrit le portefeuille, une photo de Saïda était rangée dans une enveloppe plastifiée.

Sur le tableau de l'horloge-stylo, les chiffres comptaient les secondes, uniformes et silencieuses, et il y avait quelque chose de morbide et d'effrayant dans ce décompte inaltérable et muet du temps. Toura était habitué à ce qu'une montre « tic-taque ».

— C'est à qui ? Khalmatov montra le sac de sport. À la victime ?

— Oui, instructeur. Rien de particulier.

Comme ses autres élèves, Alicher ne l'appelait pas par son grade, mais « instructeur ». Il sortit du sac une paire de lunettes noires d'importation, un grand peigne en métal et les posa devant Toura.

— Plus une bouteille de cognac géorgien « KV ».

Alicher posa la bouteille non entamée sur la table.

— Il voulait fêter quelque chose et n'a pas eu l'occasion. Ah oui ! De l'argent, trois cents roubles. En roubles ! …

Toura sentit peu à peu lui revenir la conscience de son rang et de ses responsabilités.

— Appelle le milicien de service. Dis-lui qu'on relève

les emprunTes digitales du cadavre. Peut-être que la victime a déjà été jugée.

— Compris.

L'inspecteur Kakadjan Nepessov apparut dans l'embrasure de la porte. Toura lui fit signe d'approcher.

— Je vous écoute, instructeur.

— Là-bas, la voiture de Pak...

— Je sais, acquiesça Kakadjan.

— À côté, il y a la voiture de patrouille de la Gaï. Trouve un criminaliste et établissez le plan du parking à l'échelle. Nous devons vérifier s'il y avait là, quand Pak est arrivé, une autre voiture. Il s'est collé d'une façon tellement malcommode.

— Compris.

— Toura Khalmatovitch, Nazratkoulov vous demande, dit Ravchan Gapourov, qui l'avait rejoint.

— J'y vais.

L'adjoint au chef de la direction de l'Intérieur était perdu, effrayé et également furieux, parce que Toura ne s'était pas approché de lui, ne s'était pas excusé, ne l'avait pas secouru, lui, Nazratkoulov, un homme rempli d'amour-propre, soupçonneux, dans son désarroi, dans la panique qui l'avait saisi alors qu'il était indispensable de donner des ordres et de diriger les opérations, tout en restant dépendant de Ravchan, et de prendre toute la responsabilité de ses agissements, de l'affaire, dont lui, ex-adjoint à l'adjoint du service, qui avait fait son droit en cours du soir, n'avait pas les compétences, qui le désorientait, qu'il comprenait mal et détestait. Nazratkoulov était un spécialiste d'un autre profil, qu'il considérait comme au moins aussi important et plus universel en tout cas, désigné par les mots « gestion du personnel ».

— Tu arrives pour la distribution des médailles ?

demanda, sombre, Nazratkoulov, après que Khalmatov l'eut rejoint. Tu te planques, en plus ? C'est pourtant à toi que je dois demander pourquoi ton adjoint, sans prévenir personne, est parti au diable vauvert se taper une soupe au riz ?

Ils ne s'aimaient pas.

Toura classait la population en trois catégories primaires : les miliciens, les criminels et les victimes.

Les miliciens étaient une partie minime de l'humanité, mais la plus stable, par ses effectifs et sa longévité. Dans la vision de Toura, le milicien n'existait ni dans le futur ni dans le passé. Un milicien à la retraite restait avant tout un milicien et le gamin, né pour occuper de telles fonctions dès le jardin d'enfants, faisait déjà preuve des étranges qualités de ce caractère.

Des criminels, il y en avait bien davantage et ils évoluaient librement dans le temps et dans leur apparence : un criminel peut se ranger des voitures, tandis qu'un gars comme il faut d'une famille convenable peut passer de la foule des victimes dans la compagnie des assassins, avec un « futur » certain devant lui.

Les victimes étaient tous les autres : une minorité, heureusement, dans la réalité, et, dans l'avenir, une virtuelle majorité. Le but de l'existence des flics consistait à défendre les victimes des criminels, c'est-à-dire à garantir l'ordre selon lequel ils pouvaient mener une existence dans le calme et sans accidents, petits aller à la crèche et à l'école, plus grands à la faculté ou à l'institut technique, dans la force de l'âge travailler, cultiver le coton, faire marcher les machines-outils, tisser des tapis, peindre des tableaux ou écrire des livres, et après le travail se poser tranquillement devant la télévision ou se rendre chez des amis.

Prévenir le crime, et si le crime est malgré tout commis, mener l'enquête le plus rapidement possible et trouver le criminel, tel était le sens de la vie d'un milicien. En accomplissant cette mission, le milicien risquait de mourir, on ne pouvait pas grand-chose contre ça. Mais on pouvait allonger sa vie de milicien en devenant un vrai professionnel, soucieux de milliers de détails, ayant constamment en tête directives, instructions, ordres, indices, signalements et avertissements, n'agissant jamais sans réfléchir ou à chaud, mais sachant tirer convenablement, sauter, grimper, se battre et courir.

Toura ne savait pas dans quelle catégorie classer Nazratkoulov. D'après les indices formels, il avait l'air d'un milicien. Mais Toura savait parfaitement que Nazratkoulov était un flic aussi utile qu'une galette pour fermer un cadenas de château fort.

Toura n'avait rien remarqué de véritablement criminel dans les agissements de Nazratkoulov et croyait fermement que son chef ne se retrouverait jamais dans cette catégorie dangereuse de la population, même à force de peur et de manque total de confiance en soi.

Ainsi, on aurait sûrement classé Nazratkoulov parmi les victimes s'il n'avait pas été un chef aussi important et s'il n'avait pas apporté chez eux, les miliciens, les habitudes, la vision du monde et les défauts des victimes.

Pour cette raison, Toura savait pertinemment qu'à la moindre occasion Nazratkoulov tenterait d'avoir sa peau. Jusqu'ici, une telle occasion ne s'était pas présentée. Et maintenant, cette histoire avec Pak !

« Le malheur est à ta porte, fais-le entrer », se souvint Toura du proverbe préféré de son beau-père, qui vivait dans les environs de Moscou.

— Quant aux médailles… dit Toura à part.

— Insolent, en plus. Je ne suis pas un gamin, se mit à hurler Nazratkoulov.

Il se prépara à en dire davantage, bien davantage, à expliquer l'évidence qu'il n'était pas un gamin, mais, à ce moment-là, le général Ergachev, chef de la direction régionale de l'Intérieur, fit son entrée dans le café-restaurant. Nazratkoulov se mit au garde-à-vous et, sans quitter son patron du regard, vint à sa rencontre.

Ergachev fixa Toura de son œil de lynx et, sans l'inviter à le suivre, passa lentement dans le cabinet du directeur de l'établissement. Pendant une seconde, Toura sentit son cœur étranglé par un crapaud glacé.

Il fut tout de suite hélé par Kakadjan Nepessov. Grand, raide, le dos large, ce Turkmène originaire de Mara, un peu vulgaire, mais digne de confiance, était de ceux que Khalmatov et le Coréen formaient pour devenir les chefs de la criminelle dans les régions.

— Regardez, instructeur. Ce qui est hachuré, ce sont les voitures des clients du café. J'ai laissé en blanc tout l'espace qui les sépare de la Moskvitch de Pak. Au trait, là, les inspecteurs pensent que stationnait une Jigouli ou une Moskvitch.

— Kakadjan, mon petit ! Interroge tous ceux qui ont vu cette voiture, dit Toura. Quand est-elle partie ? Quelqu'un est-il parti après que Pak a garé sa voiture ? Qu'Alicher se renseigne sur le nombre de brochettes que le gars a fait cuire avant la fusillade. Demande combien de brochettes en tout ont été commandées. Vérifie à la cuisine. Si le nombre est le même, ça voudra dire que personne d'autre n'est parti et que la voiture garée sous l'arbre était bien celle de l'assassin…

— Compris, instructeur.

Toura releva la chaise que le Coréen avait entraînée

dans sa chute. Plus de cent kilos de chair puissante, un corps athlétique. Et la chaise n'avait même pas une fêlure, ni chaud ni froid. Sur le siège, l'étiquette était restée accrochée : « Fabrique de meubles de Tachkent. Chaise collée à plat. Prix : 7 roubles 20 kopecks. » Toura songea que Pak aimait se balancer sur les chaises : il avait détraqué tous les meubles du service. Peut-être n'étaient-ils pas collés à plat ? Ce serait curieux de savoir ce que ça voulait dire, collé à plat ? Quelles sottises ! Cette chaise ira rejoindre les autres et elle se perdra parmi elles, toutes collées à plat, comme un témoin oublié.

La femme de ménage, grande, avec un long cou ridé, se mit à balayer la passerelle. Miettes et ordures tombaient dans l'eau, les poissons s'agitaient.

Toura s'assit à une table vide, sortit son carnet, un stylo et se plongea dans ses réflexions. Il y avait beaucoup de questions, et des versions, il en pleuvait. Et leur viabilité dépendait de ce pourquoi Pak s'était rendu au Tchiroïli.

Il ne faut laisser échapper personne, interroger tout le personnel de la section. Peut-être l'a-t-il dit à quelqu'un ? Demandé de passer le mot ?

Toura écrivit dans son carnet :

« Établir : 1. Si le café était le point d'arrivée du Coréen. 2. Si Pak connaissait le jeune homme assassiné. 3. Si Pak connaissait l'assassin. 4. Quelle était la cible principale de l'assassin : a) Pak b) le gars avec le sac de sport c) les deux. »

Il repoussa le calepin, frotta le stylo contre la racine de son nez et se rappela que le meilleur des enquêteurs, Valentin Silov, répétait souvent : les vrais détectives se distinguent du commun des mortels en posant des questions surprenantes.

Ses question à lui, Toura le savait, n'étaient en aucun cas surprenantes et son approche n'avait rien d'inhabituel, elle ne témoignait pas d'une vision particulière, imperceptible aux autres, de la situation.

Pour l'instant, Toura envisageait l'incident avec le regard du badaud.

Khalmatov appela le jeune Alicher Gapourov, qui venait jeter un coup d'œil dans la salle.

— Est-ce que quelqu'un a vu Pak quitter la Direction ? Il était seul ?

— Je ne l'ai pas vu.

— Demande aux gars. Que disent les témoins ? A-t-il eu le temps de parler avant qu'on ne lui saute dessus ?

— Il a crié quelque chose. Personne n'a compris quoi.

— Où sont les témoins oculaires ?

— On les interroge.

— Et la serveuse ?

— Dans le cabinet du directeur. Le général l'interroge personnellement. Il veut que vous passiez le voir…

Extraits de journaux :

« … Le nom de Robert Nicolas Ovon ne figurera peut-être pas parmi les vainqueurs des futurs Jeux olympiques, mais le cycliste camerounais est néanmoins content : "Sur le stade olympique de Moscou, nous serons en compétition avec des sportifs de très grande classe, et c'est une école inestimable pour les jeunes athlètes de notre pays", a-t-il déclaré. »

Le général Ergachev, le visage tanné par le bronzage permanent, dans sa tunique roussie par le sel, célèbre dans toute la milice de Moubek, était assis derrière le cachectique bureau du directeur.

Même dans cet établissement indigent, Ergachev conservait un air d'importance. Privé de la grandeur pompeuse de son bureau-salon, il avait en toute hâte fait aligner une cohorte impressionnante de colonels le long du mur, une douzaine de ses adjoints et chefs de toutes les sections de la direction de l'Intérieur de la région.

Comparés à lui, ils n'étaient que des figurants, un chœur compatissant se tourmentant sur une petite scène, dont le centre était Ergachev, assis derrière un bureau rachitique. Face à lui, se tenait la serveuse.

— Vous avez bien dû le voir auparavant, cet homme-là… Ergachev jeta un coup d'œil rapide à Khalmatov, qui entrait, mais fit mine de ne l'avoir pas remarqué. – Vous le connaissiez et il faut nous dire toute la vérité… Il est déjà venu dans votre café, n'est-ce pas ? Nous savons tout et nous voulons vérifier si vous êtes sincère. Si nous pouvons vous faire confiance, en quelque sorte…

— C'est la première fois que je le vois !

La serveuse avait eu le temps de se changer et se pelotonnait maintenant dans un petit gilet piqué sans manches, qu'elle avait enfilé par-dessus sa blouse.

Khalmatov fixait le gilet et songeait que sa belle-mère avait le même pour habiller sa chienne, lorsqu'elle l'emmenait dans la rue faire sa promenade. C'était la deuxième fois en une demi-heure qu'il évoquait les parents de sa femme, alors qu'il les oubliait pendant de longs mois. Pourquoi donc ?

— Nous sommes la milice. Ergachev savait charger d'un sens menaçant ce fait pourtant incontestable. – Il ne faut pas se fâcher avec nous…

— Je vous donne ma parole, camarade général, je ne l'ai jamais vu…

— … sinon, vous vous en mordriez les doigts toute

votre vie. Ergachev termina sa réflexion, avant d'ajouter doucement : – Nous pensons aussi à vous.

Le général, en digne membre de la milice criminelle, lançait la conversation tantôt dans un sens tantôt dans l'autre, comme s'il poussait une balançoire.

« Dans un instant, il passera à la famille de la serveuse, songea Toura, et va prendre un ton doucereux… »

— Vous habitez avec qui ? demanda Ergachev, visiblement préoccupé. Vous êtes mariée ?

— Divorcée.

— Des enfants ?

— Quatre. Le cadet entre en septième.

Et là, enfin, elle éclata en sanglots. Le système était infaillible.

— Vous voyez ! L'enfant ne peut pas se passer de sa mère, n'est-ce pas ? pensait tout haut Ergachev, feignant de demander conseil à la femme. – C'est pour ça qu'il faut tout dire !

— Mais je ne le connais pas !

— Gapourov !

Le général jouait toujours la pièce jusqu'au bout.

— Je vous écoute, camarade général, dit le chef de la milice criminelle de Moubek pour signaler qu'il était là.

Toura perçut comme un mauvais présage le fait qu'Ergachev, en sa présence, s'adressât directement à Ravchan.

— Prends deux hommes et va tout de suite chez elle. Interroge les voisins. Ils doivent savoir qui vient la voir et quand… Ah oui ! Ouvre le frigo et regarde dans le congélateur.

Le général se mit à parler d'une voix calme et mordante :

— Avec ce qu'ils bouffent… J'ai vu le kébab qu'ils

font ici. Le brave mec, il passe toute la journée dans le coton, à agiter le peigne, et quand il arrive ici, ils lui donnent de ces brochettes ! Tandis que la bonne viande – directement à la maison !

— Je fais le nécessaire, camarade général.

Ravchan aida la serveuse à se relever et l'accompagna à la porte.

— On tire sur mes collaborateurs et ils n'en ont rien à battre ! Trouvez-moi le directeur !

— Je crois qu'elle ne connaît pas l'assassin, dit calmement Ergachev, aussitôt la porte refermée. Vous avez demandé qu'on prenne les empreintes digitales de la victime et qu'on les vérifie aux archives ?

— Tout a été fait.

Nazratkoulov, qui écrivait sans discontinuer, releva les yeux de son calepin.

Personne ne parlait dans le petit cabinet mais le silence était percé de bruits : les bougonnements d'Ergachev, le grincement des lattes sous les corps tendus des hommes de la suite, et, surgissant depuis la fenêtre, le cliquetis des couteaux qu'on aiguise et la voix de l'animateur parvenant d'un transistor depuis longtemps oublié : « L'entreprise finnoise Renola livrera et assemblera pour les Jeux olympiques de Moscou quatre-vingt-seize buvettes préfabriquées… »

Toura eut le brusque sentiment que, figés ainsi autour du général, ils étaient comme des enfants en train de jouer au jeu des statues : ni bouger, ni bavarder, ni chuchoter, ni se faire remarquer, si tu bouges, tu as perdu.

— Jamais rien vu de pareil dans la région. Le général interrompit le silence craintif. Je n'ai pas le souvenir de quelque chose de semblable.

— Les médailles pourraient voler comme un rien, ajouta Nazratkoulov, préoccupé.

« Qu'est-ce qu'il a avec ses médailles ? », se demanda Toura. Puis, soudain, il comprit le sens des remarques de Nazratkoulov. « Colonel ! C'est pour les siennes qu'il craint ! »

— Le moment est mal choisi ! Voyez vous-même, les Jeux olympiques. L'effectif est réduit…

Nazratkoulov loucha vers le mur, sur le portrait dans son cadre de chêne, et ajouta, sincèrement désolé :

— Le ministre est forcé d'envoyer son rapport à Moscou. Ça peut monter jusqu'à Leonid Illitch. Compte tenu de la situation…

Toura comprit que Nazratkoulov n'était pas occupé à remplir les vides avec ses répliques insensées mais tentait de mettre la conversation sur d'autres rails.

— Il faut anticiper les problèmes. Pour l'instant, aucune mesure n'a été prise, là-haut. D'abord, un rapport. Du style : voilà ce qui s'est passé, nous avons tout démêlé nous-mêmes. Mais pour cela il faut absolument établir pourquoi Pak se trouvait au café et non pas à son poste de travail…

De toute évidence, Nazratkoulov déportait l'attention sur Khalmatov.

Le général sortit un paquet de cigarettes et en alluma une. Il persistait à ignorer la présence de Toura, ce qui donna du courage à Nazratkoulov :

— Et, par la même occasion, parler des crimes non résolus.

L'assassinat au Tchiroïli donnait la possibilité de rayer d'un coup toutes les dettes, de s'innocenter complètement.

Nazratkoulov parlait sans détacher son regard fidèle du général ; à chaque instant, Ergachev pouvait le remettre brutalement à sa place. Mais pour le moment, le général, visiblement, soutenait le jeu.

« Il est urgent de trouver le coupable. Khalmatov dégagea pour lui-même le sens de ce qui se tramait. – Pas le criminel, mais le coupable. Aller plus vite que le ministère, et dire : le coupable a été puni. Il semble que, cette fois-ci, ce pourrait être moi. Et, de toute évidence, je vais en entendre parler. Alors on pourra le signaler à la Direction. Ou, simplement, indiquer… »

— Dans la région, un vol de bétail sur trois, un cambriolage sur quatre ne sont pas enregistrés, recommença Nazratkoulov.

Ergachev le remit à sa place :

— Il y a vol et vol. Au kolkhoze Kirov, les loups ont bouffé dix moutons. Ça a été enregistré comme vol.

— Je ne parle pas de ces incidents, Abdoulkhaï Ergachevitch, signala doucement Nazratkoulov.

Tous savaient parfaitement ce dont il s'agissait. Toutes les régions régulaient artificiellement le taux de résolution des crimes. Moubek maintenait ce taux à 100% d'une façon permanente. Ergachev ne pouvait se permettre de baisser la barre. Ainsi, seuls les crimes résolus étaient enregistrés, ou ceux dont les auteurs étaient connus d'avance. À la fin de chaque mois, le chef du service informatique décidait avec le général quels crimes devaient être reportés au mois suivant, en comptant qu'ils seraient résolus plus tard, quelles affaires devaient être classées sous n'importe quel prétexte, ou bien reliées à d'autres affaires.

Il semblait que Nazratkoulov eût atteint la limite de l'autocritique. Cette limite, le général l'avait marquée, mais Nazratkoulov comprenait que l'occasion était, pour lui, en quelque sorte unique : en chargeant Toura il sauvait la tête du général, la direction dans son ensemble, lui-même. Par conséquent, peureux et obstiné, il enfonçait le clou :

— Au kolkhoze Ordjonikidze, camarade général, l'appartement du brigadier a été cambriolé. On en a parlé, d'ailleurs…

— Ah bon ? s'étonna le chef de la Direction, sans sourciller. Personne ne m'en a rien dit.

Derrière la porte, des pas se firent entendre.

— Vous avez besoin de moi ? demanda Khalmatov au général. J'ai du travail.

Ergachev ne répondit pas. Et n'eut pas un regard pour lui. Toura posa sur le bureau une liste, composée à la hâte, des initiatives qu'il proposait de prendre et se dirigea vers la porte.

En sortant, il évita de justesse la collision avec une véritable procession culinaire.

Dans son uniforme d'une blancheur immaculée, flottant dans un nuage épicé, le cuisinier, tel un rajah indien, s'approchait du cabinet, tenant au-dessus de sa tête un plateau chargé de brochettes tout juste grillées, d'odorantes galettes et d'oignons fraîchement coupés. Un petit homme insignifiant accompagnait le cuisinier, portant un service à thé. En costume-cravate, sourire aimable aux lèvres, le directeur du Tchiroïli fermait la procession.

Extraits de journaux :

« Le plan quinquennal accompli !
Le collectif de la base commerciale d'achat de Moubek, sous la direction de M. K. Mircaïdov, a accompli le plan quinquennal du commerce de gros avant terme. Depuis le début du Xe plan quinquennal, le chiffre d'affaires représente 297 279 roubles, c'est-à-dire 100, 5 % de plus que prévu… »

Les voitures de milice étaient toujours garées des

deux côtés de la chaussée. Tant que le chef de la Direction demeurait sur le lieu de l'incident, personne ne pouvait partir sans autorisation. Le général, à n'importe quel moment, était capable de surgir sous la marquise, taciturne et renfermé, dans sa célèbre tunique bouffée par le sel, de repérer immédiatement l'absent par son pénétrant regard de l'habitant des steppes, caché sous d'épais sourcils, ou de convoquer celui dont il avait besoin.

Les officiers le craignaient mais ne se vexaient pas. Ils le respectaient. Et puis, l'habitude…

Chacun d'eux dirigerait la région de la même façon et de la même façon se sentirait le père et le Dieu, de la même façon convoquerait ses subordonnés d'un geste de la main ou de la tête. Et le général Ergachev lui-même, cet homme osseux à la peau mate, chaussé de bottes fatiguées, quand il n'était qu'un subordonné, aussi vite qu'un autre accourait aux ordres sur ses jambes légèrement torses de cavalier…

— Dis-moi, Alicher, quelle est la première chose qu'aurait dû faire l'assassin ? demanda Toura au jeune inspecteur.

Alicher haussa les épaules :

— Quitter la route.

— C'est ce que je pense aussi. Mais, avant tout, il lui aurait fallu se débarrasser du pistolet. S'il est parti vers le nord, il y a deux canaux d'irrigation sur son chemin. L'assassin aurait pu y jeter son pistolet, pour ne pas s'écarter de sa route. S'il ne l'a pas déjà balancé dans l'étang, ici même. Occupe-toi et de l'étang et des deux canaux. Trouve un expert, procurez-vous un détecteur et mettez-vous-y. Cherchez dans l'eau.

— Oui, instructeur.

— Quelles nouvelles de Kakadjan ?

— Un témoin a vu une Jigouli bleue garée à côté de la Moskvitch de Pak, sous l'arbre.

— C'est tout ?

— La voiture n'est pas immatriculée à Moubek. Ça a frappé le témoin. Lorsqu'il est parti, la Jigouli était toujours près du café.

— Où est ce témoin ?

— À Farkhada. Quand on a établi les barrages, tous ceux qui sont passés par Moubek ont été interrogés. Il a été communiqué au juge d'instruction…

— Toura Khalmatovitch !

Toura se retourna. Kakadjan courait vers lui sur la passerelle.

— Je viens d'avoir Moubek : l'identité de la victime a été établie. Artykov Sabirdjon, vingt-trois ans. Condamné pour insubordination à représentant de la loi, vol et cambriolage. Libéré le mois dernier…

— Et André ?

— Rien. À 18 heures 30, son état était critique.

« Sabirdjon Artykov… J'ai déjà entendu ce nom, songea Toura. Mais à propos de quoi ? Qui m'en a parlé ? »

— Identifié d'après les empreintes ?

— Oui. Au service informatique. Il habitait Moubek, rue Pouchkine, au 5.

— Le chef de la Direction est au courant ?

— On lui fait le rapport en ce moment. Le voilà, justement.

Le général Ergachev se tenait à l'entrée et observait attentivement sa troupe. En son absence, chacun se comportait différemment, mais dès qu'il apparaissait, les hommes se figeaient au garde-à-vous comme si quelqu'un avait crié à vos rangs, fixe !

Ergachev trouva Toura du regard et cligna des yeux :
— Khalmatov ! Viens avec moi !

Extraits de journaux :

« Le repos des sportifs
Un grand concert des maîtres de l'art moscovites, "Sur la ligne de départ, l'art et le sport", a été donné, hier, au centre culturel du village olympique. Dans l'immense salle de 1200 places se sont réunis les nouveaux arrivés aux JO, dont les membres des délégations nationales. L'assemblée a pu entendre T. Siniavskaïa, soliste du Bolchoï, artiste du Peuple de la République de Russie, le groupe Pesniary, célèbre à l'étranger, et d'autres artistes. Ce concert était le premier du programme musico-théâtral à l'intention des habitants du village olympique... »

La colonne des voitures de milice avançait rapidement en direction de Moubek, une Jigouli, sirène hurlante et tous feux allumés, ouvrait la route. Aucun chauffard n'osait dépasser le motard de la Gaï qui fermait la colonne et se mettait gentiment à la queue. Ainsi se déroulait le long ruban de voitures multicolores et hurlantes, étalé sur plusieurs centaines de mètres.

Le général se taisait, étendu, las, sur le siège arrière ; parfois il sommeillait brièvement. Khalmatov était assis à côté du chauffeur.

La radio confiait d'un ton intime : « ... les journalistes français ne peuvent aujourd'hui passer sous silence tout ce qui est fait dans notre pays pour l'organisation de la fête mondiale du sport. Ils informent que dans le centre de Moscou des maisons ont été repeintes, que 100 000 arbres ont été plantés, 50 jardins créés, et que les espaces verts recouvrent un tiers de la surface de la ville. Les Moscovites, fait remarquer la presse parisienne, sont fiers de la rénovation de leur ville, comme de la création du village olympique, de nouveaux stades, de l'aéroport ultramoderne, de l'ouverture de restaurants, cafés et d'un hôtel de vingt-cinq étages, le Cosmos, construit avec la collaboration des Français... »

Toura était à l'affût.

Il connaissant bien Ergachev et se doutait que ce n'était pas pour rien que le général l'avait emmené dans sa voiture. Toura essayait de deviner s'il commencerait la conversation sérieuse tout de suite ou s'il la remettrait à plus tard, dans la nuit, lorsqu'ils seraient dans son bureau.

Ergachev travaillait la nuit. C'est-à-dire qu'il travaillait aussi le jour. Mais le présent, pour lui, c'était la nuit. Par la même occasion, aucun des chefs de section, ni à la Direction, ni dans les districts de toute la région, ne rentrait chez lui.

À part ça, servir sous les ordres du général n'était pas malaisé, il suffisait de respecter scrupuleusement le code de bonne conduite du subordonné, joliment appelé « mon collaborateur ».

Mon collaborateur exécute sans discussion tous les ordres et n'en oublie aucun, y compris ceux donnés en passant.

Mon collaborateur termine toujours ce qu'il a commencé. Il est modeste. Il ne réplique pas, n'objecte pas, ne se met pas en avant.

Mon collaborateur est fidèle à la cause et à moi sans limite.

Mon collaborateur n'accepte pas de pots-de-vin.

Mon collaborateur ne pose pas de questions inutiles.

Mon collaborateur ne peut être un pleutre.

Mon collaborateur ne me ment jamais.

— C'est toi qui as envoyé Pak au Tchiroïli ? demanda brusquement Ergachev et Toura, que la surprise fit sursauter, saisit son regard pénétrant.

— C'est toi qui l'as envoyé ?

— Non, hocha la tête Toura. J'ignore ce qu'il y faisait.

Ergachev fit entendre un hm de mécontentement.

— Tu peux tout nier maintenant. Cependant, Pak n'a pas pu partir de sa propre initiative. Et toi-même, que cherchais-tu à Ourtchachma ?

— Pak ne vous l'a pas dit ?

— Ça, c'est bien trouvé. Si le Coréen avait pu, il t'aurait cité.

— Je suis parti pour Ourtchachma alors qu'il faisait encore nuit. Pak le savait, je lui avais demandé de vous mettre au courant.

— Tu as oublié quelque chose là-bas ?

Khalmatov raconta le coup de fil du chef de la milice criminelle de Tachkent et répéta la phrase de Silantiev :

— La drogue transite par Moubek. Tôt ou tard, l'abcès crèvera et une vie ne nous suffira pas pour nettoyer le pus.

Ergachev écoutait en silence.

— Je suis allé voir Anarbaï Madjidov à propos de la seringue, puis j'ai parlé avec Oummat dans sa cellule. Tout n'est pas clair. Je pense qu'il faut chercher du côté de Darvaza.

Il ne fit aucune allusion à l'information donnée par Asimov.

— J'ai l'impression qu'on y sème du pavot. Et que quelqu'un aime les voyages…

— J'ai compris, acquiesça le général, qui se tut un moment, sans plus sommeiller, surveillant attentivement le sévère paysage défilant derrière la vitre.

Puis il dit, sur un ton plein de dépit et de hargne :

— Un grand malheur est arrivé. J'ai peur qu'il ne s'agisse d'un scandale sérieux. Toute la nuit, j'ai rêvé d'un cheval non sellé. Je ne suis pas arrivé à l'attraper.

Toura, sans se retourner, dit à voix basse :

— Je n'en ai rien à foutre, du scandale. Le sang de mon camarade a coulé. Je trouverai celui qui a fait ça.

Ergachev soupira et observa, avec un mépris non dissimulé :

— C'est ça, trouve-le. Tu es resté le même, un simple inspecteur, un fouille-merde. Je n'ai pas réussi à faire de toi un responsable. Tu as la vision d'un agent de circulation.

— Peut-être. Sûrement. Et qu'est-ce qui entre dans la vision d'un responsable ?

— La compréhension du problème dans son ensemble, dit tristement Ergachev. Et toi, hélas, tu ne comprends pas que le sang s'efface facilement. Plus facilement que la boue.

La nuit était tombée quand ils arrivèrent aux portes de Moubek. À toute vitesse, crissant dans les virages, dans le clignotement inquiet des phares, ils traversèrent un village poussiéreux, où, malgré l'heure tardive, les chèvres paissaient encore dans le pré, croisèrent les trous noirs des rues perpendiculaires et d'un bond se retrouvèrent sur le pont du Grand Échangeur.

Ici commençait la ville nouvelle de Moubek. La ville-sommeil, la ville-rêve-devenu-réalité, avec ses hauts immeubles modernes et ses palais, élevée au bord de la steppe naguère affamée. Pas moins d'une dizaine de rangées de voitures, si elles s'étaient trouvées à cet instant à Moubek, auraient pu rouler en même temps et dans les deux sens sur l'avenue Centrale. Dommage seulement qu'il n'y en eût pas. De gigantesques avenues désertes au milieu des maisons endormies. Une ville noire et sans âme qui vive dans la nuit d'été.

— Tu n'imagines pas, Toura, les dimensions de ce qui s'est passé aujourd'hui, dit Ergachev avec une soudaine douceur.

Khalmatov frissonna : maintenant, le général allait lui dire pourquoi il l'avait fait monter dans sa voiture.

— Une catastrophe est arrivée. Pas un malheur, pas un scandale. La honte ! Tu comprends ? L'adjoint au chef de la milice criminelle s'est laissé coller un pruneau ! Le garant de l'ordre public, censé s'occuper de la sécurité des autres. Et où ça ? Dans un café. En plein jour. Devant tout le monde. Et dans des circonstances étranges ! En curieuse compagnie ! À sa décharge : il était en service.

Le général se tut. Toura ne bougea pas d'un poil.

— Et moi j'attendais que tu m'expliques. Mais soit tu ne peux pas, soit tu me caches quelque chose. Et je ne laisserai pas un scandale salir Moubek. On ne nous le permettra pas, tout simplement. N'importe quelle région mais pas Moubek ! Tu comprends pourquoi ?

Khalmatov soupira : il n'y avait rien à comprendre. Même un enfant savait que Moubek était une région à part. Le destin avait choisi cette terre aride, oubliée, coupée des régions voisines, pour berceau et patrie sacrée qui a donné au pays son Fils Sublime, son Père-Fondateur, génie, écrivain et inspirateur de toutes les joies. Et là, au milieu de la steppe affamée, dans la poussière rouge, s'élevèrent des palais, le village disparut dans le béton des routes, cédant la place aux parcs mourant de soif et aux courbes des Grands Échangeurs égayant le regard.

Une ville-légende, une ville-symbole. Tout dirigeant de la République, quel que fût son rang, veillait attentivement à ce que Moubek n'éprouvât aucune difficulté, et qu'ici même fût créé, par la volonté et la force du peuple, le miroir de nos possibilités, de nos victoires et réalisations.

Tous connaissaient l'attachement fidèle du Père de la République, du Fils de la région, du Guide sur le chemin du bonheur à ce rude pays, berceau de son adolescence et de sa jeunesse. Il aimait revenir dans ce pays : voyait-il mieux d'ici le chemin difficile et glorieux de ses réalisations, ou accomplissait-il son devoir de fils envers ses parents, vieillards modestes et silencieux, comme effrayés par la grandeur du fils, personne ne le savait. Mais il aimait Moubek. Et la moindre critique adressée à la ville était interprétée comme malveillance et reproche caché à l'égard du Père-Fils-Guide. On ne critique pas ceux qu'on aime. On les aime avec leurs qualités et leurs défauts.

Et lorsque le cortège des Tchaïka noires et des Volga, un peu rougies par la poussière des rues, pénétrait dans Moubek, précédé de la voiture d'Ergachev, les gens s'agglutinaient sur les trottoirs et saluaient, à peine visible derrière la vitre bleutée de la lourde limousine, le visage encore jeune, quoique surmonté de cheveux blancs, de leur Père, de leur Fils, de leur Guide, qu'Ergachev, lors de réunions opérationnelles, désignait brièvement comme « Personne protégée ». Et qui, pour lui, auraient donné leur vie à tout moment.

Et, bien qu'on n'entendît pas encore parler d'attentat et de terroristes à Moubek, chaque visite de la Personne protégée était un événement qui réclamait responsabilité et tension, et l'expression de responsabilité et de tension ne quittait pas le visage d'Ergachev jusqu'à ce que le cortège ne se fût approché de l'hôtel Moubek, bâtisse moderne de neuf étages, verrou architectural du centre-ville.

Dans l'axe de l'avenue où roulaient maintenant le général Ergachev et Khalmatov, au milieu de mûriers décoratifs, à l'intérieur d'un parterre de fleurs en demi-cercle, sur un piédestal de marbre, s'élevait le buste du Père-Fils-Guide de la région.

Ergachev remua sur son siège et, comme à son habitude, fit en même temps la question et la réponse :

— Tu es sur le point de partir en vacances, je crois !

Toura songea qu'il y avait toujours un point d'exclamation à la fin des questions d'Ergachev. Plus rarement, des points de suspension.

La voiture quitta la rue principale et entra dans l'agréable cour de la direction de l'Intérieur, tout en rosiers et en vigne. Le grand immeuble de la Direction, avec ascenseur et grand hall, havre de fraîcheur, en plein centre-ville, avait été construit sous l'étroite surveillance du général, et c'était là son œuvre et son orgueil.

Le bruit des freins ne s'était pas encore dissous dans l'air de la nuit que l'officier de garde ouvrait la portière devant l'entrée principale, se mettait au garde-à-vous et commençait à faire son rapport :

— Camarade général…

— Ça va.

Ergachev l'arrêta d'un geste, sortit de la voiture et, certain que Toura le suivait à deux pas derrière lui, sur sa gauche, entra dans l'immeuble.

Dans le hall, la sensation de fraîcheur était suggérée par un énorme aquarium, dessiné personnellement par

Ergachev. Des lumières multicolores, dirigées depuis le fond, éclairaient le bassin. Sur le côté, une plaque de granit commémorait les noms des victimes de la Grande Guerre patriotique.

Ergachev aimait cet aquarium. Il devait réveiller en lui quelque souvenir génétique, informulé et rudimentaire. Fût-il pressé, le général, en traversant le hall, s'attardait toujours auprès de l'aquarium, frappait la vitre de son ongle cornu, scrutait la vase verte, traversée par les touches de couleurs des poissons tropicaux.

Ce que pouvait exprimer son visage à ce moment-là, personne ne le savait. À travers la vitre, il regardait un autre monde, étrange, et seuls les poissons pouvaient voir l'expression de son visage. Parfois, il semblait à Toura que le général regrettait que les gens à qui il avait affaire fussent plus bavards que ses chouchous.

Derrière l'aquarium, le planton en chef s'occupait en permanence de la nourriture et de la soufflerie.

Les bulles d'oxygène fendaient l'eau en guirlandes de perles et au fond, parmi les coquillages, palpitaient les algues vertes. L'aquarium, sans discontinuer, glougloutait et reniflait, sifflait faiblement.

L'aquarium dégoûtait Toura. Il était persuadé que c'étaient les poissons, et non pas l'oxygène, qui palpitaient ainsi, comme des vieillards…

Le général s'arrêta près de l'aquarium et dit à Toura, sans se retourner :

— Tu comptais partir en vacances. Eh bien, vas-y. Je signerai ton rapport. Demain matin, tu ne dois plus être à Moubek. Je pourrai peut-être sauver ta peau au ministère. Même si, tu le comprends toi-même, nombreux seront ceux qui la réclameront… Fais ton rapport et tire-toi.

Toura comprit que ses affaires allaient mal. Pire que

ce qu'il avait pensé au début. Le général lui proposait une solution, que, Ergachev le comprenait lui-même, Khalmatov ne pouvait accepter.

— Ça n'ira pas, dit Toura en secouant la tête.

Le général détacha son regard des poissons, se tourna vers lui. Et dit, le plus doucement qu'il put :

— L'incident a déjà eu beaucoup de publicité. Demain, au ministère, il y a une réunion d'urgence. L'enquête sera conduite par le procureur de la République. La commission chargée de l'affaire est déjà en route. Les hommes sont partis directement de leur bureau, sans repasser chez eux. Comme pendant la guerre.

Toura dit doucement mais fermement :

— Je ne peux pas partir maintenant. Je ne dois pas partir.

— C'est toi qui décides, dit Ergachev et il se dirigea vers l'escalier. Toura se tenait toujours deux pas derrière lui, le général ne l'avait pas libéré. – Je t'ai proposé le maximum de ce que je pouvais. Bref : on va te coller sur le dos une affaire criminelle. Et tu sais que je t'aime beaucoup et ne te donnerais pas un mauvais conseil.

— Non. Personne ne comprendrait. Et moi-même je perdrais tout respect pour moi. Excusez-moi, instructeur.

Le cabinet du général était au bout du premier étage.

Ils longeaient le large couloir tapissé de panneaux de bois, aveuglés par la lumière électrique, et tous ceux qu'ils rencontraient poursuivaient le jeu de la statue commencé au Tchiroïli. Dos au mur. Garde-à-vous. Talons collés. Pointes écartées. Ceux qui avaient leur casquette – le bout des doigts de la main droite contre la tempe.

Ergachev saluait d'un signe de tête, passait et, seulement cinq pas plus tard, une voix muette commandait « expirez » et le collaborateur poursuivait sa course affairée. Aujourd'hui, on ne devait plus marcher, seulement courir. Au trot.

Le général s'arrêta brusquement et Toura, surpris, manqua de se cogner contre lui.

— Est-ce que tu comprends que tes jours à la Direction sont comptés ?

Toura, vague, haussa les épaules :

— Peut-être.

Puis demanda, le plus calme possible :

— Quel est ce comptable mystérieux qui a fait les comptes de mes jours ici ? Nazratkoulov ?

Ergachev, en colère, agita le bras :

— Fiche-moi la paix avec Nazratkoulov. Ce n'est qu'un reptile. Je n'échangerais pas dix Nazratkoulov contre toi.

Ils s'approchèrent de la porte de l'antichambre. Ergachev posa soudainement sa main sur l'épaule de Toura et celui-ci frissonna : jamais le général ne s'était permis un tel geste.

— C'est ton dernier mot ?

— Je reste, dit Toura, détournant le regard.

— Alors je ne peux rien pour toi, soupira Ergachev.

— Je peux bien m'occuper de moi tout seul. Après tout, le Coréen, quoique dans un état critique, est encore vivant. Un jour, il reprendra connaissance et nous expliquera tout ceci.

— Je vais t'attrister. Pak est mort sans avoir repris connaissance. Son corps est déjà à la morgue...

Toura chancela, comme s'il avait reçu un coup, Ergachev grinça des dents et dit tout bas :

— Pleurer les morts n'a aucun sens. Ils ne sont plus là. Pense aux vivants.

Toura ne répondit pas et le général, maintenant d'un ton sec et officiel, dit :

— Sans mon autorisation, ne rentre pas chez toi. Je t'appellerai.

Vers dix heures du soir, on amena la mère de la victime, Moukhabbat Artykova. Une femme maigre et ridée ; on pouvait lui donner indifféremment quarante ou cinquante ans.

Difficile d'imaginer ce qu'elle était jeune femme et tout à fait impossible de l'imaginer heureuse, songea Toura, fixant la mère du garçon assassiné. Avec un prénom pareil ! [1] Marquée par la souffrance éternelle. Et maintenant, son fils était mort…

Artykova répondait aux questions par oui et par non et pleurait doucement. Lorsque le téléphone sonnait ou que quelqu'un entrait dans le bureau, elle s'apaisait, levait les yeux sur Toura. Elle croyait qu'on allait lui dire : c'est une erreur, tout est faux, on vous a raconté des histoires à propos de votre fils. Mais le démenti n'arrivait toujours pas.

— Où allait-il ? Et pourquoi, vous le savez ? insistait Toura.

— Non.

— Sabirdjon vous a dit qu'il avait l'intention de quitter Moubek ?

— Non.

— Après sa libération, il a vécu tout le temps avec vous ?

— Non.

— Il voyageait ?

— Oui.

Ils étaient sans cesse dérangés. Le télex faisait état de

1. Moukhabbat, amour en ouzbek (NDT).

voitures suspectes arrêtées sur la route, donnait les résultats des contrôles des individus en liberté conditionnelle.

Toura parlait avec les collègues, de nouveau posait des questions à Artykova, mais dans sa tête ne résonnait que cette idée : une seule solution, trouver l'assassin. Sinon, c'est moi qui porterai le chapeau…

Il avait posé une feuille blanche sur le bureau et, sans interrompre l'interrogatoire, notait sans arrêt les indices et les versions qui lui passaient par la tête.

« Montrer à Artykova les affaires de son fils… »

« Pour quelle occasion Artykov a-t-il acheté le cognac ? Est-ce qu'il buvait ? Et si oui, quoi ? Pourquoi l'argent est-il en roubles ? »

« Examiner le plan de travail de Pak pour la journée. »

Khalmatov avait voulu s'en occuper tout de suite mais n'avait pas pu. Il fallait s'y mettre après l'interrogatoire de la mère de Sabirdjon.

— Où votre fils avait-il l'habitude de se rendre ?

— Au Galistan, à Ourgout.

— Pourquoi ?

— Pour voir des amis.

— Des amis de détention ?

— Oui.

— Il restait absent longtemps ?

— Deux-trois jours.

— Il avait de l'argent ?

— Je lui en ai donné. Cent roubles.

— En petites coupures ?

— Des billets de dix et de cinq. Un billet de cinquante.

— Vous travaillez où ?

— Je suis éducatrice au jardin d'enfants.

— Études ?

— Institut pédagogique. Faculté de l'éducation élémentaire.

De nouveau, il fixa attentivement le petit visage ridé. Non, elle n'est pas si vieille. Juste écrasée de malchance…

— Votre fils ne vous a pas dit qu'on le menaçait ? Qu'on voulait se venger ?

— Non. Tout le monde l'aimait bien. Quand il a été arrêté, les voisins ne voulaient pas le croire. Ils pensaient que c'était une erreur.

Elle se remit à pleurer.

Aux alentours de onze heures, le portail de la cour s'ouvrit dans un fracas métallique. Toura s'approcha de la fenêtre, fermée en permanence à cause de l'air conditionné, et releva le store.

Les voitures pénétrèrent dans la cour, stoppèrent devant l'entrée, les portières claquèrent dans un bruit de culasses, laissant le passage à des civils et des militaires qui s'étiraient et se dégourdissaient les jambes après une longue route.

Le général et Nazratkoulov accueillaient leurs hôtes près de l'escalier de marbre. Le milicien de garde fit son rapport et tous se dirigèrent à l'intérieur de l'immeuble.

La commission était arrivée de Tachkent.

Khalmatov retourna vers le bureau, la femme continuait de pleurer. Il eût été plus correct, bien sûr, de renoncer à parler avec elle, de reporter l'interrogatoire au lendemain matin, mais Toura n'était pas certain qu'on lui en laissât la possibilité. Le temps pressait.

Il appela le bureau des opérationnels :

— Le thé a donné de ses nouvelles ?

— Ça tombe bien, instructeur. On était en train de penser à vous, et voilà que vous téléphonez !

Alicher Gapourov apporta la théière et les bols.

« C'est de l'indien », devina Toura à l'odeur.

Alicher préparait son mariage et en attendant fournissait la section en thé destiné à la fête.

— Buvez.

Alicher souriait timidement. En posant la théière sur la table, il toucha sa poitrine avec sa main, geste traditionnel.

— Et le mariage ? sourit Khalmatov.

— Il en restera ! Je vous attends dans une semaine. Vous n'oublierez pas ? Vous êtes notre invité.

— Je n'oublierai pas !

« Quand je pense qu'on devait y aller avec le Coréen. Pak aimait bien Alicher. Même ce gamin sera broyé par notre moulin, dommage, pensa Toura. Ou bien on le foutra à la porte, ou bien il deviendra un hypocrite narquois. Comme son cousin Ravchan. »

Alicher sortit et Toura réussit à convaincre Artykova de boire un peu de thé. Elle avala quelques gorgées, qui passaient mal.

— Sabirdjon vous a dit qu'il connaissait Pak, de la milice ? On l'appelait aussi le Coréen, le Grand Coréen… Vous avez déjà entendu ce nom ?

— Non, répondit-elle avant de se remettre à pleurer.

— Est-ce qu'ils se connaissaient ? C'était la même question formulée autrement. – Sabirdjon et Pak ? Peut-être le Coréen était-il votre voisin, ou une connaissance de vos voisins… Pak n'a pas convoqué votre fils pour une affaire criminelle ? Et après la libération de Sabirdjon ? Non ?

Soudain, le sommeil gagna Artykova. Elle ferma les yeux, ses paupières se firent lourdes, sa tête pencha sur sa poitrine. Toura dut s'assurer qu'elle ne tombât de sa chaise. Aux alentours de minuit, il renvoya Artykova chez elle, sans en avoir rien tiré de substantiel.

S'étant libéré, Toura fit le tour de l'étage.

Dans le bureau voisin, Kakadjan Nepessov interrogeait le gros Iranien, témoin du Tchiroïli. Une porte plus loin, son amie donnait des explications. Plus loin encore, déposait le couple de retraités.

Khalmatov entra à plusieurs reprises dans les bureaux pour écouter les témoins. L'Iranien n'avait rien vu ni personne, à part son amie.

— Je n'avais pas dormi depuis deux nuits, insistait-il.

Contrairement à lui, son amie avait tout vu et tout entendu :

— « A-a-i ! ... », il a crié. « A-a-a-i... » racontait-elle avec passion.

Elle était agitée et écarquillait sans cesse les yeux.

— Le bandit, un grand, habillé d'un trois-pièces gris, sûrement d'importation. Chemise blanche, cravate. Vous feriez mieux de m'interroger demain, ou dans deux jours, ça me reviendrait mieux. Ah, oui, je me souviens ! Il avait des chaussures à hauts talons, de fabrication locale, je crois...

— D'après vous, le jeune homme qui s'est assis à la table de Pak, Pak le connaissait-il ? Vous n'avez pas entendu leur conversation ?

— J'ai entendu le gars demander au Coréen : « C'est libre ? »

Puis, elle réitéra sa requête :

— On ne peut pas reporter à demain ?

Toura retourna dans son bureau : l'atmosphère y était étouffante. Il s'approcha de la fenêtre et vit que les membres de la commission montaient dans les voitures.

Ergachev allait sûrement les accompagner au comité régional du Parti et, après, à l'hôtel.

Presque tous les bureaux de la Direction étaient illuminés, on courait dans les couloirs et les escaliers, les collègues se préparaient à recevoir les membres de la commission chargée de l'audit : ils rangeaient les papiers et faisaient le ménage dans les coffres.

Le chef des services généraux, parti au milieu de la nuit à la base régionale, revenait chargé de tissus noirs et blancs. Manifestement, Ergachev avait décidé que l'office serait célébré le lendemain. En effet, pourquoi traîner ?

Toura ferma son bureau à clef et descendit dans le hall. Les poissons pataugeaient grassement. Toura s'approcha de l'aquarium, scruta la vase verte, colorée par des éclats or et rouge des poissons. Que pouvait y voir Ergachev ? À quoi pensait-il ?

Un gros poisson, qui ressemblait à une fleur ou un oiseau, se colla contre la vitre. Il agitait mollement ses ailes-nageoires et fixait Toura de ses yeux rouges ronds et gonflés. Un regard de vampire. D'autres se rassemblèrent sans hâte, des bleus, des jaune-pourpre, respirant lourdement comme des condamnés. Muets…

Toura leur tourna le dos et se dirigea vers la sortie. Le planton salua négligemment. Après le hall suréclairé, la nuit l'aveugla un instant. Sur le parking, deux phares s'allumèrent et le moteur vrombit : Alik accosta aux marches et ouvrit la portière :

— À la maison, Toura Khalmatovitch ?

— À l'hôpital.

Dans le calme de la réception ils cherchèrent longtemps l'interne de service. Il accourut, le souffle coupé, beau,

portant jeune, avec une petite barbiche élégante, le stéthoscope autour du cou, marque distinctive de sa corporation. Il écarta la carte de Toura :

— Je vous connais très bien sans ça… En principe, on ne laisse entrer personne dans le service anatomique. Surtout la nuit. Enfin, je vous accompagne.

Ils marchèrent dans l'enceinte déserte et obscure, longeant les pavillons aux fenêtres bleutées, coupant à travers le gazon desséché. L'interne le fit entrer dans une bâtisse de deux étages aux fenêtres blanches, comme des yeux d'aveugle. L'interrupteur cliqueta et la lumière s'alluma. La pièce était blanche et vide, comme une chambre froide.

— Attendez un instant, dit l'interne, l'infirmier va arriver.

Il sortit par une porte sur le côté, parla à mi-voix avec quelqu'un; on n'entendait que les pas lourds et le bruit perçant de roulettes qui avaient bien besoin d'être graissées. Quelques minutes plus tard, un grand homme carré en blouse grise amena un brancard. Les pieds de Pak dépassaient du drap. Il était resté le Grand Coréen.

Toura s'approcha, souleva un coin de tissu blanc, posa la main sur le front du Coréen. Qu'il était froid ! Un visage fatigué, calme, comme assoupi après un long et difficile travail.

Toura resta ainsi sans penser à rien. Il ne savait pas à quoi penser. Et ne voulait pas. Il sentait juste le froid le gagner lentement. Puis il se secoua, se retourna : l'interne s'était délicatement éclipsé en emmenant l'infirmier.

Toura se pencha sur le Coréen, déposa un baiser sur son front glacé et dit à mi-voix, à l'intention de Pak ou de lui-même :

— Le général a dit que tu n'étais plus. Allez, le Coréen, moi, pour l'instant, je suis encore…

Il recouvrit Pak avec le drap et sortit. Dans la voiture, il dit à Alik :

— Fonce à la Direction. Après, tu es libre.

Dans le rétroviseur, scintillaient les phares de la voiture qui les suivait. Toura se retourna et tenta de découvrir qui traînait ainsi derrière eux. Mais, juste avant le Deuxième Nœud routier, les phares disparurent.

— Toura Khalmatovitch, je vous attends, proposa Alik. Je ferai un somme dans la voiture.

Ils contournaient le monument au Fils Glorieux. Dans l'embrasure de la porte de l'hôtel, des lumières clignotèrent.

— Fais ce que je te dis, dit Toura. Dépêche-toi, je dois être au bureau.

Extraits de journaux :

« Les peintres pour l'Olympiade
Aujourd'hui, à la Maison centrale du peintre (quai de Crimée, 14/10), s'est ouverte l'exposition "Les métiers d'art d'URSS". Sa devise : "Les peintres pour l'Olympiade-80". Les thèmes folkloriques des articles artisanaux se mêlent aux motifs de la modernité, panneaux de dentelle, céramique, reflets de l'Olympiade future. Plus de sept mille objets sont exposés… »

À deux heures et demie du matin, le colonel Nazratkoulov téléphona :

— Le général t'attend dans son bureau. Tu m'entends ?

— Oui. J'arrive.

Le bureau du général était immense : un court de tennis tapissé de lattes de parquet, lambrissé de noyer de

Byzance. L'énorme lustre se reflétait dans le plateau ciré de la petite table conjointe au bureau, comme un parterre de fleurs électriques.

Ergachev n'était pas seul, près de la table, face à la porte, attendait Nazratkoulov.

Le général était sur le point de partir, il transvasait des dossiers du bureau dans son attaché-case. Nazratkoulov se tenait dans son dos, à sa droite, et ressemblait maintenant à un faucon veneur, dressé sur le coude du chasseur, attentif et batailleur, agitant sa tête sous le petit bonnet de cuir, prêt à n'importe quel moment, lorsque le chasseur aurait arraché le bonnet, à voler après la victime, la griffer, la déchirer en morceaux, la frapper à mort de son bec d'acier.

Enfin, Ergachev ferma son attaché-case, se cala contre le dossier de son fauteuil et désigna à Toura le siège en face de lui.

— Ne te fâche pas, Toura Khalmatovitch, commença Nazratkoulov d'un ton confiant.

Le général, d'un geste invisible, avait libéré son faucon.

— Ton adjoint a été tué, poursuivit Nazratkoulov. Un jeune milicien doué. Tué dans des circonstances incompréhensibles : pendant le service il se trouvait non pas à son bureau mais à l'autre bout de la région. Dans un café où l'on sert de l'alcool. Si le contrôle de l'activité des organisations avait été plus sévère, cela ne serait peut-être pas arrivé. Mais le général et moi faisons confiance au responsable que vous êtes…

Nazratkoulov inspira profondément : il prenait des réserves d'oxygène pour un grand discours accusateur.

—… Pour l'instant, nous ne savons pas pourquoi Pak se trouvait à cet endroit et quel rapport il pouvait avoir avec l'assassin. Enfin, on ne tire pas sur les miliciens dans notre pays, comme ça, sans raison ! D'accord ? Par ailleurs, un autre homme est mort, qui se trouvait à sa table. Le fait même – l'assassinat d'un membre de la direction régionale de l'Intérieur – nous discrédite. Certains croiraient qu'on peut lever la main sur les collaborateurs de la milice. Les tuer impunément !

— Parler de l'impunité de l'assassin est pour l'instant prématuré, fit remarquer Toura.

— Attends pour te justifier ! dit Nazratkoulov en levant un doigt en l'air. Nous comprenons ton amertume et ta rancune, mais il existe un bon droit historique et un bon droit absolu…

Toura ricana ouvertement : le général, qui aimait s'exprimer rapidement et clairement, s'était choisi pour adjoint un véritable orateur.

— Ce n'est pas la peine de sourire, dit Nazratkoulov, soudain remonté. Quel exemple d'indiscipline tu as toi-même donné ! Le chef de la milice criminelle est resté absent la moitié de la journée ! Le chef de la milice criminelle est arrivé le dernier sur le lieu du crime ! Même le nouveau moteur qu'il a obligé son chauffeur à prélever sur un appareil en fonctionnement pour le monter sur sa propre voiture ne l'a pas aidé !

« Bravo, monsieur le chef du personnel ! On a déjà craché au bassinet ! Je vais le payer cher, ce moteur », songea Toura, qui demanda :

— Est-ce que je dois en plus surveiller le garage ? Et si l'on punit le chauffeur…

— Pas le chauffeur, toi ! lui cria au visage Nazratkoulov. Le chauffeur a extorqué le moteur pour toi, pour ta voiture. Chantage du directeur de l'économat. C'est pratiquement un crime !

Le général stoppa résolument la querelle en frappant doucement la surface cirée de la table :

— Ce qui importe, c'est Moubek. Nous ne pouvons admettre que chacun se comporte comme bon lui semble. Après tout, c'est un peu de la politique... Il se tourna vers Nazratkoulov. – Combien Khalmatov a-t-il d'ancienneté ?

— J'ai vérifié. Nazratkoulov jeta un coup d'œil sur une feuille posée devant lui. Aujourd'hui, ça fait vingt-six ans, huit mois et dix-sept jours.

— Fais venir ton chef de service. Que tout soit en règle dès demain matin.

Le général regarda Toura :

— La situation a changé. Si tu prends ta retraite, il me sera plus facile de parler pour toi. Ce n'est pas comme défendre le chef inculpé de la milice criminelle. Ne te fâche pas. Rends tes dossiers à Ravchan Gapourov.

Le général appela l'officier de service sur sa ligne directe :

— Que Ravchan me téléphone d'urgence.

« Ça y est, je suis cuit, songea Toura. Je suis impuissant face à la rapidité d'esprit de ces animaux féroces... »

Gapourov rappela une minute plus tard. Comme tous les autres chefs de section, il restait à son bureau jusqu'à ce que le général quittât lui-même la Direction.

— Camarade général, Gapourov à l'appareil.

— Demain matin, tu reprends les dossiers de Khalmatov. Je te donne une demi-heure pour la passation des pouvoirs. Après, toutes tes forces, tu les emploies à trouver l'assassin. C'est tout !

Il jeta l'écouteur et se tourna vers Toura :

— Tu le mettras au courant de tout ce que tu crois indispensable. Compris ?

Ergachev cligna des yeux :

— De tout ce que tu crois indispensable...

Toura devina que le général le laissait s'occuper de Souvone, le patron de la tchaïkhana, c'est-à-dire du piège que le Coréen et lui avaient tendu au cas où l'opium apparaîtrait sur le marché. Pour une raison inconnue, le général voulait que Khalmatov menât cette affaire jusqu'au bout.

— Compris.

Toura se croyait dans un rêve, tout ce qui se passait avait l'air irréel. Il y eut un appel interurbain, du ministère. Toura entendit Ergachev expliquer à quelqu'un : « Nous sommes déjà au courant... Il était en prison pour insubordination à la milice... Oui, oui. Si c'était le contraire ! Ah, si ç'avait été l'inspecteur Ziat Adylov qu'on avait flingué au Tchiroïli, Sabirdjon aurait été le suspect numéro un... Oui, oui... Sauf que ça ne colle pas : il ne danse plus. On l'a tué aussi. Hop ! » Quelqu'un apporta des bouteilles d'eau. puis, de nouveau, ils restèrent tous les trois.

Le général ouvrit le coffre. Dans la partie inférieure, qu'on fermait avec une clef spéciale, se trouvait le bar. Ergachev l'ouvrit, saisit une bouteille de forme inhabituelle, noire et ventrue, de l'autre main attrapa trois petits verres de cristal, les posa sur la table et les remplit.

— Allez, à tes succès futurs.

Toura leva la main au-dessus du verre.

— Je dois encore passer au bureau.

— Ça ne fait rien. Bois. Tu ne feras pas de conneries. Ton chauffeur est parti ?

— Oui.

— Dommage. Tu aurais dû garder ce salaud jusqu'à demain matin. Je dirai à l'officier de service de te donner une voiture.

— Excellent cognac.

Nazratkoulov se détendit immédiatement, l'alcool, même à doses homéopathiques, faisait de l'effet.

— Tu vas te reposer, tu l'as mérité. Pour tout te dire, mon chef de service est déjà là. Il remplit les papiers. Et les collègues font déjà la quête pour ton cadeau. J'ai donné l'ordre qu'on prélève aux Objets confisqués une montre pour toi. Orient, tu connais, c'est à la mode ? Sacrée belle montre. En couleur, avec chronomètre. Et un calendrier jusqu'en l'an 2020.

— Je n'envisage pas de vivre aussi longtemps, dit Toura à travers ses dents serrées, contemplant Nazratkoulov avec intérêt.

Maintenant que tout était résolu, le colonel avait poussé un soupir de soulagement et témoignait à l'égard de Toura un peu plus de chaleur. Sa voix exprimait une bienveillance sincère :

— Il faut que j'organise un pot aujourd'hui même. Il faut faire ça dans les règles. Ha ! On y sera tous ! Tout le monde aime ça, un mot gentil. J'ai pris quelques numéros de la *Gazette littéraire*, avec les vœux aux retraités, je pensais faire un petit montage. Je te le dis en camarade, hein, c'est officieux.

Toura posa son verre.

— Moi aussi, j'ai quelque chose à te dire, en camarade. C'est officieux. Ton pot, fous-le-toi dans le cul.

Puis, se tournant vers Ergachev :

— Je peux y aller, camarade général ?

Ergachev acquiesça. Toura tourna les talons, à la militaire, et, contenant sa rage, écoutant avec dégoût le bruit de ses pas sur le parquet étincelant, sortit.

Il monta au quatrième étage. L'immeuble était vide. Toura alla jusqu'au bout du couloir et entra dans le bureau de Pak. Il voulait lui-même examiner les papiers du

Coréen, au cas où celui-ci aurait laissé des notes. Mais un scellé tout frais posé sur la porte l'en empêcha. Deux sévères fils de plomb partaient de la poignée.

— Direct chez vous, camarade lieutenant-colonel ? demanda le chauffeur de la navette. Il faut que je sois de retour dans une demi-heure.

— À la maison. Passe par le centre-ville.

Toura s'installa confortablement. Le chauffeur tourna le volant.

Toura voulait jeter un coup d'œil à la tchaïkhana de Souvone. Désormais, lui, Toura, était le seul qui connût l'existence du piège. Et qui répondît personnellement de la vie de l'homme qui avait accepté de l'aider.

Le signal indiquant que l'opium était arrivé était simple : Souvone devait changer un tapis de place. Celui-ci occupait le mur à gauche de la porte des cuisines. Au cas où, le tapis devait passer à droite.

— Vous voulez que je tourne derrière le théâtre ?

Le chauffeur était pressé.

Toura regretta d'avoir choisi la route à travers le centre-ville. La vieille tchaïkhana était plongée dans le noir et, même s'il y avait eu de la lumière, il n'aurait rien pu distinguer à cette vitesse.

Toura songeait tristement que si la mort de Pak avait une relation quelconque avec l'opium, il ne fallait pas parier trois centimes sur la vie de Souvone. « Et comment est-ce que je vais le protéger maintenant ? Je ne suis rien. Tôt ou tard, ça devait arriver. Tout conduisait à cela. La mort de Pak, l'histoire du moteur… Ce n'est qu'un prétexte. On a décidé de se débarrasser de moi. »

Dès qu'ils quittèrent le Grand Nœud routier, une voiture leur colla au train. Une gerbe de lumière le frappa à la nuque, puis les phares s'éteignirent, la voiture traîna quelque peu près de la poste centrale, puis réapparut devant le Tsoum [1].

Toura se pencha vers le chauffeur :

— Tu vas tourner à droite. On va prendre les petites rues. Se débarrasser de cette pieuvre.

Le chauffeur était lui aussi intrigué. Il freina brutalement à l'angle de la rue, tourna le volant à droite et accéléra : la Volga tourna à angle droit, se précipita dans la ruelle. Le chauffeur éteignit les phares et stoppa derrière le point de récolte des déchets recyclables. Ils virent leur suiveur passer en trombe et, un instant plus tard, les feux rouges de ses freins avaient disparu derrière le tournant.

Le chauffeur eut un juron puis éclata de rire :

— Ils sont de la maison. La patrouille 13-47…

Extraits de journaux :

« J'ai commencé beaucoup de récits de courses de vélo, mais jamais je n'en ai écrit un seul qui pût se comparer aux courses disputées dans les vélodromes, fermés ou ouverts, ou encore sur route, écrivait le grand écrivain américain Ernest Hemingway. Mais je décrirai cependant le Vélodrome d'hiver dans la vapeur d'une journée finissante et la rude piste de bois, et le chuintement des pneus, et la tension des coureurs, et leurs procédés, lorsqu'ils s'envolent dans les airs et se jettent en bas, ne faisant qu'un avec leur machine…
Le magnifique cadeau des constructeurs permet aux hôtes de l'Olympiade à Moscou de voir de leurs yeux, sentir la tension de la compétition sur le pistes… »

1. L'Ounivermag central, équivalent de grandes galeries ou de grands magasins (NDT).

Toura arriva tôt au bureau. Dans son cabinet, sur le divan, dormait Kakadjan Nepessov : il avait dû travailler toute la nuit. Lorsque Khalmatov entra, Kakadjan ne remua même pas.

Les rapports inachevés reposaient en vrac sur le bureau :

« La vérification à l'aide du détecteur de l'endroit supposé où aurait été abandonnée l'arme du crime, près du café Tchiroïli, n'a pas donné de résultats. Les recherches supplémentaires ont été arrêtées à la tombée de la nuit… »

« D'après les premières indications, le cognac géorgien de la marque "KV" est analogue à celui que possédait la victime, Sabirdjon Artykov. Cette marque n'est pas en vente dans les magasins de Moubek… »

— Toura Khalmatovitch !

Kakadjan voulut se lever.

— Dors pour l'instant. Tu vas me gêner.

— J'ai eu l'impression que vous parliez avec le Coréen…

— Tu as rêvé. Je finis d'écrire le rapport pour les recherches. Tu le donneras aux dactylos, comme si c'était toi qui l'avais rédigé, puis tu le feras approuver par Gapourov.

— Ravchan ?

— Oui, dors, je te dis…

À dix heures à peine, Toura finissait d'écrire. Puis, sans se presser, il tria le contenu des tiroirs. Mon Dieu ! Quel foutoir ! Les affaires personnelles… Khalmatov ne prit que ses blocs avec les notes, qu'il fourra non sans mal dans une serviette qui traînait dans une armoire poussiéreuse. Puis il dénicha un carton et vida dedans un à un les tiroirs du bureau. Détritus et poussière. Maintenant, tout cela était devenu poussière.

Drôle de technologie : les affaires personnelles deviennent, en passant du tiroir dans le carton, un tas de poussière. Poubelle ! Cette transformation étonnante était accompagnée de bruits divers de papiers remués et de tiroirs cognés. La poussière, très ancienne, tournoyait en petits cyclones.

Khalmatov ne toucha pas à ce qui se trouvait dans le coffre, se leva, regarda autour de lui, comme avant une longue route, puisqu'il partait pour toujours, et se dirigea vers le service du personnel. Toute la nuit il avait pensé à la douloureuse procédure qui consiste à mettre les gens à la porte. Aux questions auxquelles il est difficile de répondre. Aux cancans et commérages provoqués par son départ imprévu.

Tout fut, cependant, beaucoup plus simple qu'il ne l'avait pensé. Le général avait ordonné qu'on le libérât des formalités et des questions humiliantes. Que tout fût réglé le plus rapidement possible.

Le chef des services administratifs, Tonia Stepankova, une dame sans âge, experte dans les péripéties du service, accueillit Khalmatov avec le sourire, comme si tous les matins il venait signer son certificat de travail, plus communément appelé « carte de débarquement ». Ils échangèrent leurs impressions météorologiques, tandis qu'elle préparait les papiers de la passation de pouvoir de Khalmatov à Gapourov. Sans un mot, elle cocha les cases de sa « carte de débarquement » qui aurait mieux convenu à un certificat de ministère qu'à une modeste direction régionale : « hôtel », « bibliothèque de littérature générale », « bibliothèque spécialisée » ...

— Et voilà, dit Stepankova avec un signe de tête amical en lui tendant « la carte de débarquement ». Bon vent, Toura Khalmatovitch. Passez nous voir.

— Je n'y manquerai pas, dit-il sérieusement.

— À votre place, j'irais tout de suite à Sotchi, souriait tendrement Tonia. Ou carrément à Moscou.

Un conseil ? Une allusion ? Un ordre ?

— Je vais réfléchir.

À l'économat, on n'eut rien de spécial à lui dire. On raya juste son nom dans la liste des primes d'uniforme pour le 1er mai.

Rendre le pistolet lui fut désagréable. Toura se tenait devant la barrière du milicien de service, derrière lui bâillait la porte de l'armurerie. Il sortit le Makarov de son étui accroché sous l'aisselle : l'engin d'acier noir corbeau avec son manche à rayures, familier et tiède de la chaleur de son corps, lourd et sûr, et qui l'avait si souvent sauvé de la mort ! Combien de fois avait-t-il confié sa vie à ce morceau de métal parfaitement assemblé, et pas une fois son ami d'acier ne l'avait trahi.

Le milicien de garde se tourna vers l'armoire et prit dans le casier un petit carton blanc, appelé « l'adjoint », délivré au propriétaire de l'arme le temps que celle-ci reposait dans l'armoire. Toura n'avait plus besoin de « l'adjoint », il rendait son Makarov pour toujours. Le milicien coupa le carton en deux. C'est tout. Toura finit par poser le pistolet sur le bureau. Et rien, il n'éprouvait ni tristesse ni dépit, ni douleur, seulement la honte, brûlante et inexplicable. Comme si on lui avait demandé d'enlever son pantalon en public.

Il fit un geste de la main et se dirigea au service médical. Le milicien voulut le rappeler pour qu'il rendît l'étui, mais il connaissait Khalmatov depuis longtemps et, ayant compris son état, il n'osa pas.

— Tant pis, soupira-t-il. Il finira bien par l'apporter plus tard. Ou alors, on s'arrangera...

En principe, tout licencié devait passer une visite médicale, un chek-up complet. Mais l'ordre du général, certainement pris avec l'accord des plus hautes sphères ministérielles, de régler cette affaire le plus rapidement possible était appliqué à la lettre.

Le médecin-chef en personne l'attendait et le confia à l'infirmière, avec son dossier, pas plus épais qu'un cahier d'écolier : Toura ne tombait jamais sérieusement malade et n'avait jamais demandé d'arrêt de travail.

L'infirmière en chef le pria de s'asseoir et proposa du thé :

— Restez là, je vais tout arranger.

Après avoir refusé le thé et respiré l'odeur propre et âcre de médicament, Toura regarda autour de lui. Un poster du ministère de la Santé était accroché au mur, d'après lequel il était indispensable de se faire soigner les dents à temps. La première image représentait un gros homme, riant de bon cœur. Cette phase de sa vie était illustrée par ces vers :

« Efim au grand jamais chez le dentiste n'allait
Il ne le savait pas mais sa dent se gâtait. »

Sur l'image suivante, le visage triste d'Efim était entouré d'un pansement :

« La dent malheureuse de douleur le perçait
Mais Efim ne voulait toujours pas la soigner. »

Sur la troisième image, Efim était transporté d'urgence sur une civière :

« Il dut payer d'avoir négligé sa douleur
Son mal de dent finit par lui faire mal au cœur ! »

Lorsque l'infirmière en chef revint avec l'enveloppe que Toura devait rapporter au service du personnel, il lui dit :

— Ça doit être ça : je ne savais pas que ma dent se gâtait.

— Vous avez mal aux dents ? demanda-t-elle, désolée.

— Non, non, je disais ça comme ça...

Au service financier, on lui avait déjà préparé le solde de tout compte : le salaire du 20 juin au 2 juillet, la compensation des congés payés non utilisés l'année dernière et ceux de l'année en cours, l'indemnité de départ. En tout, 832 roubles et 46 kopecks. Toura signa le registre, la caissière lui donna l'argent : des paquets entourés de bagues de papier, en coupures de un, trois et cinq roubles. Toura contempla pensivement ces petits paquets, cherchant un endroit pour les ranger. La caissière se méprit :

— Ne vous en faites pas, Toura Khalmatovitch, tout est en règle, l'argent a été bagué à Moscou.

Avant de rendre sa carte professionnelle et de se transformer en étranger, à qui l'entrée n'est autorisée qu'avec le passeport et le laissez-passer rose, Toura retourna dans son bureau.

La porte était ouverte et le bureau était occupé par son nouveau propriétaire : l'épais Gapourov, avec son visage figé. Près de la fenêtre, se tenait Kakadjan Nepessov, des papiers à la main.

— Entrez, Toura Khalmatovitch, asseyez-vous, dit Ravchan d'un ton hospitalier.

À cause de sa coquetterie dans l'œil, il était impossible de comprendre qui il regardait, Toura ou Kakadjan, toujours près de la fenêtre, dans un position arbitraire, entre « garde-à-vous » et « repos ».

— Comment allez-vous ? Bonne humeur ?

— Tout va bien. Des nouvelles ?

— Ça ne manque pas. À Dilkoucho, une ferme a brûlé, trois moutons ont été volés, ou bien ils sont morts dans l'incendie. À Ourtchachma, un adolescent s'est blessé avec une grenade artisanale…

Ravchan se cala plus confortablement dans le fauteuil de Khalmatov, comme s'il l'avait toujours occupé. Kakadjan ne bougeait pas : c'était un signe de changement de pouvoir, de la façon dont seraient traités par le nouveau chef ses anciens élèves à lui, Toura. L'allusion vivante à des prochains changements dans le personnel : Toura savait déjà que Ravchan ne garderait personne.

— Beaucoup de travail. Et en plus, je n'ai pas d'adjoint, soupira lourdement Ravchan. Mais, ça ne fait rien ! Il nous faudrait nous sortir de cette histoire et, avec le temps, tout s'arrangera.

Ce nom sans visage, désigné par le mot adjoint, qui sous-entendait celui du Coréen assassiné, lui fit l'effet d'une aiguille plantée dans son cœur. Mais, après tout, Toura n'attendait pas de la douceur de la part de Ravchan.

— Allez, j'y vais. Pour le coffre, on verra plus tard. Il ne voulait pas rester dans ce bureau. – Bonne chance.

— Merci. Passez nous voir, Toura Khalmatovitch.

Khalmatov ne put, comme il escomptait, faire ses adieux aux collègues, ce à quoi il n'accordait d'ailleurs pas une importance exagérée. Comme d'habitude, la plupart des opérationnels étaient en mission et ceux qui étaient restés répondaient, l'air passablement épuisé, aux coups de fil urgents, téléphonaient eux-mêmes, demandaient quelque chose, exigeaient. Toura se sentit gauche, comme un quidam débarqué de la rue et gênant tout le monde avec son inutilité évidente et son désœuvrement naturel.

— Salut, lança-t-il en guise d'adieux à la cantonade, à la revoyure !

Puis, n'y tenant plus, il dit à Alicher :

— Il faut absolument retrouver l'arme du crime. Ce pistolet, il l'a sûrement jeté. Et si vous arrivez à savoir où Sabirdjon a acheté le cognac, vous saurez par la même occasion d'où il venait. Et qui il a rencontré en route. Allez, dit-il, et ajouta son expression ouzbèque favorite :

— Khoudo kholossa [1].

Toura ne se retourna plus. Il savait très bien ce qu'il représentait pour les autres et ce qu'ils représentaient pour lui.

— C'est un rêve, songea-t-il. Je n'arrive pas à y croire.

En se rendant au service du personnel, il souhaita que le colonel Nazratkoulov ne fût pas dans son bureau.

Tous les papiers étaient signés. L'inspecteur qui travaillait dans le service était nouveau à Moubek et Toura n'avait rien à lui reprocher.

— Vous avez votre carte ? demanda l'inspecteur.

Khalmatov sortit de sa poche supérieure le petit livret rouge, ce même petit livret dont il prenait soin depuis tant d'années. Parfois, il s'éveillait la nuit pour vérifier s'il était entier et à sa place. Il le tendit à l'inspecteur :

— Je vous en prie.

L'inspecteur rangea la carte dans une enveloppe et la classa dans le dossier de Toura.

— Ceci est pour vous.

Il tendit à Khalmatov sa carte militaire, sa carte de travail et sa carte de retraite et dit d'une voix cérémonieuse :

— Je sais bien, il faudrait le faire dans la grande salle,

1. Tout ira pour le mieux (NDA).

mais vous savez, ils sont en train de préparer la veillée funèbre, tout le monde est occupé, ils ne songent pas à la fête. Je vous demande de venir au service administratif. Les filles ont fait du thé. Nous voudrions vous donner quelque chose.

« Je pars dans une obscène précipitation », songea Toura.

— Vous vouliez me dire quelque chose ? demanda l'inspecteur.

— Non, rien, répondit vivement Toura, avec un accent de crainte dans la voix. Puis il songea : « J'ai mis six mois pour entrer à la milice et deux heures pour en sortir ! »

L'inspecteur sourit avec compassion, le laissa poliment passer et, satisfait, lui montra le chemin jusqu'à la porte.

Vers midi, Toura était devenu un vétéran, il avait gagné un repos bien mérité et était entré en possession d'une montre japonaise Orient, achetée par les collègues, sur les indications de Nazratkoulov, aux Objets confisqués, un fonds censé être réalisé dans le commerce.

On décida de ne pas lui donner le discours de Nazratkoulov.

Toura descendit dans le hall et s'arrêta près de l'aquarium, scrutant l'abîme de vase opaque. Les poissons, anormalement colorés, le fixaient droit dans les yeux. Puis se dispersèrent aux quatre coins de leur royaume bouillonnant et mou. Ils devaient avoir compris que ce n'était pas Ergachev ; ils n'avaient rien à discuter silencieusement avec Toura qu'on avait foutu à la porte.

Le boiteux Khaliaf s'approcha silencieusement de lui, resta doucement à ses côtés, puis laissa tomber de la nourriture dans l'aquarium.

— Bonne chance ! dit-il après avoir serré la main de Toura.

C'était la première fois qu'il lui adressait la parole ! Depuis tant d'années… Comme s'il avait attendu que Toura cessât d'être un chef pour lui parler. Ou peut-être avait-il attendu que Khalmatov devînt un homme ordinaire ? Qui sait, c'était plutôt un type étrange, le boiteux Khaliaf. Un infirme, une figure intouchable de la Direction.

On disait que, il y a très longtemps, le Père de la République, le Fils Glorieux de Moubek, lors de son voyage habituel dans la patrie, après un déjeuner conséquent, prit le volant et conduisit lui-même la limousine blindée à travers les rues. Les échangeurs n'étaient pas encore élevés et, au tournant, avant d'arriver au village, pas loin de la vieille école, une des premières construites dans la région, son pare-chocs chromé cueillit Khaliaf le charpentier : il effectua un vol plané sur une trentaine de mètres, se brisant les os. Cependant, Khaliaf survécut, mais resta boiteux et étrange.

Et Ergachev, certainement après en avoir discuté avec les poissons, résolut le problème à la satisfaction générale : il prit le boiteux Khaliaf à la Direction, lui donna le grade d'adjudant-chef et l'affecta au pâturage et au soin exclusif des poissons tropicaux.

Le Père-Fils-Guide lui non plus n'avait pas oublié Khaliaf. Et demandait, à chacune de ses visites :

— Comment va-t-il, ce type étrange qui s'est jeté sous mes roues ?

Ergachev répondait :

— Il est devenu un sacré bon soldat, vous ne le reconnaîtriez pas.

Khaliaf était fier de son uniforme et appréciait sa fonction, adorait Ergachev sans limites et ne parlait jamais à personne…

Et pour la première fois depuis des années, Toura entendit la voix quelque peu cassée et sifflante de Khaliaf.

— Bonne chance !

Deux ou trois bols flottaient dans la bassine. Les vieilles théières étaient rafistolées avec des becs en fer-blanc. Un garçon tristounet, l'apprenti de Souvone, était en pleine vaisselle. Le mur était entièrement recouvert de tapis.

La tchaïkhana, avec son intérieur blanchi à la craie, ressemblait à une infirmerie.

Toura n'apercevait pas Souvone, mais ne voulait pas demander après lui. Le tapis était à sa place. Khalmatov n'avait besoin de savoir rien d'autre.

— Tu as des galettes ?

L'adolescent fit un bruit avec sa langue.

— Et du pain ?

— Du pain, oui. Mais d'hier.

L'intérieur de la tchaïkhana était rempli de mouches, qui cognaient avec un bruit métallique contre les vitres poussiéreuses. La popularité de la maison de thé de Souvone restait une énigme pour beaucoup. Ses habitués étaient plutôt les chauffeurs de « long cours », les « rois de la route ». Le soir, la maison était bourrée de monde, et on ne buvait pas que du thé. On discutait de pneus, de cols, des prix des primeurs, de carburant. Parfois, les voix des gars atteignaient la limite, la dispute se colorait de rouge-mauve, une bagarre mûrissait, les couteaux tremblaient d'impatience. Alors, de la cuisine survenait Souvone, le regard absent, et les passions se fanaient, les cris cessaient. Tout rentrait dans l'ordre. Personne n'entendit jamais Souvone prononcer une phrase cohérente. Ce n'était pas indispensable. En voyant le patron de la maison de thé, chacun comprenait immédiatement ce qu'il avait à faire, et le comprenait correctement. Personne ne vit jamais Souvone frapper quelqu'un. De toute évidence, cela non plus n'était pas indispensable.

Toura savait que Souvone était atteint d'une maladie rare : l'acromégalie. On n'avait jamais vu quelqu'un comme Souvone dans le pays et sa personne provoquait une impression effrayante : il chaussait du quarante-huit, avait des mains comme des pelleteuses, une mâchoire, un nez, des oreilles énormes, de lourds sourcils pendants. Une véritable idole de pierre Aku-Aku. Les habitués de la tchaïkhana n'avaient jamais entendu parler de la pathologie de l'hypophyse : ils pouvaient juste imaginer ce qu'aurait d'effrayant l'idole de pierre si elle se mettait en colère. Et l'idée ne leur venait pas qu'il pouvait mourir à tout moment.

Khalmatov sortit de la tchaïkhana, hésitant sur la direction à prendre. Il était absolument libre. La maison de Souvone était en plein centre-ville : d'un côté passait l'avenue principale, de l'autre, s'étendait le parc pour enfants. L'un des précédents dirigeants de la région – on en avait gardé le souvenir même après sa démission forcée – avait rêvé de remplir ce parc d'attractions pour les mômes. Il ne restait de ses rêves que la grande roue. À côté du parc, le restaurant Moscou occupait les deux étages de l'annexe de la bijouterie Narous, plus loin encore, un pont enjambait le Sarsen, un ruisseau de montagne gonflant lors des crues de printemps, puis complètement sec pendant l'été. Là, tout près du pont, s'élevait une autre construction moderne, l'Ounivermag central, le Tsoum, avec le kiosque Cadeaux de la nature collé à son flanc.

Après une petite hésitation, Toura entra au Tsoum. Le silence et l'obscurité régnaient à l'intérieur du magasin.

Quelques personnes, certainement de passage, traversaient sans hâte la salle déserte.

L'annonce près de l'entrée invitait à une vente-exposition de chapeaux. Toura longeait la vitrine et lisait les noms des modèles :

191 : Vetché. 219 : Figaro. 205 : Sommet… Puis Start, Nouveauté…

Toura pensa qu'il était capable d'acheter un chapeau avec un nom qui sonnait bien et que tous ceux qui s'y connaissaient le regarderaient comme un sauvage.

Les derniers vingt-six ans, trois mois et dix-sept jours, il pouvait porter tout ce qu'il voulait, sauf un chapeau. Ici, à Moubek, un flic en chapeau était une vision aussi étrange que le pape en pantalon turc.

Il n'était pas exclu, bien sûr, que, devenu retraité, il s'habituât à porter le chapeau comme il s'était habitué au manteau réglementaire qui remplaça un jour la capote militaire, avec, à la place de la poche droite, une large fente pour que la main pût glisser facilement jusqu'à l'étui du pistolet, qu'on accrochait alors à la ceinture.

Toura retourna sur l'avenue, absolument déserte. Seule, à l'arrêt de bus, la foule silencieuse souffrait de la canicule. De l'autre côté de la rue, la même foule se consumait lentement. Près du kiosque Cadeaux de la nature, le chauffeur de la voiture de patrouille 13-47 parlait avec le boucher. Dans l'herbe brûlée de la bande de séparation bruissaient les grillons.

« Pak n'a jamais parlé du Tchiroïli, songea de nouveau Toura. Et la serveuse et le cuisinier ont déclaré ne l'avoir jamais vu… »

L'autobus surgit de derrière la tour de l'hôtel.

« Je n'ai plus de carte, se rappela Toura. Combien

d'amendes vais-je payer avant de m'habituer à acheter des billets et à les composter ? »

— Où il est passé, le fric ? dit un petit homme jaunâtre, sans s'adresser à personne en particulier. Toura l'avait vu à la tchaïkhana. – On a dépensé des millions pour ces gratte-ciel et ces échangeurs et pas un endroit où boire un thé…

Sa femme repassait dans le salon. La glycine couvrait le mur. Le tas de lessive sentait le propre et apportait une sensation de fraîcheur. Toura aimait quand on repassait à la maison.

Dans l'entrée, il ôta sa veste et, en l'accrochant au cintre, cogna contre l'étui vide, et ce contact avec l'étui de cuir lui fut un coup au cœur : il eut peur pendant un instant d'avoir perdu le pistolet. Vieille habitude. L'instant d'après, tout revint à son esprit, il jura et pensa que maintenant il ressemblait lui-même à cet étui : vide, usé, inutile. Il enleva la ceinture de son pantalon, fit glisser les courroies de l'étui et le jeta au fond de l'armoire.

Lorsqu'elle entendit son mari dans l'entrée, Nadejda débrancha le fer, alla à sa rencontre, et appuya sa poitrine contre les paumes tendues de son mari.

— Tu souffres ? demanda-t-elle à mi-voix.

Le matin même, Toura l'avait brièvement mise au courant.

— De toute façon, tu ne rendras pas la vie à Andreï, non ? Tu l'as vu ?

— Oui. Je lui ai fait mes adieux. Comment va Saïda ?

— De quoi tu me parles ? J'arrive de chez elle. Il y a là-bas madame Nazratkoulova avec sa belle-fille. Tu n'es pas venu directement ?

— Je me choisissais un chapeau. Tous les retraités que je connais portent un costume et un chapeau.

— Tu n'as même pas de costume. Et rien à mettre pour le mariage d'Alicher.

— Ça n'a plus d'importance.

— Mais pourquoi tu te morfonds comme ça? Tu es encore jeune et déjà libre. Alors que moi, je dois encore bosser et bosser. Si tu veux, on part chez mes parents.

C'était son rêve le plus cher.

— La forêt, la verdure. L'automne, c'est plein de champignons. La pluie. Pas de chaleur. Et si tu veux travailler, à Mojaïsk, on a toujours besoin de bras. Ou alors, on peut te trouver quelque chose plus près, à Poretchié.

— Et on vivrait où?

— Avec la famille. La maison est grande, elle est à nous. Il y a de la place pour tout le monde…

Elle ne le lâchait pas, s'approchant de plus près. Toura ne put s'empêcher de regarder sa montre, elle croisa son regard : leur fils était au camp de pionniers et devait rentrer bientôt.

— Ils nous invitent sans arrêt!

— Tu as oublié une chose. Toura s'écarta doucement. – Chez nous, les Ouzbeks, il ne peut pas y avoir deux hommes dans la même maison. Il n'y qu'un seul patron. Tous mes amis se moqueraient de moi.

— Un de tes amis a déjà téléphoné.

— Qui ça?

— Silov.

— Valéry Silov? s'étonna Toura.

— Mais oui, Silov, dit calmement Nadejda, comme s'il n'y avait rien de particulier dans ce coup de fil. – Tu penses, il a téléphoné il y a cinq ans, et puis aujourd'hui aussi, il a téléphoné. On ne va pas faire des comptes d'apothicaire. Sans oublier qu'il vit dans le même pâté de maisons que nous, c'est un immeuble de fonction…

— Valéry sait pour moi ?

— Toute la maison le sait.

— Il t'a demandé de me transmettre un message ?

— Non. Il a juste demandé comment tu allais.

— Eh quoi, comment je vais ? Tout va bien. Demain, je donne un cours de formation professionnelle, dit Toura avec un sourire.

— Je croyais que tu ne travaillais plus.

— Quelle différence ! Je ne travaille plus à la milice criminelle.

Nadejda tendit ses bras pour écarter Toura d'elle et ses yeux vairons, l'un vert, l'autre bleu de Prusse, brillèrent :

— Ça fait quinze ans que je vis avec toi et pourtant je ne comprends pas.

— Demande-moi, je t'expliquerai, dit Toura, plein de bonne volonté.

— On a tué ton ami, on t'a foutu à la porte. Et toi, tu veux aller donner des cours à tes débiles, leur expliquer ce qu'est une preuve indirecte. Comment peut-on comprendre ça ?

Toura la serra contre lui et dit doucement, tendrement, presque en chuchotant :

— Depuis longtemps, je sentais qu'ils ne cherchaient qu'un prétexte pour se débarrasser de moi. Tôt ou tard, ça devait arriver.

— Et alors ?

— Et alors, il est écrit dans mon attestation que je suis « modeste ». Et ce n'est pas vrai.

— Pourquoi ? Si toi tu n'es pas modeste, qui l'est ?

— Écoute ce que je te dis. Il n'y a personne au monde en dehors de toi à qui je peux dire une chose pareille. C'est une erreur ! J'ai l'air modeste. Je dirais plutôt timide. Un défaut dans mon éducation. Un homme bien élevé est égal avec tout le monde. Même avec les inconnus. Je ne suis pas du tout modeste : il y a sûrement, au plus profond de moi, un orgueil secret qui tempête.

— Et comment s'exprime-t-il, cet orgueil ?

— Par l'amour-propre. Tu sais, c'est comme on écrit sur les montres : 17 ancres. Je pense que je suis une ancre d'horlogerie, minuscule et invisible, indestructible, sur laquelle repose tout le mécanisme. Si ces ancres tombent, il n'y a plus qu'à jeter la montre. Je veux être une ancre d'horlogerie et je ne me laisserai pas extirper aussi facilement.

Nadejda le regarda derechef et ses yeux se remplirent des larmes de douleur, de dépit et d'amour :

— Eh, mon Toura-hourra ! Mon crétin d'amour... Tu sais comment on t'appelle ? « Le chef mendiant ».

— Je sais. Dommage que le badge n'existe pas. Je le porterais.

— Malheureusement, avant toi, Ravchan Gapourov l'aurait demandé. Ou Nazratkoulov.

Toura résista deux heures puis n'y tint plus et appela au bureau. L'inspecteur principal Kakadjan Nepessov l'accueillit joyeusement :

— Je suis content d'entendre votre voix, instructeur. Comment ça va ? La famille ?

Comme s'ils ne s'étaient pas vus le matin même à la Direction ! Les questions traditionnelles sonnaient sincère :

— L'humeur est bonne ?

— Tout va bien, merci. Et chez vous ?

— Tout va bien également.

— Des nouvelles du Tchiroïli ? demanda Toura. Ça avance ?

— Non. Nous sommes au même point. Rien à se mettre sous la dent.

— Est-ce que le Tchiroïli figurait sur le plan de travail de Pak ? Vous avez regardé ?

Nepessov hésita un moment puis, plus bas, dit rapidement :

— On nous a interdit, instructeur, de donner des informations. Un juge d'instruction pour les affaires spéciales est arrivé avec sa brigade. À votre sujet.

— À mon sujet ?

— On en parle à la Direction. Quant au Tchiroïli, il n'est pas sur le plan de travail de Pak. L'après-midi, Atakhodjaïev d'Outchkouva devait passer le voir, mais Pak a annulé le rendez-vous. Il a fait dire qu'il serait occupé.

— Je voudrais vous aider.

— Je sais, instructeur. Je pense que Pak n'avait jamais mis les pieds dans ce café. Pour l'instant, il n'y aucune piste Tchiroïli.

— Et Sabirdjon ?

— Artykov ? Il ne le connaissait pas. Il n'y est fait mention nulle part.

— On en dit quoi ?

— C'est contradictoire. Les voisins disent que c'était un bon gars. Alors qu'il a essayé, en plein jour, de voler une voiture.

— Juste pour faire un tour, peut-être ?

— Ça a été qualifié de vol. Plus l'autoradio. Vous m'écoutez ?

— Oui, oui. Où habitait-il ? Pourquoi ne le connaissait-on pas ?

— À Syrdaria. Puis à Ourtchachma. Khoursan vient d'y partir, avec un des juges. Sa mère, Moukhabbat, est venue d'Ourtchachma pour voir sa famille. Il devait la rejoindre.

— Il connaissait des gens ?

— À Moubek ? Personne.

— Qu'est-ce qu'il a fait après sa libération ?

— Il ne travaillait pas et passait presque tout son temps chez lui. Ou bien chez des copains.

— Et hier ? Vous avez réussi à savoir quelque chose ?

— Non, rien. Les voisins étaient sortis. Moukhabbat était partie dès le matin pour voir sa sœur cadette qui s'était cassé la jambe. Elle est restée avec sa nièce et n'a pas vu Sabirdjon.

— Il buvait ?

— Non.

— Où s'est-il procuré le cognac ? Vous avez trouvé ?

— Non. Le cognac de cette marque n'est pas en vente à Moubek. Alicher a demandé des renseignements à Syrdaria et Ourgout, où Artykov s'était rendu...

Kakadjan se tut brusquement puis reprit d'un ton affairé :

— Bon, je crois que je vais y aller. Il faut que j'interroge les patrons des transports routiers.

Quelqu'un de la Direction avait dû entrer dans le bureau.

— Excuse-moi, Kakadjan, dit Khalmatov, je crois que je me suis emballé. Merci à toi.

— De rien... Je suis de garde, demain matin. Vous ne voulez pas passer ?

Oulougbek jeta ses baskets dans l'entrée.

— Papa, tu es là ?

Le visage de son fils était rouge de colère.

— Je suis là, fiston, je suis là.

Nadejda n'avait rien remarqué, elle finissait de repasser dans le salon son chemiser préféré, en dentelle, à jabot :

— Maintenant, papa restera avec nous plus souvent... Chez les autres, les pères restent à dîner et pour les fêtes.

Nadejda accrocha le chemiser sur le dossier de la chaise et disparut dans l'entrée :

— Et le nôtre, toujours au boulot...

— Alors, c'est vrai ?

— Qu'est-ce qui est vrai ?

— Mon père a été viré, criait Oulougbek. Il ira en prison ! On a tué tonton Andreï et c'est sa faute !

— Qu'est-ce que tu racontes ? explosa Nadejda. D'où tu sors ça ?

— C'est Bakhtior Yakhiaïev qui me l'a dit. Il le tient de son père. Tout le monde est au courant.

— Adyl Yakhiaïev ?

Toura les rejoignit dans l'entrée.

— Le directeur du restaurant, c'est ça ?

— Il a dit que tu étais un chef mendiant. Que chez nous c'était comme après l'incendie, plus rien, plus de voiture, plus de privilèges. Que tu as creusé la tombe de tout le monde et que tu as fini par tomber dedans.

— Mais je vais y aller, moi, voir son père. Nadejda était furieuse et ne plaisantait pas. – La calomnie, ça se règle devant la justice !

Khalmatov posa la main sur l'épaule du garçon :

— Fiston ! As-tu déjà entendu dire que ton père était un menteur ? Un lâche ? Ou que je me sois conduit indignement ?

— Non.

— Que j'aie fait du mal à quelqu'un ? Que j'aie parlé à tort et à travers ? Pour que tu aies honte de moi ?

— Non, non. Oulougbek commençait à se calmer. J'étais blessé...

— Comprends. J'ai fait mon temps. J'ai travaillé à la milice criminelle pendant vingt-six ans, trois mois et dix-sept jours. Ce n'est pas rien ! Et maintenant, j'ai pris ma retraite. Un repos bien mérité.

Toura gâcha tout avec son explication. Oulougbek était remonté :

— Mais tu es jeune ! Des retraités comme ça, ça n'existe pas. Ils sont vieux et faibles. On leur laisse la place dans les autobus, Ils passent leur temps à jouer aux dames dans la cour. Alors que toi, tu fais cinquante pompes d'affilée.

— Il ne manquait plus que ça, intervint sa mère. Qu'est-ce que c'est que cette mode, exiger des comptes de ses parents ? Lave-toi les mains et à table. Tu devrais être content de trouver ton père à la maison. Allez, fini de bavarder. Le déjeuner n'attend pas.

Toura alla dans sa chambre, hésita, puis sortit sa carte de travail, qu'on lui avait remise ce matin même à la Direction. Elle était toute neuve, les inscriptions étaient calligraphiées avec soin :

Emploi précédent : Chemins de fer de l'Asie moyenne, élève-monteur, puis monteur de rails.

Toute sa vie, ses espoirs, ses chutes et ses essors, les félicitations et les blâmes, la chasse qu'il menait et celle qu'on menait contre lui, tout cela se fondit dans deux petites lignes incompréhensibles : « le stage dans les organismes du ministère de l'Intérieur est de... »

À côté, figuraient deux dates, avec les numéros d'ordre et les signatures.

Il se leva et fit le tour de la pièce.

« Pourquoi je ne travaille pas ? Maintenant. Justement maintenant quand on a le plus besoin de moi pour trouver l'assassin du Coréen ? »

Le téléphone sonna. Toura prit l'écouteur et, après une longue pause, une voix inconnue demanda :

— Alors, on reste à la maison ? On ne s'ennuie pas trop ?

Khalmatov attendait, sans répondre.

— Prends bien le pli, allez… L'appareil émit un rire forcé. – Il faut se reposer, n'est-ce pas ? Qu'est-ce que tu en penses ?

Puis on raccrocha.

— Qui était-ce ? demanda Nadejda.

— Rien, une jeune fille, sourit Khalmatov, pour un rendez-vous galant.

— Eh bien, vas-y. Ça te distraira. De toute manière, nous sortons, Oulougbek et moi.

— Et vous allez où ?

— Khalida nous a invités.

Khalida était une amie de Nadejda et travaillait avec elle au service régional des statistiques.

— Entre filles…

Quelques minutes plus tard, le téléphone sonna de nouveau.

— Tu veux que je réponde ? s'inquiéta Nadejda.

— Allô.

Toura avait déjà décroché.

Encore une pause. Khalmatov voulut couper la communication quand une voix soudain familière, proche, parla :

— T-Toura…

Silov bégayait légèrement en prononçant son prénom.

— Je savais que je te trouverais chez toi.

— Et où veux-tu que nous, les retraités, nous soyons ? À la maison, couchés. Tu es au courant ?

— Oui. Tu plains ton sort ?

— Un peu…

— Pense au Coréen dans ces moments, il est plus à plaindre. Et laisse tomber le reste.
— J'essaye. Comment vas?
— Bien.
— Et l'Automotrice?
— Elle avance.
Silov roulait sur un tas d'origine et de marque inconnues. À chaque contrôle technique à l'inspection automobile, se posait le même question : donner ou non l'autorisation de rouler. L'inspecteur que connaissait Silov proposa d'enregistrer l'engin sous le nom d'Automotrice, voiture autonome des chemins de fer propulsée par un moteur à combustion interne. Et le sobriquet resta.
— Tu viens à la boxe, ce soir? demanda Silov.
— La boxe? s'étonna Toura.
— Bien sûr : c'est le championnat juniors. On tchatchera un brin. Pourquoi, tu as d'autres plans?
— D'autres plans? Non. Passe me prendre.

Extraits de journaux :

« Nouvelles stations de métro
Sous la place Pouchkine, une nouvelle station de métro sera construite, la Tchekhovskaïa.
Sur de nombreux kilomètres, la ligne Serpoukhovskaïa-Timiriazevskaïa traverse le centre de Moscou et relie les faubourgs peuplés du Constructeur rouge au sud à ceux de Lianosov au nord. Avec l'ouverture de cette ligne, la dernière des gares de la capitale, de Saviolovsk, sera reliée au réseau métropolitain… »

Toura monta dans la voiture, claqua la portière, tendit à Silov une main hésitante :
— Salut…

Silov pressa fortement sa main et, sans la lâcher, annonça :

— Tu accuses le coup. Tu as une tête d'ambassadeur extraordinaire auprès de la grande duchesse de Gerolstein.

— Et qu'est-ce que tu veux que j'aie comme tête ? On m'a vraiment envoyé auprès de la grande duchesse de Gerolstein, dit Toura avec un petit sourire.

Silov lâcha sa main, lui tapota l'épaule et promit joyeusement :

— Ça passera ! C'est parce que tu n'as pas l'habitude ! Nous, les retraités et autres lourdés, avons à notre disposition une masse de réjouissances. Comment dire... une vie de folie sur la face cachée de la lune. Tu verras, tu t'habitueras.

— Je ne compte pas m'habituer.

— Eh bien ! s'étonna Silov et il démarra.

Dans le vacarme du moteur, la ruine à quatre roues se dirigea lentement vers le Palais des sports.

— En ce moment, ton amour-propre blessé tempête dangereusement. Et te fait mal comme une hernie étranglée.

— Il ne s'agit pas d'amour-propre, dit tristement Toura. C'est le destin des derniers jours...

— Allons. Moins de pathos et davantage d'humour.

Toura remua sur son siège mais n'eut pas le temps d'ouvrir la bouche que Silov l'engueulait :

— Et ne va pas geindre que c'est facile pour moi de raisonner ! Que ma plaie est ancienne et que la tienne saigne encore ! N'oublie jamais : tu es un retraité respectable, un vétéran méritant, et moi, un louche individu, viré de la milice comme un malpropre, pour faute grave ! En comparaison, le pharaon Ergachev t'a traité comme un dieu !

Ils se turent pendant un moment, puis Toura, la gorge sèche, demanda :

— C'est pour ça que tu m'as appelé ? Pour me dire ça ?

— Ça aussi ! dit Silov. Ton bonheur, c'est que, à notre époque, des gens honnêtes, il y en a comme des érythrocytes, deux ou trois à l'horizon. Ils ont cru que tu étais honnête et t'ont doucement poussé vers la sortie.

— Tu sais, arrête ta brouette et laisse-moi descendre. Sinon je te casse la gueule, dit doucement Toura.

— L'un comme l'autre sont impossibles, répondit Silov en riant. Il est interdit de s'arrêter sur le Grand Échangeur. Si tu me casses la gueule, on se viande et demain Nazratkoulov, avec une joie à peine dissimulée, nous enterrera dans les bras l'un de l'autre : deux amis jusqu'au tombeau, deux crétins. Il récapitulera nos qualités supposées et réelles et dira : « Je demande de considérer notre travail, accompli en collaboration avec Khalmatov et Silov, comme satisfaisant. » Et s'occupera d'Enver ou de Kakadjan... Alors, si tu as besoin de te défouler, casse-toi la gueule toi-même, ça sera plus convaincant et plus juste. C'est quand même toi qui m'as trahi, quand toute la bande de l'Obchépite m'est tombée dessus à bras raccourcis...

Toura se taisait, les yeux fermés, écoutant le bruit du moteur. Oui, Silov avait raison. Il serait impossible d'imaginer maintenant ce que Toura aurait dû faire quand toute cette horde s'était précipitée sur Silov : se battre avec Ergachev, prendre l'avion pour Moscou et demander un rendez-vous au ministre, envoyer des télégrammes au plus haut niveau, ou bien partir avec Silov. Mais Silov partit seul. Pourtant, il était l'ami de Toura, son subordonné, et Toura ne l'a pas protégé. Il s'agita, s'excita, couina un peu et finit par accepter l'opinion générale : la force brise la paille. Contre le pouvoir, rien à faire. Rien à prouver. Avec le général, tout est verrouillé. C'est un ami et un lointain parent du Père-Fils-Guide. Silov alors était devenu dément : jamais personne n'avait osé parler à Ergachev de cette façon devant tout le monde :

— Vous êtes un pharaon : le seigneur de tout ce qui est et de tout ce qui n'est pas…

Toute la compagnie ferma les yeux de terreur. Ergachev, d'un ton sifflant, dit tout bas :

— Ne remets plus les pieds ici…

Silov fit le salut militaire et répondit :

— Affirmatif. Ne pas remettre les pieds ici…

Il se renversa et traversa toute la pièce sur les mains.

Ergachev, figé par la stupéfaction devant cette insolence sans précédent, ordonna aux témoins muets :

— Je ne veux plus jamais entendre prononcer son nom…

Et le nom de Silov ne fut jamais plus prononcé à la Direction.

Le soir même, Toura se précipita chez Silov et commença :

— Ma conscience ne me permet pas…

Mais Silov l'interrompit :

— Tais-toi ! La conscience, c'est la bonté après beaucoup de souffrances. Ta conscience à toi se réveillera après la grande souffrance…

Et lui claqua la porte au nez.

Silov était un homme étrange, qui lisait beaucoup, et il était impossible de savoir si ce qu'il disait venait de ses livres ou de lui-même.

Toura ouvrit les yeux et demanda d'un ton las :

— Qu'est-ce que tu cherches à obtenir ? Qu'est-ce que tu veux ?

Silov éclata d'un rire joyeux :

— Mais rien du tout ! J'attends la distribution des prix

et qu'on tire les oreilles de nos bandits. Je veux voir ce jour.

Toura hocha la tête :

— J'ai peur que tu doives attendre longtemps.

— Ce n'est pas grave ! dit Silov, placide. J'espère que, quelle que soit la durée de l'attente, elle sera moins longue que le terme de ma vie. Je ne désire rien de plus.

Ils arrivèrent au palais des Sports. Tandis que Silov garait la voiture dans le minuscule parking, Toura demanda :

— C'est pour ça que tu es resté à Moubek ?

— Ouais. Pour ça aussi. J'ai pas mal de débiteurs, ici…

Toura aimait l'ambiance des combats de boxe : le public presque exclusivement masculin, au milieu, le sarcophage poussiéreux du ring, les costumes blancs des arbitres, la lumière des projecteurs et les cris puissants jaillissant des tribunes : « Vas-y, frappe ! »

Le combat se déroulait entre les élèves des écoles olympiques, qui se connaissaient pour la plupart d'entre eux depuis les bancs de l'école, se soutenaient les uns les autres. Les disputes naissaient çà et là, surtout lorsque la décision de l'arbitre ne concordait pas avec la sympathie de la salle.

Celle-ci était naturellement toute dévouée aux boxeurs de Moubek et les abreuvait de conseils.

— Frappe ! Travaille en douceur…

Les indications, sincères certes, mais contradictoires, fusaient des tribunes.

— Garde la distance, ne le colle pas ! Plus près, plus près ! Impose le corps-à-corps !

Les passions s'exaspéraient. Après la victoire d'un invité sur le boxeur de Moubek, un scandale éclata. Le com-

bat suivant fut interrompu. L'entraîneur, mécontent de la décision de l'arbitre, et contrairement au règlement, s'approcha des jurés. Sa gesticulation était très claire, il en appelait au public. Les jurés, révoltés par cette violation de l'étiquette, tournaient le dos en signe de protestation. L'entraîneur repartait puis revenait de nouveau à la table du jury. La salle sifflait et tapait des pieds.

Silov sifflait et tapait des pieds avec les autres. Entre ses mains, il serrait une paire de menottes, souvenir de son travail à la milice criminelle, qu'il trimballait partout. Il avait perdu la clef depuis longtemps et Toura le mettait souvent en garde : « Un jour, tu vas te coincer là-dedans et tu te promèneras en menottes jusqu'à ce que tu trouves une scie ! »

— À poil, l'arbitre !

La salle éclata d'indignation.

Avant-hier encore, ce bain de foule bruyant aurait emporté Khalmatov. Lui aussi avait vécu ces secondes brèves, lorsque, dans la vestiaire, il croyait entendre, à travers les sifflets et le brouhaha de la salle, le jury revenir sur sa décision et réparer l'erreur en criant son nom à lui, Khalmatov...

Aujourd'hui, ces passions de trois sous l'exaspéraient et l'empêchaient de se concentrer, de se plonger dans ses propres problèmes.

« Ce serait intéressant de savoir ce qui se passe maintenant chez Ravchan. Peut-être a-t-il découvert des témoins ? Qu'ont répondu Syrdaria et Ourgout à propos du cognac ? » Peu à peu, son esprit revint à ce qui le préoccupait tous ces derniers temps : « C'est peut-être maintenant qu'on a le plus besoin de moi, là-bas. Pendant que je suis là, à un match de boxe. C'est de la folie. À part le cognac, ils n'ont aucune piste. »

Il se leva et toucha l'épaule de Silov.

— Je sors m'aérer un peu.

Les murs du gigantesque hall du Palais des sports étaient recouverts des portraits des plus grands sportifs et de diagrammes avec le nombre des médailles obtenues dans la période précédant les Jeux olympiques de Moscou. Sous toute cette agit-prop illustrée, quelques fumeurs faisaient les cent pas. Près d'une porte, Toura remarqua Souvone. Le patron de la tchaïkhana le fixait d'un regard indifférent.

« Il sait que j'ai été viré, pensa Toura. Donc il se sent libre de ses engagements. »

Toura fit quelques pas, s'arrêta, fouilla dans ses poches, jeta un coup d'œil sur Souvone, claqua des doigts. Sans un mot, Souvone sortit un briquet et le tendit à Khalmatov.

— Merci, Souvone.

Toura alluma sa cigarette et garda le briquet dans la main. « Made in Hong-Kong ». Joli objet... Il rendit le briquet à Souvone et dit :

— Mon licenciement ne change rien à la situation, sache-le.

Sans s'étonner le moins du monde, Souvone demanda :

— Le papier, tu l'as toujours ?

Il avait été condamné, mais, pour une raison quelconque, le dossier avait disparu du service informatique. Toura l'avait retrouvé au ministère de l'Intérieur de l'URSS et l'avait montré à Souvone. Le patron de la tchaïkhana eût sans doute préféré que son dossier ne revît jamais le jour, mais cela ne dépendait plus de lui.

— Il est où, le dossier ? À l'Obchépite, ils n'attendent que ça pour déblatérer...

— Il est en bonnes mains.

Khalmatov crut nécessaire de répéter ce qu'il avait déjà dit un jour :

— Il est à Moscou, chez un ami. S'il m'arrivait quelque chose, on le ferait suivre.

— Que veux-tu qu'il t'arrive ! Souvone était très attristé. – Tu es jeune et fort. C'est l'État qui t'entretient maintenant.

— Holà, ça suffit maintenant, l'interrompit Toura. J'ai mon beau-père qui rapplique. Tu as du cognac, dans ta maison de thé ? Mais du bon. De marque.

— En ce moment, c'est un peu difficile avec le cognac. Les gens le réservent longtemps à l'avance, pour les mariages.

Leur conversation fut interrompue par la foule qui, depuis les portes, se déversait dans les couloirs et les escaliers. Les arbitres préférèrent annoncer un entracte.

Khalmatov alla retrouver Silov, qui l'attendait près de la porte.

— Le général Ergachev vient d'arriver.

Il montra la loge de l'autre côté du ring :

— Le chef de la Direction régionale, grand amateur des combats de boxe, est accompagné par quelques camarades-auditeurs. C'est agréable de savoir que la commission pour les affaires spéciales est invitée, remarqua-t-il.

Du couloir en face surgit un milicien en uniforme, un autre se dirigea vers la table des jurés.

— La milice criminelle est également représentée.

Silov désigna les coulisses. Khalmatov aperçut Alicher Gapourov : le jeune inspecteur passait attentivement la foule au crible de son regard, comme Toura le lui avait enseigné.

— Il t'a invité ?

— À son mariage ? Bien sûr… Dis donc, proposa subitement Toura, qu'est-ce que tu dirais de partir ?

Les pourparlers des arbitres s'éternisaient, les lumières au-dessus du ring furent éteintes par souci d'économie.

— Si les combats des étoiles montantes de la boxe de Moubek laissent Monsieur indifférent…

Lorsqu'ils arrivèrent à la maison, Nadejda et Oulougbek étaient rentrés. Le garçon s'apprêtait à aller au lit. Nadejda regardait la télévision. Lorsqu'elle vit Toura et Silov, elle baissa le son :

— À quelle heure est ton cours demain, Toura ?

— Dès potron-minet. Neuf heures.

— Je ne savais pas que vous aviez repris vos études, monsieur Toura, dit respectueusement Silov.

— Je n'étudie pas. J'enseigne le droit. Formation professionnelle.

— Et où cela, si vous permettez ?

— À l'Université de la milice.

— Alors il est plus correct de dire « j'enseignais ». Je pense que tu as quitté l'Université pour des raisons personnelles. Ce qui est agréable, c'est que, quand on nous lourde, c'est de partout à la fois.

— On l'a seulement « retraité », dit Nadejda.

— Et moi, on m'a versé dans l'Économie nationale. Quelle est la différence ? Lourdé et basta !

Nadejda ne répondit pas. Il était convenu que Silov avait été licencié pour faute grave, limite criminelle.

Voilà ce qui s'était passé. Un groupe de revendeurs au noir qui écoulaient de la vodka déposèrent une plainte contre Silov, prétendant qu'il les rackettait en tentant d'instituer un impôt mensuel. Il est vrai que Silov les pourchassait avec un zèle inexplicable, les bouclait au violon, les chargeait d'amendes, brcf, les empêchait de vivre par tous les moyens. Un beau jour, l'un des plaignants, Chamil, entra dans le cabinet de Silov une enveloppe à la main, suivi immédiatement par un inspecteur de la police des polices, appelé « chat noir » dans le jargon des miliciens.

L'enveloppe renfermait une somme très importante, et Chamil prétendit qu'il l'avait apportée sur ordre de Silov, qui expliqua à son tour qu'il s'agissait d'une provocation.

Les deux accusations furent examinées en même temps. Il fut impossible d'établir la vérité. D'ailleurs, personne ne se força. L'inspection interpréta intelligemment le doute en faveur des accusés. On laissa partir Chamil et Silov ne fut pas inculpé de corruption passive. Mais il paya pour sa conduite insolente lors de l'instruction et, « ayant perdu la confiance de l'administration », fut jeté dehors en vingt-quatre heures. Cinq ans s'écoulèrent, mais il ne put rien prouver.

Le meilleur flic que Toura ait connu travaillait maintenant dans une boîte improbable, avec la non moins improbable fonction d'« ingénieur chargé de l'organisation de la compétition socialiste ».

— Si tu te souviens bien, Toura, moi aussi j'étais à l'Université. Comme auditeur.

— Auditeur, c'est autre chose, fit remarquer Nadejda.

— Allons à la cuisine, proposa Toura.

Il fit le thé lui-même. Il ébouillanta la théière, laissa infuser, remplit son bol et reversa son contenu dans la théière.

— Tchoïni kaïtaring, dit mécaniquement Silov, ce qui voulait dire, en ouzbek, « le retour du thé ». – Entre nous,

Chamil, je le rencontrais presque tous les jours, ce fils de pute. Il souriait : « Comment vont les affaires, Valentin Oustinovitch ? Vous avez retrouvé du travail ? »

— À propos, c'est facile de trouver du travail pour un flic qui s'est fait jeter ? demanda Toura avec un sourire moqueur.

Silov extirpa les menottes. Puis les remit dans sa poche :

— Je suis arrivé au trust de montage de Moubek, et je suis allé voir le chef du personnel. Un jour, j'avais amené ce salaud au dessoûloir, mais, par pitié, je n'avais rien dit à son travail. Alors le voilà qui regarde ma carte de travail, puis il me dit : « Pardonnez-moi, mais vous pensez que vous êtes le seul à qui il faut montrer patte blanche, parce que vous coffrez les camarades qui font du marché noir ? Et les autres, ils vivent de quoi ? Allez réfléchir à ça ! » Moi, je n'étais pas habitué, j'ai perdu le sens de la parole, et lui il continue, compatissant : « Moi, camarade major, je n'irais pas en reconnaissance avec vous, j'aurais trop peur de rester tout seul, à claquer des dents ! » Et moi, j'irais bien avec toi, que je lui dis. Pour te coller une balle dans la peau, espèce de pouâcre.

Toura tenta de le calmer :

— Laisse tomber.

Mais Silov ne pouvait plus s'arrêter :

— Mais bien sûr, on va voir si tu laisses tomber ! Ta vie n'y suffira pas. Tu vas te chercher une place et ça va faire un joli tableau. Les uns ne voudront pas de toi parce que tu es un ancien flic, qui les serrait et les étouffait sous les amendes. Pour d'autres, tu es une balance potentielle, et ils ne voudront pas avoir affaire à toi. Pour d'autres encore, tu n'auras pas la confiance de l'administration.

Entre nous, c'est le mur. La milice m'a oublié, je suis viré. C'est-à-dire compromis ! Enfin, il y bien quelqu'un pour qui on compte ?

— Ça suffit, peut-être ? supplia Nadejda.

— Peut-être, oui, acquiesça Silov. Basta ! Quand je commence à penser à tout ça, mon ulcère s'ouvre de nouveau. À l'hôpital, le chirurgien m'avait prévenu : « Ou vous oubliez votre licenciement ou préparez-vous à passer sur le billard. »

Comme l'exige la tradition, Toura se servit en premier, puis versa le thé à l'invité et à sa femme, sans remplir les bols à ras bords, en signe de respect.

Soudain apparut Oulougbek, censé dormir depuis longtemps.

— Il y a eu un coup de fil pour papa. Il faut qu'il aille à la Direction demain, pour la commission.

— C'est seulement maintenant que tu le dis ? s'indigna sa mère.

— J'avais oublié. Ça vient de me revenir.

« Demain, en début d'après-midi. »

Silov secoua la tête :

— Félicitations ! Le révizor est arrivé [1].

— Ils commencent par moi, c'est ce qui est amusant.

— Par toi, bien sûr ! dit Silov. Ils ont besoin de toi ! Tu manques de respect ! Tu es d'une curiosité indécente. Tu creuses profond, on ne sait pas ce que tu vas trouver. Si l'assassinat du Coréen reste inexpliqué, ils enregistreront quelques cambriolages ! Ni une ni deux, ils s'en sortiront à cause du taux de résolution !

1. Allusion à la célèbre réplique de la pièce de Gogol, *le Révizor*, devenue une plaisanterie familière chez les Russes (NDT).

Extraits des journaux :

« Spoutnik » sur orbite

Le bureau du tourisme de la jeunesse Spoutnik vit de l'Olympiade. Cette organisation touristique de la jeunesse est nommée agent général pour l'accueil des jeunes touristes soviétiques et co-agent pour la réalisation du programme touristique pour la jeunesse étrangère. Plus de 90 000 invités soviétiques et étrangers des Jeux olympiques sont attendus en deux grandes vagues de neuf jours chacune... »

L'Université de la milice occupait, tout près du théâtre, un de ces bâtiments construits sur projet individuel, éloignés les uns des autres, qui formèrent le visage du Grand Moubek.

L'avenue était déserte. À côté de l'université, sur deux mâts était accrochée une immense pancarte :

« Chers citoyens de Moubek !

Le coton est mûr, c'est notre richesse et notre fierté. Il attend vos bras puissants et l'élan de votre bon cœur. Le devoir de chaque homme est de se rendre aux champs. »

Toura longea la façade jusqu'au théâtre. Dans la roseraie chantonnaient les fontaines. Toura se pencha et approcha ses mains du jet d'eau. D'ici, on apercevait, entre les buissons, des lanternes recouvertes de grillage, comme des cages à oiseaux. Les affiches dataient du mois de mai et annonçaient une comédie musicale en deux actes. L'été, le théâtre partait en tournée.

Venu de derrière les immeubles de neuf étages, un meuglement de vache, puissant, emplit toute la rue. Toura alla jusqu'au kiosque à journaux pour acheter un calepin.

Mais il n'y avait pas de calepin. Pas plus que de

bloc-notes. Il n'y avait que des stylos en plastique, déformés par la chaleur, et des cahiers d'écolier jaunis au soleil, avec cette inscription intrigante : « Les enfants ! Préservez le fretin de l'esturgeon ! » Comment les enfants pouvaient préserver le fretin, alors que les seuls poissons de la région étaient ceux de l'aquarium d'Ergachev, était pour le moins mystérieux. Toura songea qu'il faudrait offrir ce cahier à Khaliaf le boiteux.

Puis il se rendit à la pharmacie.

Dans la gigantesque salle avec son plafond à moulures, les vitrines étaient à moitié vides, avec quelques seringues et des bouillottes de tout calibre, mélangées à des paquets de raisin-d'ours, d'écorce de chêne et de millefeuille. Toura était le seul client sous les arabesques de plâtre. L'écho sourd roulait à travers la salle déserte.

— Vous n'avez jamais peur ? demanda Toura à la dame âgée.

— L'habitude ! Ça fait longtemps que nous n'avons plus qu'un seul guichet.

Khalmatov acheta de la citramone pour sa femme, remarqua en passant que les nombreuses caisses avaient été supprimées faute d'occupation, que la moulure au plafond s'effritait et il sortit dans la rue. Sans hâter le pas, il retourna, à travers la roseraie, vers le théâtre.

Toura fit tous les efforts pour étirer le temps mais de toute manière finit par arriver à l'université largement en avance. Le recteur de l'université, Rosa Karimova, jeune femme sympathique et unique docteur en histoire de tout Moubek, fut la seule à le précéder.

— Toura Khalmatovitch ! le salua-t-elle ravie, puis elle s'assombrit, confuse. – Tout va bien ? Tout le monde est en bonne santé ? Vous savez, on m'a téléphoné hier de la Direction pour me dire que vous ne travailliez plus chez nous. Alors j'ai appelé Rakhimov, du collège des avocats…

Le juge d'instruction pour les affaires spéciales portait un polo, avec des poches sur la poitrine, récente modernisation de la chemise classique. Ses bras bronzés reposaient nonchalamment sur les papiers, mais avec une certaine assurance. Le juge n'était plus jeune : son visage foncé par le soleil était couvert de rides minuscules, à peine visibles. Dans ce masque figé, seuls brillaient les yeux, âcres et vivaces comme du mercure.

— Anatoli Nicolaïevitch Narijniak, juge pour les affaires spéciales au parquet de la République. Versé au groupe d'instruction du parquet d'URSS. Ainsi se présenta-t-il à Khalmatov, sans, toutefois, lui tendre la main.

— Mettez-vous à l'aise. La conversation sera longue.

On avait mis à sa disposition le cabinet du premier adjoint d'Ergachev, avec air conditionné, table longue et portrait de Brejnev sur le mur. La tunique bleue de Narijniak, petites étoiles dorées aux boutonnières, était suspendue sur la chaise.

— Si vous n'y voyez pas d'inconvénient, il vaudrait mieux temporairement s'abstenir de fumer, prévint le « spécialiste ».

— Ça fait vingt ans que je ne fume plus, répliqua sèchement Toura.

— Parfait ! J'aimerais que vous commenciez par me communiquer tout ce qui vous semblera important par rapport à l'incident.

Toura scrutait son visage en silence. Narijniak précisa immédiatement sa question :

— Vous étiez bien à la tête de la milice criminelle de

la région, c'est-à-dire le chef direct de Pak ?

Khalmatov acquiesça et commença à expliquer posément :

— Pak était responsable de la ville et moi de la région dans son ensemble. Assassinats et viols relèvent de ma compétence comme tous les crimes dont sont victimes les particuliers. Les affaires de drogue aussi…

— Qui était responsable des statistiques de la criminalité ?

— C'est mon adjoint qui veillait à ce que les instructions de l'enregistrement des crimes soient respectées, expliqua Toura, qui pensa : « Celui-là veut aller loin, il ne va pas se contenter du crime au Tchiroïli. Il préfère prendre la grande route. Il sera question de la mise en cause de tout mon travail opérationnel avec Pak… »

— Vous savez que c'est la confusion totale chez vous, dans l'enregistrement des crimes ?

— Sûrement. Pas plus qu'ailleurs.

— Nous parlons de Moubek, pour l'instant. Une partie des crimes non résolus n'est pas enregistrée. Le taux de résolution est artificiellement gonflé, attaqua Narijniak avec ferveur.

Khalmatov ne se retint plus :

— Bien évidemment, c'est la première fois que vous entendez parler de ça. Le parquet rend compte des mêmes chiffres, non ?

Les petits yeux de mercure de Narijniak rapetissèrent jusqu'à devenir des gouttes scintillantes.

— Je vous déconseille de me parler sur ce ton, dit-il lentement.

Toura haussa les épaules :

— Nous, les professionnels, nous avons honte de parler sérieusement du taux de résolution. Chacun sait que c'est de la poudre aux yeux, mais personne ne moufte. Est-ce que vous pensez que Pak ou moi nous étions personnellement intéressés par les taux ?

— Et pourquoi pas ?

La voix de Narijniak se brisa :

— Les membres de la milice criminelle reçoivent des primes en fonction du taux de résolution !

On pouvait discuter de cela éternellement.

Narijniak comprit vite que Toura, sur ce terrain, était le plus fort :

— Nous vérifierons tout dans les moindres détails. On retrouvera les ordres écrits. Pour l'instant, puisque vous parlez de ça…

Le bronzage ne s'arrêtait pas à son avant-bras et continuait sous la manche de sa chemise.

« Il n'est pas d'ici, songea Khalmatov. De Moscou ou de Kiev. On l'a versé au groupe d'instruction… » Les gens de la région ne cherchaient pas à bronzer.

— …Pouvez-vous donner le nom du responsable qui a ordonné de gonfler le taux de résolution en dissimulant des crimes ?

— C'est un jeu malhonnête, dit Toura.

— Quel jeu ?

— Vous savez très bien que personne ne donnera de noms directement. Comme personne ni dira ouvertement : gonflez les chiffres du coton, du beurre, du lait. Au contraire, combien de fois ai-je entendu, lors des réunions : « Camarades. Que se lève celui qui a été puni pour un crime non résolu. Personne ? Pourtant, nous punissons ceux qui dissimulent les crimes et qui ne les enregistrent pas, et nous continuerons de les punir. Nous irons jusqu'à les déférer devant le parquet. Alors, pourquoi vous cacher ? Pourquoi dissimuler les crimes ? »

— Eh bien, vous voyez ?

— Quoi, vous voyez ? C'est pour la galerie ! Celui qui n'assure pas un taux élevé de résolution est sûr de passer sous les fourches caudines. Sous n'importe quel prétexte. Et les bonnes paroles ne trompent personne. Tout le monde comprend pourquoi on nous punit. Et vous le savez très bien !

— Nous sommes hors sujet…

Narijniak regrettait déjà de s'être avancé sur un terrain aussi glissant.

— Je voudrais aborder les questions qui concernent la fusillade au Tchiroïli. J'aimerais savoir si votre adjoint pouvait quitter son bureau sans en avertir personne.

Khalmatov fit un bruit sec avec sa langue :

— Non. Même après le service, chacun de nous doit dire où il se trouve.

— À ce point-là !

— En cas d'alerte. Nous avons une situation assez compliquée, par ici. Et Pak aurait dû absolument dire où il se rendait.

— C'est ce que je pensais ! La voix du juge était enrouée et il semblait toujours sur le point de l'éclaircir. Et en partant aussi loin, au Tchiroïli, Pak aurait dû, je suppose, non seulement mettre quelqu'un au courant mais également obtenir l'autorisation, n'est-ce pas ?

— Oui.

— Et l'autorisation d'un chef équivaut à un ordre ! Par conséquent, Pak aurait dû recevoir l'ordre de se rendre au Tchiroïli. Correct ?

Toura réfléchit puis acquiesça.

— Donc, un ordre. Un ordre de qui ?

— Je n'étais pas à Moubek. J'étais parti la nuit même pour Ourtchachma.

— Et avant le déjeuner, vous n'avez pas eu la curiosité de savoir ce qui se passait dans votre service ?

Le juge eut le sourire poli de quelqu'un qui ne croit personne sur parole :

— Ça m'étonnerait…

— Vers midi, j'ai parlé avec le milicien de garde.

— Admettons. Et votre adjoint ?

— Je n'ai pas pu parler avec Pak.

Le téléphone sonna, Narijniak décrocha :

— Excusez-moi…

Le juge parlait lentement, sans quitter Toura du regard, comme s'il comparait ses propres impressions avec ce qu'il entendait au téléphone :

— Oui, oui… Khalmatov est chez moi… Comment dire… Je ne sais pas…

Il annonça, en raccrochant :

— Je voudrais vous prévenir que j'ai constitué un dossier à part concernant le moteur de votre voiture que vous avez extorqué au directeur de la base. Le juge qui s'occupe de cet épisode vient de m'appeler. Votre chauffeur lui a déclaré qu'il avait agi dans votre intérêt. Une fois de plus, votre accord équivalait à un ordre pour votre subordonné.

— Je n'ai rien à voir avec cette affaire, dit Toura.

— Difficile à croire. Mais nous vérifierons. Revenons au Tchiroïli. Pak est tué dans un café où personne ne le connaît. Si votre adjoint avait décidé de se distraire, il aurait certainement choisi un endroit qu'il fréquentait habituellement.

— Qu'entendez-vous par là ? se braqua Toura.

— J'entends par là qu'il a été envoyé au Tchiroïli dans un but précis.

« C'est la version d'Ergachev : c'est moi qui aurais envoyé Pak dans ce café », songea Toura.

Narijniak terminait l'interrogatoire quand, des profondeurs de l'immeubles, montèrent les accords funèbres de l'orchestre. Dans la salle de réunion commençait l'hommage au Coréen.

— Lisez et signez.

Narijniak tendit à Toura plusieurs feuillets noircis.

— Vous avez quelque chose à me demander à propos de l'affaire ? Un service ? Une requête ?

— Oui.

Un court instant, Khalmatov réussit à saisir le regard véloce de l'inspecteur, puis le perdit aussitôt.

— Je voudrais être utile dans l'enquête sur cet assassinat. Personne ne connaît mieux que moi les criminels de Moubek : leur personnalité, leurs habitudes, leurs couvertures, les rapports entre les bandes ennemies. Je pourrais vous aider.

Narijniak rit sans bruit :

— Voilà précisément ce que je vous demanderai de ne pas faire. Ne vous mêlez pas de ça.

Puis son ton redevint officiel :

— Ne gênez pas le cours de l'instruction. Et ne bougez pas de Moubek. Sur ces bonnes paroles, la séance est levée. Nous reprendrons demain, à neuf heures.

Toura n'alla pas à la cérémonie, il ne voulait pas entendre ce qu'on allait y dire. Toura ne doutait pas que Nazratkoulov, affairé comme il était, ne laissât passer l'occasion de faire un discours, et ne le lût, après avoir composé un visage de circonstance, comme un adieu au Grand Coréen. Toura n'avait pas besoin de faire ses adieux à Pak, c'était déjà fait. Quant au repas funéraire, Dieu lui en enverrait sûrement d'autres.

Les collègues descendaient à la salle de réunion, tandis que Toura montait au troisième.

Il ne trouva que Kakadjan Nepessov, qu'il n'avait plus revu depuis la fois où il se tenait au garde-à-vous devant Ravchan Gapourov.

— C'est toi que je cherche !

— Je vous écoute, Toura Khalmatovitch.

— Dis-moi, d'abord, comment vous allez, tous ? Enver va bien ?

Ancien élève de Toura, Enver, ainsi que son ami Kakadjan, n'étaient pas de la région et les traditions pesaient sur eux moins fortement, comme les liens de famille ou d'amitié. Ils sortaient tous deux de l'école de milice d'Omsk et, comme tous ceux qui avaient fait leurs études supérieures loin de chez eux, avaient une vue plus large et plus libre des choses.

— Tout va bien, instructeur. Enver est en mission, tout le monde est très occupé. C'est bientôt mon tour de garde. Dommage, je ne pourrai pas aller chez Alicher…

Khalmatov désigna les papiers sur le bureau :

— Les rapports ?

— Il faut bien…

— Avec ta mémoire, Kakadjan, Gapourov va t'utiliser comme son ordinateur. Tu sais tout, tu n'oublies rien.

Nepessov sourit :

— Je n'ai pas remarqué, instructeur.

— Vous avez établi où Artykov a passé ses dernières heures ?

— Non. Cette journée est une tache blanche.

— Les témoins du Tchiroïli se souviennent de quelque chose ? L'amie de l'Iranien ?

— On ne l'a pas interrogée. Peut-être le juge d'instruction… En revanche, on a trouvé le gars qui a ramené Sabirdjon au Tchiroïli.

— C'est intéressant.

— Sabirdjon est monté aux alentours du canal. Celui qui l'a ramené jusqu'au canal est sûrement parti dans la direction de Yanguier. Nous avons demandé des renseignements dans tout le secteur, mais pour l'instant, rien.

— Comment Sabirdjon s'est-il conduit dans la voiture ? Que dit le conducteur ?

— Il est patron d'un magasin à Tchardara. Il n'a rien remarqué de particulier. À part le cognac. Il a essayé de l'acheter mais Sabirdjon a refusé. Il a dit qu'il ne pouvait pas. Il a demandé à descendre au Tchiroïli. C'est tout.

— Sabirdjon lui a dit où il allait ?

— Non. Il a juste répondu : « Pas loin d'ici. »

— C'était bien le Tchiroïli, sa destination ?

Toura s'absorba dans ses pensées et lorsque Kakadjan parla de nouveau, il s'aperçut qu'il était pressé :

— Et vous, Toura Khalmatovitch, comment ça va ?

— Pas mal, merci. Une seule chose me chiffonne. J'ai parlé l'autre jour avec Oummat, à Ourtchachma.

— Le cambriolage chez Anarbaï Madjidov, du comité de la Consommation du district…

— C'est ça. Une histoire de seringue… Sauf que la dope, ce n'est pas sa partie.

— Absolument. Mais il vaut mieux vérifier.

Kakadjan se dirigea vers l'armoire qui abritait dans ses tiroirs la cartothèque de la milice criminelle de Moubek.

— Une minute… Oummat… Nepessov trouva rapidement la fiche. – Condamnations… Relations… Rien à voir avec la dope. Un simple cambrioleur. C'est tout.

Khalmatov convint avec Silov de se retrouver sur l'avenue, devant la tchaïkhana de Souvone. Les rideaux de la fenêtre de l'arrière-salle, où le triste apprenti lavait les bols dans la bassine et nourrissait les mouches, n'étaient pas tirés. Depuis la rue, on voyait parfaitement que le tapis était à sa place.

— Eh, toi, le suspect numéro un, qu'est-ce qu'il te voulait, le juge ?

Toura se retourna et aperçut Silov qui avait coupé le moteur de la voiture et, sans bruit, s'était approché de lui.

— J'ai promis de ne rien dire, ricana Toura, montant dans l'engin.

Ils roulèrent sur le Grand Échangeur et tournèrent sur la chaussée à hauteur de l'hôtel Moubek.

La rue semblait déserte et poussiéreuse. Le soir, lorsque la chaleur tombait, la ville reprenait la couleur grise, voire blanchâtre, de la terre brûlée de la steppe de la Faim.

— À quoi ça sert de repeindre les maisons ? demanda Toura. Elles sont comme nous, chacune a la couleur qu'elle a reçue à la naissance.

— Sûrement. Peut-être, dit distraitement Silov. C'est pour quand, le mariage d'Alicher ?

— Samedi.

— Au restaurant ?

— Non, au village. Si tu veux, on y va ensemble, proposa Toura.

— Je veux bien, accepta Silov. J'adore les fêtes. Est-ce que tu crois que la famille d'Alicher a acheté du cognac de marque ?

— Pourquoi, du cognac tout con, ça ne te convient plus ?

— Je n'en boirais pour rien au monde ! Mon ulcère ne le permettrait pas. Mon ulcère tempête et me questionne : mais où Sabirdjon a-t-il trouvé cette bouteille ?

— Je croyais que tu l'avais oubliée depuis longtemps, s'étonna Toura, qui n'y avait fait allusion qu'une seule fois, pour dire qu'on n'arrivait pas à savoir où Sabirdjon se l'était procurée.

— Je n'oublie jamais ce genre de choses, dit Silov en éclatant de rire. Notre problème à tous les deux, c'est que notre profession est aussi une maladie. Qu'est-ce qu'il te voulait, ce juge ?

— Il me semble qu'il croit… Toura hésita. – Non, il n'affirme rien ! Il n'est pas convaincu. Il y a des milliers de versions ! Il n'exclut pas que j'aie quelque chose à voir avec le meurtre du Coréen.

— Quelle perspicacité !

— En même temps, il pense que l'affaire du moteur doit être examinée à part.

— Très malin aussi. Qu'est-ce que tu en penses ?

— Du crétinisme engendré par la panique, l'incompétence et le désir d'annoncer au plus vite que les coupables sont punis.

— Sûrement pas !

Silov freina brutalement mais avec précision : le toit de l'Automotrice se trouvait sous l'ombre étale d'un vieux mûrier.

— Non, non et non. Tu ne vois pas ce qui se passe ?

— Et que se passe-t-il, Silov ? demanda Toura le plus calmement possible.

Son expérience professionnelle n'était pas suffisante : un docteur ne se soigne jamais lui-même. Il voulait simplement que Silov confirmât son point de vue sur la situation. Ou qu'il l'infirmât. Ou qu'il lui donnât un conseil.

— Je crois que tu sous-estimes l'intelligence de ces bêtes féroces, dit Silov en hochant la tête.

— Et comment se manifeste-t-elle ?

— En général, dans les détails. Premièrement, on

vous a arrangé une affaire. Deuxièmement, on vous a tiré dessus. Troisièmement, on t'a viré. Tu n'auras pas le temps de dire ouf qu'on te foutra en tôle !

— Prends soin de toi, Silov. Le chirurgien ne t'a pas prévenu ? On ne plaisante pas avec ces choses-là !

— Je ne t'ai pas tout dit : selon lui, il y a deux façons de soigner un ulcère de cette taille. Oublier qu'on t'a craché à la figure et te calmer. Ou essayer de leur arracher la tête…

— Tu n'as pas peur que ce soit à toi qu'on arrache la tête, si tu t'excites ? demanda sérieusement Toura.

— Bien sûr que j'ai peur. Il n'y a que les psychopathes qui n'ont pas peur. Mais j'ai pris ma décision. À toi de prendre la tienne. Je suis à ta disposition. Il n'est pas encore écrit que deux vieilles ganaches comme toi et moi n'arriveront pas à foutre Nazratkoulov et Ravchan dans le pétrin !

— Pourquoi Ravchan ?

— Qui était le chef de la section de Moubek, quand on m'a cassé ? Ravchan Gapourov. Qui est devenu le chef du district ? Ravchan Gapourov. Ils t'ont fichu dehors parce qu'ils ont décidé de lui donner ta place. Pak est mort maintenant, toi, à la retraite. Vous avez été très encombrants… Ça arrange tout le monde.

— Qu'est-ce que tu proposes ?

— Une bataille. On ne peut compter sur personne. On va se défendre nous-mêmes. Comment sont tes rapports avec Ravchan ?

— On m'a viré à une telle allure que je n'ai même pas pu lui adresser la parole. Alors qu'il y avait matière à conversation. Justement, j'en parlais avec Kakadjan aujourd'hui.

— De quoi s'agit-il ?

— Un cambriolage à Ourtchachma. Le voleur a laissé une seringue avec des traces de drogue sur la paroi. Et un pansement plein de sang. Oummat, déjà condamné plusieurs fois, a avoué le vol et a dédommagé la victime. Quatre mille roubles.

— Que vient faire Gapourov dans cette histoire ?

— Je crois que le cambriolage n'a pas eu lieu. Tout est dans cette seringue. Ni Oummat ni la victime, Madjidov, n'ont jamais touché à la dope, j'ai vérifié dans la cartothèque.

— Pourquoi ce dédommagement ? Et, surtout, où a-t-il trouvé l'argent ?

— C'est le problème. L'argent, rendu par Oummat, a été remis personnellement par Ravchan.

— Voilà qui est intéressant, dit Silov. À quelle heure tu as rendez-vous avec le juge ?

— Demain, neuf heures.

— Tu peux essayer de lui parler ?

— Laisse tomber. Bredouillage pitoyable de deux connards ! Et plutôt louches, en plus…

— Eh oui !

Silov débraya.

— Vous avez raison, camarade ex-directeur ! Il ne reste plus qu'une chose à faire…

Il ne termina pas sa phrase.

— Oui, acquiesça Toura. Il faut que nous trouvions l'assassin du Coréen nous-mêmes.

Narijniak interrogeait Toura dans le même bureau. Les fenêtres étaient fermées, la climatisation fonctionnait. Il faisait frais.

« L'interrogatoire a repris à 9 h 12 », nota Narijniak dans le procès-verbal. Avec précaution, il reposa le stylo chinois à plume d'or et se cala confortablement dans son fauteuil.

Khalmatov observa de nouveau son visage bruni, ses bras maigres, découverts.

« Il porte bien. Il a sûrement vingt ans de plus qu'il n'en paraît, songea Toura. Avec dix ans de plus que moi, il en paraît dix de moins que moi. »

La vieille habitude de déterminer précisément l'âge de son interlocuteur se réfugiait désormais derrière la limite de la nécessité professionnelle.

Bien qu'il l'eût prévenu la veille que l'affaire du moteur détourné serait confiée à un autre juge d'instruction, Narijniak commença l'interrogatoire justement par cet épisode.

« Il augmente la pression, songea Khalmatov. Il ne me respecte pas. »

— Votre chauffeur a avoué avoir proposé au directeur du garage central de monter le moteur neuf sur votre voiture de fonction. Il l'a prévenu que, dans le cas contraire, il pourrait envisager tout le parc automobile de la milice avec moins d'impartialité. Et alors…

— Il faudrait que votre collègue demande au chauffeur si j'étais au courant de cette proposition. Par ailleurs, je n'ai jamais vu le directeur du garage central et ne lui ai jamais parlé. Je ne le connais pas.

— Je sais. Il suffit que le chauffeur lui ait parlé en votre nom. C'est ce qui a entraîné les conséquences que vous savez : la confiscation du moteur de l'agrégat AB-17…

Narijniak chercha quelque chose dans sa poche de chemise. Toura comprit qu'il n'était pas pressé.

— Il s'agit d'un abus de pouvoir. C'est un crime.

Et voilà, le mot est lâché, pensait Toura. Combien de fois moi-même l'ai-je utilisé aussi facilement… Comme un coin qu'on enfonce : ne souffre que celui qui est sous la pointe.

— …Changeons de sujet. De quoi avez-vous parlé avec Pak la veille de son expédition au café Tchiroïli ?

— Si c'est possible, je voudrais en finir avec le garage central. Quand comptez-vous débrouiller cette affaire ?

— Celle du moteur ? Très rapidement. Je suis personnellement intéressé. Peut-être même plus que vous.

Narijniak eut un rire léger et cette légèreté mit Khalmatov mal à l'aise. Il comprit que le juge avait une opinion arrêtée.

— Vous allez m'inculper ?

Le juge ne répondit pas tout de suite et, de nouveau, plongea la main dans sa poche de chemise.

— Certainement. Mais n'allons pas au-devant des événements. Chaque chose en son temps…

Extraits de journaux :

« Les chemins du podium

…Sur l'herbe du Grand Stade de Loujniki, recouvert d'un tapis, on répète l'ouverture des Jeux olympiques. Dans la coupe géante du stade, on entend gronder la musique, tandis que les indications bienveillantes et non dénuées d'humour du réalisateur, I. Toumanov, dirigent les métamorphoses des centaines des participants à la future fête… »

La nuit était tombée lorsqu'ils arrivèrent au village où Alicher fêtait son mariage. Partout, des Moskvitch et des Jigouli étaient garées le long des palissades. Des ombres rapides glissaient des deux côtés de la route. Le village était plein de monde : on attendait une centaine d'invités.

De temps à autre, le frère aîné d'Alicher, Djourabaï,

montrait le chemin aux invités et les présentait aux voisins et aux personnes importantes : Khalmatov ne se souvint de presque personne et Silov n'essaya même pas.

Ils marchèrent relativement longtemps, jusqu'à ce qu'il aperçussent des limousines toutes neuves, garées sous un vieux mûrier. Les gars du service d'ordre formaient un troupeau autour de la voiture de patrouille de la Direction régionale.

— Par ici.

Djourabaï se trouvait déjà derrière les invités.

— Je vous en prie !

La musique s'échappait par-dessus la ligne noire de la palissade. Toura avait déjà entendu la chanson à la radio et c'est cette même voix féminine qui la chantait maintenant avec passion, dans l'obscurité étouffante de la nuit méridionale. Le silence était quasi complet, seul, le vent lançait par moments ses rafales contre les arbres invisibles derrière la palissade, laissant deviner l'ampleur de l'auditoire réuni dans la cour.

Près de l'entrée, quelques hommes de la famille d'Alicher barraient le chemin. Djourabaï les présenta un à un à Toura et Silov, qui donnèrent leur cadeau : un grille-pain. La famille d'Alicher remercia gravement, le cadeau avait plu, mais, selon la coutume, ils parurent ne pas y attacher une grande importance :

— Il ne fallait pas perdre votre temps ! Merci d'être venus. C'est une telle joie pour nous tous !

Toura et Silov, avant de rejoindre la grande table, furent salués par les parents proches du fiancé, signe qu'ils étaient considérés.

Assis sur les tapis, dans la grande salle, on leur proposa à chacun les sucreries traditionnelles, puis on déboucha rapidement une bouteille de cognac Camus.

— Comment allez-vous ? Vous avez fait bonne route ? demanda à Toura le vieillard râblé assis en face de lui, tout en remplissant un bol de cognac.

— Merci, dit Khalmatov. Tout va bien. Et vous-même ?

« Personnellement, j'aurais préféré du cognac "KV", songea Toura. À l'occasion, il faudra faire un tour à l'endroit où sont stockées les boissons... Bavarder un peu avec l'échanson. Dans notre métier, on ne sait jamais, on ne trouve pas forcément à l'endroit où l'on cherche... »

— Bonne humeur ?

Le vieux avait touché son bol.

— Merci.

Toura répéta le geste.

— À votre santé ! Longue vie !

— Aux jeunes !

Conformément aux lois de l'hospitalité, les maîtres de maison auraient volontiers passé toute la nuit en compagnie de leurs chers hôtes, mais un autre groupe de chers hôtes était arrivé et, accompagnés par Djourabaï, Khalmatov et Silov descendirent l'escalier du perron.

Dans l'immense jardin éclairé par des guirlandes de lumière, plusieurs centaines de personnes étaient assises en rangs le long de tables interminables, fabriquées à la hâte. Au centre, près d'une estrade réservée à des hôtes de marque, sur une autre estrade agrémentée d'un micro, chantait Malika Istambaïeva ! Toura se rappela son nom. Dès que les applaudissements se turent, un bellâtre, acteur de cinéma, remplaça la chanteuse et, le micro à la main, longeait les tables, remplissant la fonction de tamada [1]. Ses histoires drôles et ses blagues salaces provoquaient des éclats de rire assourdissants.

1. Diseur de toasts dans la tradition orientale (NDT).

Les places de Toura et Silov étaient réservées tout près de l'estrade, en diagonale par rapport au fiancé et à sa promise, recouverte de son voile.

— Tu vois, même ici, le progrès social a repoussé les traditions, dit Silov à voix basse.

En effet, la coutume s'était quelque peu assouplie : jamais une promise ne paraissait dans la maison du fiancé, pas plus qu'une autre femme d'ailleurs.

Alicher aperçut Toura, s'inclina, désigna les tables, croulant sous la nourriture. Les extras en brassard servaient les plats et veillaient à ce que les assiettes des invités fussent toujours remplies. En file indienne ininterrompue, ils allaient et venaient depuis les marmites jusqu'aux tables.

Toura regarda autour de lui. Parmi les hôtes de marque, pavanait le tout-puissant et majestueux Rakhmatoulla Youldachev, l'irremplaçable directeur régional de l'Obchépite, parent direct du Père-Fils-Guide, un vieillard encore solide. Il jetait autour de lui des regards perçants. Tout près de lui trônaient le général Ergachev, Nazratkoulov, deux membres de la commission et le successeur de Toura, Ravchan Gapourov, l'air encore plus important que d'habitude, le cou immobile, son bel œil noir louchant. Plus quelques hommes vêtus de costumes ordinaires, mais avec leurs épinglettes de député. À leurs côtés, le président du comité régional de la Consommation, gérant de la base de commerce et d'achat, directeur du restaurant Moscou, Yakhiaïev, dont le fils avait été le premier à apporter au petit Oulougbek la nouvelle du licenciement de Toura… Et encore : le directeur du commerce, le directeur de l'usine de transformation du coton, l'adjoint à la direction de la propriété publique de la ville, les directeurs des services, le gérant des canaux d'irrigation…

— Eh bien, on pourrait en profiter pour organiser la réunion du comité exécutif régional, dit Toura à Silov. Des amis de Ravchan ?

Silov rit doucement. Trouvant un camarade de conversation dans n'importe quelle compagnie, il avait déjà échangé quelques paroles avec son voisin.

— Tu sais qui il épouse, Alicher ? demanda-t-il à Khalmatov à voix basse. La dame sous son voile blanc, tu sais qui c'est ?

— Pas encore.

— C'est la petite-nièce de Rakhmatoulla Youldachev. Quel modeste, ton Alicher !

— M-oui. En voilà, une surprise !

La voix du tamada surgit du haut-parleur :

— Je passe le micro à l'un de nos hôtes les plus remarquables, le très respecté colonel Nazratkoulov.

— Que les jeunes mariés, comme les platanes, vivent pendant mille ans, commença Nazratkoulov d'une voix retentissante. La jeunesse, c'est la cime des arbres. Verte et ample quand les racines sont vigoureuses, quand elles se tendent et s'entremêlent, cherchant l'humidité au fond de la terre fertile. La voix de Nazratkoulov gagnait en force. – Santé et bonheur éternel pour notre cher Maître, notre Père…

— Sagesse, bonté et justice, telle est la loi qui guide sa vie et qu'il nous enseigne à tous ! Cette loi n'est pas inscrite dans des livres défraîchis, mais au plus profond de son cœur immense et aimant et dans son esprit lumineux. Si toutes ses bonnes actions se transformaient en herbe verte, il mourrait dans cent ans au milieu de ce jardin fleuri qui a pour nom le Paradis sur terre.

— Ah-ah-ah ! Ah-ah-ah !

On eût dit que l'explosion d'amour et d'allégresse avait

envahi toute la cour, le village, la région et roulait, comme une vague chaude de reconnaissance, jusqu'aux oreilles du Père-Fils-Guide lui-même…

Toura profita d'un moment de répit dans l'allégresse générale pour quitter la table. Silov, lui, avait déjà fui; son rire rauque se fit encore entendre à quelques tables de là, puis s'évanouit complètement. La fiancée avait disparu. Alicher aussi s'était éclipsé en compagnie de la proche famille, des artistes et des hôtes de marque.

La cour était éclairée. Une grande partie de cette cour était occupée par des habitations qui ne payaient pas de mine. Derrière les volets clos, la vie suivait son cours, invisible aux étrangers. Les maîtres de maison rendaient les hommages aux « aksakals », hôtes âgés et plus méritants, qui n'avaient pas négligé un tel événement.

Toura connaissait les rituels de la noce ouzbèque. On réservait aux aksakals quelques cadeaux, qui une calotte, qui une paire de chaussures Salamandre, en passant par les chemises, les manteaux et les chapeaux de feutre. On essayait de connaître à l'avance les goûts des hôtes de marque et leurs mensurations.

La cour était pleine de gens, une bande magnétique avait remplacé la chanteuse et le haut-parleur, installé sur le vieux mûrier au milieu de la cour, roucoulait avec la voix d'Artyk Atadjanov.

Dans un coin reculé de la cour, les cuisiniers s'agitaient auprès de la marmite de pilaf. Les morceaux d'agneau grésillaient sur le gril du barbecue, les odeurs d'oignons et d'herbes aromatiques s'envolaient vers les nuages tropicaux. Des centaines de galettes, cuites le matin même, étaient recouvertes de châles multicolores.

Ce furent justement ces galettes qui rappelèrent le

Coréen à l'esprit de Toura. L'assassin avait posé son pistolet sur une galette. Recouverte d'une serviette. L'assassin connaissait Pak et avait compris qu'il n'arriverait pas autrement à le surprendre : le Coréen aurait été le plus rapide.

Même maintenant, Toura pensait à Pak comme à un homme armé, ayant choisi la guerre pour métier. Ce qui était arrivé à Pak lui paraissait comme un événement que, tôt ou tard, il lui serait donné de vivre. Cet événement, il pouvait l'analyser. Ce n'était pas un accident malheureux, une mort à la suite d'une longue maladie, il n'avait rien de fatal : Pak avait fait une erreur. Mais quelle erreur ? Et quand ?

Les extras, en file ininterrompue, portaient chacun une bouteille de vin et une bouteille de vodka. La tête de la file se perdait dans l'annexe construite sous le balcon. À l'intérieur, régnait un homme aux joues roses, un teint que ne peut posséder qu'un abstinent véritable.

— Que voulez-vous boire ? demanda-t-il poliment à Khalmatov.

Toura plaisanta :

— Ô magicien, ô grand-échanson ! Maître de la joie et de l'allégresse ! Par ta faute, mon cognac préféré a disparu des magasins. Tout a été raflé pour la noce.

— Quel genre de cognac ? se renseigna sérieusement l'échanson et jeta un coup d'œil quelque part derrière lui. – « Dagestan », « la Cigogne blanche », « l'Arménien », trois, quatre étoiles [1], « Dvin » ...

Pendant qu'ils parlaient, le mouvement des porteurs cessa ; ils attendaient patiemment.

— « KV ». Du géorgien, dit Toura.

1. La qualité du cognac, géorgien ou arménien, était désignée en ex-URSS par un nombre d'étoiles, allant de une à cinq.

— Je n'ai pas de « KV », dit l'échanson, désolé. Je stocke depuis l'automne dernier, mais je n'ai jamais vu de « KV »

— Monsieur.

Un des porteurs, un homme jeune, aussi sobre que l'échanson, toucha le bras de Khalmatov :

— Regardez sur les tables. Un des invités a offert une caisse de « KV ». Mais je ne suis pas sûr que ce soit celui que vous cherchez.

— Une bouteille haute. Avec de grandes lettres : « KV ».

— C'est ça. Toute une caisse. Voulez-vous que je me renseigne ?

— Non, non, merci !

— Toura, c'est toi ? Si je m'attendais à te trouver ici !

Silov était un peu gai. Vu sa corpulence, ce n'était pas sans signification.

— Viens, je suis avec des copains.

— Quels copains ?

— Les gars du service, tous ceux qui ont pu venir. La moitié est en mission, qui à Syrdaria, qui à Navoï…

Ils retournèrent vers la maison. Toura marchait le plus près possible des fenêtres. On pouvait voir entre les volets.

— Qui il y a des nôtres ?

— Des nouveaux principalement. Nepessov est de garde.

Toura essayait de gagner du temps. Les artistes s'étaient reposés, l'entracte se terminait. On rejoignait les tables.

— Une seconde ! J'ai quelque chose…

Lorsqu'il n'y avait plus personne autour de lui, Khalmatov profitait pour regarder à l'intérieur des pièces éclairées. Dans une chambre étroite, les aksakals étaien assis sur les tapis. Face au plus âgé, on avait déposé la théière avec un seul bol.

— Qu'est-ce qu'il y a ? demanda Silov.

— Là, rien.

Pas trace de la caisse de cognac géorgien « KV ». Toura longea la vigne vierge qui montait au-dessus des fenêtres.

— Stop !

Il appela Silov.

— Regarde !

Face à la fenêtre, il y avait trois hommes que Khalmatov n'avait jamais vus. Tous trois étaient ivres. Sur une petite table, une bouteille entamée, une autre, entière, était posée par terre, près de la fenêtre.

— « KV », géorgien, s'étonna Silov.

Les hommes n'étaient ni vieux ni respectables et il était difficile d'expliquer pour quelle raison les maîtres de maison leur avaient laissé le privilège de se défoncer tout seuls dans une pièce.

Toura dit à mi-voix :

— Je vais les distraire et toi, essaye de piquer la bouteille sous la fenêtre.

— Ça fera deux, dit Silov dans un sourire. Alicher nous a envoyé une vodka Possolskaïa, d'exportation.

Toura monta sur le perron, ouvrit la porte et brailla d'une voix ivre : « Alicher, Alicher, est-ce que tu es là ? » Trois faces imbibées se tournèrent vers lui et, derrière, Toura vit Silov, comme s'il sautait une haie, passer par-dessus le bord de la fenêtre ses deux quintaux de chair, se redresser et disparaître dans l'obscurité.

Toura se frappa la poitrine :

— Mes amis, toutes mes excuses.

Et il referma la porte.

Dans les haut-parleurs accrochés dans les arbres,

crépita un roulement de tambour. Malika Istambaïeva apparut sur le perron ; ondulant des hanches, elle franchit le seuil et foula de ses minuscules souliers dorés l'immense tapis jeté au milieu de la cour. De l'autre côté, de dessous un vieux mûrier, surgirent les membres d'un célèbre ensemble vocal et instrumental. Les invités soupirèrent comme un seul homme et le souffle remua les branches des arbres.

— Mais qui vois-je ? Khalmatov ! Le directeur du restaurant Yakhiaïev venait à sa rencontre. – Salam aleïkoum ! Comment ça va ? Bonne humeur ?

Il souriait joyeusement et tendait la main en un salut sincère et amical. Toura observait cette main avec intérêt comme si Yakhiaïev lui montrait un oiseau. Et lorsqu'ils se croisèrent dans l'allée, Toura, sans se presser, mit les deux mains derrière le dos.

De la terrasse descendait le respectable protecteur de la fiancée, le brave Rakhmatoulla Youldachev, en compagnie de ses proches parents, qui s'arrêtèrent un instant : tous, comme un seul homme, vêtus de complets de fabrication anglaise, en cravate stricte et souliers à hauts talons. Un beau jeune homme, une serviette sur le bras, un plateau dans les mains, encombré de bouteilles et de nourriture, se tenait derrière eux. Ni serveur, ni maître d'hôtel, il les accompagnait partout.

— Même ici, pas le temps de se reposer, soupira Yakhiaïev, approchant de Toura son visage mou et poreux, comme une pâte mal cuite. – Toujours en train de chercher ? Je plaisante, bien sûr. Ton travail a fait naître chez toi des habitudes : découvrir et fouiner.

— Moi, je te regarde, enfoiré de pitre, et je me demande en quoi je t'ai gêné ? Je ne suis pas de l'OBKhSS [1], je

1. Département de lutte contre le pillage des biens sociaux (NDT).

dirigeais la criminelle, je ne t'empêchais pas de voler. Sur quelle route donc je t'ai croisé ?

— Ça n'a plus d'importance. Tu n'es plus rien, dit Yakhiaïev et Toura comprit qu'il était très ivre. – Tu vois comme les choses tournent. Toute ta vie, tu as fouiné, reniflé, coffré des gens, et puis un jour on t'a dit : « Merci, nous n'avons plus besoin de vous. Au revoir. » Mais ne te bile pas, je vais te raconter une histoire, ça va t'égayer. Question : où un milicien doit-il porter son couteau ? Réponse : dans le dos.

L'auditoire s'esclaffa bruyamment. D'autres invités s'approchaient, demandaient la raison d'une telle allégresse, priaient de raconter l'histoire une nouvelle fois, écoutaient puis éclataient de rire.

Toura, tout en se curant les dents avec une allumette, attendit patiemment que l'explosion de joie se fût calmée. Puis il s'adressa au tout-puissant Youldachev :

— Quel dommage, respecté Rakhmatoulla, que votre hôte ait fait une telle boulette un jour de fête. Quelle dommage qu'il ait semé la guigne dans la maison où l'on célèbre la noce de votre nièce ! Le fiancé est dans la milice…

Le silence tomba, visqueux et effrayant. Toura s'inclina et retourna vers les tables.

Le festin continuait, mais il ne fut pas donné à Toura de jouir, insouciant, du beau spectacle. Il fut happé par le tamada, qui devait suivre quelque directive.

— Et maintenant, je vais demander à notre honorable hôte, arrivé plus tard que les autres et qui n'a pas pu encore s'exprimer, de dire quelques mots. C'est son métier qui a été la cause de son retard…

Le visage de l'acteur ne se départait pas de l'expression stupide et heureuse qui en faisait un des comiques les plus populaires. Il lui suffisait d'ouvrir la bouche pour que son auditoire se mît à rire, quelle que fût l'ineptie qu'il proférât.

— Et voici quel est le travail du lieutenant-colonel de la milice Toura Khalmatov. Il nous dit : chers amis, les soucis vous donnent la migraine ? Allez, confiez-moi tout le superflu : les datchas, les voitures, l'or, les banknotes, tout ce qui vous donne mal à la tête. Et moi, je vous garantis une vie sans soucis : un logement gratuit, une planche pour dormir, un travail physique et le couvert deux fois par jour pour seulement trente-quatre kopecks...

La tablée explosa de rire. Les grimaces stupides de l'acteur garantissaient le succès total de n'importe quelle imbécillité.

— Mais il paraît qu'on aurait dit à Toura Khalmatov : repose-toi, mon ami. Fini de s'inquiéter. Pourquoi s'inquiéter ? La vie, comme a dit le poète, est en elle-même formidable et surprenante...

Alicher, ainsi qu'un de ses proches parents, accompagna Toura jusqu'au portail :

— Vous avez du chagrin, instructeur. Vous êtes de mauvaise humeur... Tout passera, croyez-moi !

— Bien sûr, fiston, que ça passera, dit Khalmatov. Toi aussi, tu es fatigué.

— Vous êtes triste !

— C'est à cause de toi que je suis triste. Toura avait de la sympathie pour l'adjoint de Gapourov. – Dans la vie, nous nous couvrons de vices, un jour ou l'autre. Tous. Peut-être plus particulièrement dans la milice. Et pourtant, les membres de la criminelle sont des gens à part. Le sang bleu de la milice. Celui que la richesse attire ne reste pas chez nous. Comprends ça. Beaucoup trop de tentations.

Pour leur retour, Ravchan Gapourov prêta la voiture de patrouille qui rentrait à Moubek.

En plus de Toura, de Silov et du sergent qui conduisait, le deuxième patrouilleur dormait sur le siège arrière : un jeune homme au visage rond, avec quelques poils sur le menton qui n'avait pas encore connu le rasoir.

En s'asseyant, Khalmatov pressa en silence la main de son camarade. Silov le repoussa doucement :

— Tu ne vas pas apprendre au vieux clown à faire la grimace.

Pas un mot ne fut prononcé de tout le voyage.

La plaque minéralogique de la voiture de patrouille portait le numéro 43-17.

Toura ne pouvait se tromper : il avait déjà par deux fois rencontré cette plaque : la nuit, après son entretien avec le général, et le lendemain matin, lorsqu'il sortait de la tchaïkhana de Souvone.

« Comment il a dit, ce crétin de tamada ? “Repose-toi, mon ami. Il ne faut pas s'inquiéter. La vie est en elle-même formidable et surprenante. ” »

Toura occupait le siège à l'avant : appuyé contre la portière, il était entièrement tourné vers le conducteur.

Le cri strident de l'angoisse déchirait son cerveau : le pressentiment irraisonné du danger le tordait comme une spirale puissante, prête à se détendre et asséner le coup fatal.

Ô, quelle torture que de se sentir désarmé et impuissant !

Bien qu'il n'y eût aucune raison visible de s'inquiéter pour l'instant, Toura croyait dur comme fer à ses pressentiments. Ce n'était pas une crainte nerveuse, mais l'intuition entraînée, la réaction aiguë d'un chasseur face au danger rampant.

La vitre baissée laissait pénétrer le souffle violent du désert, modelé dans le noir de la nuit et la chaleur du jour. Le vent caressait son dos endolori, s'amusait avec ses cheveux. Seules, les lumières épaisses des phares trouaient le mur de l'obscurité et il semblait que dès que la voiture s'engouffrait dans cette brèche, l'obscurité se refermait aussitôt derrière et guettait le moment ou la voiture s'arrêterait pour l'engloutir complètement. Et Toura songeait que si le conducteur voulait stopper la voiture, il ne le laisserait pas faire : dans l'étroitesse de la cabine, même désarmé, il ne lui permettrait pas de sortir son pistolet. Et s'il parvenait à s'arrêter… Qui sait, peut-être que l'obscurité les engloutirait. Comme elle avait englouti Pak.

Mais le conducteur, sans même penser à freiner, avait lancé sa Moskvitch à travers la steppe, la chaleur et la nuit, et l'aiguille de la vitesse hésitait doucement entre 100 et 120.

Ils entrèrent dans Moubek tard dans la nuit. Le chauffeur ne demanda pas son adresse à Toura, pas plus qu'il ne la demanda à Silov. Comme s'il les avait conduits toute leur vie, le chauffeur arriva à la maison par le chemin le plus court.

Peut-être avait-il enregistré l'adresse le jour où il avait emmené Ravchan par ici, se dit Toura en descendant de la voiture. Silov claqua la portière en même temps que lui. Toura se pencha vers le chauffeur :

— Merci. Vous devez être fatigué ?

La tête du sergent était inoubliable : le front et le menton partaient en avant, tandis que le milieu du visage, la racine du nez, le nez lui-même et la bouche étaient écrasés, comme si, à une vitesse dingue, il s'était flanqué la gueule sur un passage à niveau et enfoncé dans le crâne le centre de sa physionomie.

Sans tourner la tête, le chauffeur dit :

— Je ne me fatigue jamais quand je suis au volant…

— Alors, bonne nuit…

Sans se concerter, Toura et Silov montèrent chez Khalmatov. Toura ouvrit la porte et ôta ses chaussures dans l'entrée. Silov fit de même et, en chaussettes, ils allèrent à la cuisine, faisant attention à ne pas faire crisser les lattes du parquet.

— Alors ! ordonna impatiemment Toura.

Silov sortit la bouteille qui déformait la poche de sa veste et la posa sur la table.

— Je considère que comme j'ai troqué la bouteille de Possolskaïa offerte par Alicher contre cette « KV », c'est à toi de payer à dîner.

— Sans aucun doute.

— Si je comprends bien, c'est le contenant qui nous intéresse… Je lis : « KV. Vieux cognac de classe. Provient des meilleurs raisins. 10 ans d'âge. »

— Je ne pourrais pas l'affirmer, mais il me semble que la bouteille provient du même lot que celle trouvée chez Sabirdjon. Et nous devons ajouter notre version : arrivée chez Sabirdjon via le magasin qui en a livré pour le mariage.

— Qu'est-ce qu'on fait ? demanda Silov.

Il prit sur le rebord de la fenêtre le pistolet d'Oulougbek, s'abstint, comme une personne bien élevée, de l'armer et reposa en silence le jouet à sa place.

— Je vais faire du thé, dit Toura. Après, je dois téléphoner.

— À cette heure-ci ?

— Personne ne dort là-bas.

Tout en versant l'eau dans la bouilloire, Toura jeta un coup d'œil par la fenêtre.

— Viens voir : la patrouille est toujours là !

— C'est peut-être ton inspecteur qui te fait surveiller, ironisa Silov.

— Ou Ravchan !

— Tout est possible. Va téléphoner. Je les surveille.

Ce fut Nepessov qui répondit à la Direction.

— Je vous écoute, Toura Khalmatovitch ! Déjà rentré ? Comment était la noce ?

— Une noce comme une autre. Ce n'est pas moi qui me marie.

— Vous connaissez la nouvelle ? Alicher ne travaille plus chez nous, à la criminelle.

— Pour une nouvelle, c'est une nouvelle ! Il ne m'a rien dit.

— Alicher a été nommé adjoint du directeur de l'OBKhSS de la région. Secteur de Moubek.

— Pourquoi ?

— Ravchan est maintenant chez nous. Délicat de travailler avec quelqu'un de sa famille.

— Et pourquoi l'OBKhSS ?

Kakadjan se troubla :

— La direction en a décidé ainsi.

Puis il détourna la conversation :

— À propos, instructeur. J'ai des nouvelles qui concernent votre cambrioleur.

— Oummat ?

— Oui. Il a avoué un autre vol. Vous devriez vous en souvenir, nous y sommes allés ensemble. Un membre de la philharmonie de Tachkent.

— Un magnétophone Panasonic, une raquette de

tennis et de l'argent liquide, se rappela immédiatement Toura.

— Vous me disiez encore : « Fiston, qu'est-ce qu'on t'a donc appris, dans ta grande école d'Omsk ? »

— Écoute, Kakadjan. Oummat a fait ses aveux à Ourtchachma ou ici, à Moubek ?

— À Moubek. Le juge d'instruction de la Direction régionale s'est distingué. Par l'intermédiaire d'un codétenu, Oummat avait envoyé un message roulé dans une cigarette, on l'a trouvé. Il y était question de Panasonic. Alors…

— On a retrouvé le magnéto ? Et la raquette ?

— On n'a rien retrouvé du tout.

— Je comprends. Oummat a promis de dédommager.

— Je crois que oui. Je vais me renseigner.

— Bravo.

Tout cela était fort bizarre, comme s'il s'agissait d'une affaire montée de toutes pièces : le message faisant allusion à un magnétophone japonais qui n'existe pas en réalité, la promesse, encore, de dédommager coûte que coûte la victime.

À la fin de la conversation, Khalmatov demanda négligemment :

— Dis-moi, fiston, qu'est-ce qu'on a fait de la bouteille trouvée dans le sac de Sabirdjon ? Il faudrait la montrer dans tous les débits de Moubek.

— Comment, vous ne savez pas, instructeur ? s'étonna Kakadjan. La bouteille s'est brisée lors du transport.

— Quoi ? s'étrangla Toura. Vous avez cassé une pièce à conviction ?

— En petits morceaux. Rien à faire.

— Bon, allez, porte-toi bien, salua Khalmatov et il retourna à la cuisine.

— Où en est la patrouille ?

— Elle est restée là un petit moment, puis elle est partie. Peut-être reviendra-t-elle, puisqu'il ne se fatigue jamais au volant, l'autre. Quelles nouvelles ? Quel genre d'ennuis ? Habituels ? Exceptionnels ?

— Pour nous plutôt habituels. Entre autres, Alicher a été nommé adjoint du directeur de l'OBKhSS de la région.

— Il fallait s'y attendre.

Silov se trouvait encore sous l'influence gastronomique de la noce et aurait volontiers philosophé un brin :

— Une autre chose m'étonne. Non que je ne croie un jeune villageois modeste capable de briser le cœur de la nièce du tout-Puissant Rakhmatoulla Youldachev, mais, admets-le, c'est étrange. J'ai entendu dire qu'elle faisait ses études à Moscou, au Conservatoire. On dit aussi que le chemin qui mène l'homme à la femme ne laisse pas de traces, tel un vol d'oiseau. Entre autres, je dois dire, Toura, que tu as bien enfoncé le clou, avec Yakhiaïev et Rakhmatoulla : « Quel dommage qu'il ait semé la guigne dans votre maison… » Rakhmatoulla ne devrait pas le pardonner à Adyl.

Pendant quelques secondes, Toura resta assis fixant le mur en face de lui. Ce que lui avait raconté Kakadjan modifiait significativement toute l'affaire. Cela ne semblait plus aussi simple qu'au début. Puis Toura se leva et chercha un tire-bouchon. Silov le suivait du regard. Lorsque Khalmatov ouvrit l'armoire à vaisselle, Silov, qui le contemplait avec intérêt, ne put qu'approuver :

— C'est une bonne décision. Le cristal, c'est précisément ce qu'il nous faut.

Après avoir écarté une série de coupes, Khalmatov extirpa une très belle boîte à thé indien en fer-blanc, dans laquelle sa femme gardait les médicaments.

— Regarde bien ce que je vais faire maintenant.

Toura sortit trois petits flacons de la boîte, les ouvrit et versa leur contenu dans l'évier. Puis entreprit de laver les flacons à l'eau et au savon.

— J'explique. Je désinfecte ces flacons, avant de les remplir du contenant précieux de la bouteille, que tu as négociée avec tant de facilité.

L'humeur de Toura s'était dégagée.

— Facilité ? Et la bouteille de Possolskaïa que j'ai dû refuser ?

— Regarde attentivement et ne discute pas ! Je voudrais te confier un secret, Silov. Souviens-toi : le verre est un matériau transparent et solide, qui se trouve en possession de l'homme depuis des temps immémoriaux... Tu as entendu parler de ça ?

— Un peu. Je crois que c'est les Égyptiens qui ont inventé le verre.

— Possible. Cet excellent matériau a pourtant un défaut majeur : il est fragile et a la fâcheuse habitude de se briser en mille morceaux. Tu comprends ? Et de telle façon qu'il ne reste rien ou presque rien ni du contenant ni de son contenu.

— Attends, attends ! Silov fit claquer ses doigts. Alors c'est ça que tu appelles des ennuis habituels ? La bouteille de Sabirdjon a été cassée ? Et si je comprends bien complètement par hasard ?

— Évidemment, par hasard !

— Comme ça, elle a glissé des doigts...

— Naturellement.

Khalmatov tint quelques instants les flacons au-dessus du gaz, ouvrit avec précaution la bouteille de « KV » et et remplit chaque flacon de cognac.

— Tenant compte de tout cela, j'ai décidé d'envoyer

ce cognac en analyse. C'est par là que nous commençons nos recherches.

— Bien dit. Et vu la fragilité du matériau, nous enverrons le cognac…

— Dans plusieurs flacons. Le premier sera cassé, le deuxième perdu, il en restera toujours un troisième…

— Je te soutiens entièrement.

— Silov, voilà. Toura reboucha les flacons, les essuya précautionneusement, reboucha la bouteille. – Demain…

Silov l'interrompit :

— Je sais ! Chacun de nous prend un flacon et le porte à un ami chimiste.

— Je m'occuperai seul des flacons. J'irai chez mon ami Moussa. Toi, tu contactes tous les chauffeurs que tu connais et tu essayes de savoir qui des invités a apporté du « KV » en cadeau de mariage. Je crois que le Coréen et moi, sans le savoir, avons coincé une filière de marché noir…

Toura fit le tour de la cuisine, s'arrêta, toucha les flacons de cognac.

— Mais de quelle façon ? Nous ne nous sommes jamais occupés de cognac, pas plus que de la base d'achat ou du restaurant. C'est l'affaire de l'OBKhSS ! C'est la dope, notre pain quotidien !

Extraits de journaux :

« L'arrivée du camarade L. I. Brejnev à Moscou
Le 18 juillet, le Secrétaire général du CC du PCUS, Président du Praesidium du Soviet suprême de l'URSS, L. I. Brejnev est rentré à Moscou pour participer à la cérémonie d'ouverture des XXIIes *Jeux olympiques.*
Agence TASS. »

Le capitaine Moussa Aminov – l'ami de Toura, « le

dernier chimiste au service des experts criminalistes de Moubek », comme il se recommandait lui-même – fit du thé dans la cornue en verre installée sur le réchaud à alcool. Aminov méprisait catégoriquement les bouilloire, théière et bol et n'admettait que la vaisselle du laboratoire. La boisson qu'il confectionna avait la couleur tendre du goudron pur. Moussa remplit deux verres gradués, ayant auparavant vidé leur contenu dans l'évier.

— Tu préfères de la saccharose ?

Il jeta quelques minuscules cachets sur une plaque en verre où cohabitaient en abondance d'autres cachets encore, des recharges pour stylos à bille, des trombones, des rogatons de vieilles gommes et de crayons.

— Et le thé ?

— Pas mal, il me semble, dit Toura mais sa louange était prudente.

— Comment ça, pas mal ? C'est un thé de roi, on peut le dire ! Fabriqué selon une recette personnelle : du Krasnodar, du Trois-Cents et du géorgien…

Le téléphone sonna. Quelqu'un voulait savoir combien d'alcaloïdes contenait le suc lacté du pavot.

— Commençons par la morphine…

Moussa était prêt à donner un cours magistral étendu, car n'importe quel collègue pouvait compter sur son attention et sur son temps sans pour autant se sentir obligé.

— Ne serait-ce que dans la morphine on dénombre pas moins de vingt types d'alcaloïdes.

Le cours à peine terminé, le téléphone sonnait derechef.

— Un lacet avec un « c », pas deux « s », expliquait patiemment Moussa. L'accent tonique est sur la deuxième syllabe en français. C'est un lacet qui part du haut de la reliure d'un livre. Un signet. Vous avez déjà vu un signet ?

Moussa ne donnait pas que des consultations téléphoniques. La porte du laboratoire restait constamment ouverte, les gens entraient avec ou sans prétexte et empêchaient Moussa d'expertiser le cognac.

Moussa pouvait donner des explications à des problèmes très divers, y compris internationaux, renseignait les amateurs de pronostics sportifs, allumait cigarette sur cigarette, buvait du thé froid, rendait visite aux réactifs chimiques, saupoudrait de cendres le sol et son pantalon. Il faisait trente-six choses à la fois.

Khalmatov, tendu, attendait le résultat de l'analyse et pensait à ses affaires. La carte opérationnelle, accrochée sur le mur face à lui, présentait la situation du trafic de drogue dans la région de Moubek. Toura s'en était servi plusieurs fois lors de formations avec ses collègues : tout opérationnel devait connaître par cœur, pensait-il, la situation sur ce front.

À une époque, au nord et nord-est du lac d'Issyk-Koul s'étendaient les champs de pavots appartenant à l'État. Dans ces champs, dûment clôturés et surveillés, travaillaient des récoltants très particuliers. De juin à début août, tous les matins, ils passaient le contrôle, enfilaient un vêtement de travail, gardé sur place, et, par un deuxième sas de contrôle, débouchaient dans les champs où de magnifiques fleurs rouge lilas s'agitaient sur de longues tiges. Ces fleurs avaient de nombreuses fois illustré les couvertures de magazine et contenaient néanmoins un poison mortel. À l'intérieur de la tête verte de la fleur, s'agglutinait un suc épais blanc d'une étonnante vigueur, qui promettait aux hommes à la fois la délivrance de la douleur et une déchéance complète et une mort horrible.

Médicament. Poison. Guérison. Folie. Bonheur et résurrection. Les convulsions de l'estrapade. Vie. Mort.

À l'aide de couteaux spéciaux, les récoltants incisaient trois fois les têtes de pavot et, vingt-quatre heures plus tard, avec d'autres couteaux en forme de faucille, grattaient le suc séché à l'air et le recueillaient dans des bocaux en verre suspendus à leur cou.

La récolte constituait la matière première pour les laboratoires pharmaceutiques.

Un travailleur expérimenté récoltait entre 150 et 170 grammes par vingt-quatre heures, c'est-à-dire quatre fois plus qu'un débutant. Ayant fini leur quart, les récoltants se changeaient et, après un minutieux examen, rentraient chez eux. Derrière la clôture, commençait la route de l'opium. Ici, les récoltants étaient guettés par de petits dealers, prêts à acheter 10 ou 20 grammes. Ils étaient les premiers à creuser le lit du ruisseau empoisonné, qui fatalement un jour rejoignait le fleuve noir de la souffrance humaine et de la mort.

Établir combien d'opium disparaissait directement de la plantation était pratiquement impossible : il était fréquent que la rosée abondante détruisît le suc sur les têtes de pavot. Et même le plus habile des systèmes de sécurité comporte des failles.

Le chemin mortel que parcourt la drogue est simple : celui qui achète une certaine quantité d'opium la revend immédiatement avec une plus-value au suivant, un dealer plus important et aussi plus éloigné. Le prix de la drogue augmente avec chaque kilomètre, mais déjà près de la plantation il atteint 25 000 roubles le kilo. Un gramme : 25 roubles. Au bout de la chaîne, le gramme d'opium coûte au drogué 150 roubles.

La particularité de Moubek était qu'il était le carrefour des routes traditionnelles de l'opium, que la drogue empruntait en secret pour être acheminée du nord-est au sud-ouest. Les gros dealers envoyaient la drogue par petites quantités de cinq-six kilos, par l'intermédiaire de courriers sûrs. La condition essentielle de la bonne tenue d'une telle route est sa compartimentation : dans le meilleur des cas, le courrier connaît la personne à laquelle il passe la marchandise et, le plus souvent, la confie à son tour à un inconnu, qui use d'un mot de passe. L'arrestation d'un courrier ne fait que briser la chaîne et l'affaire se termine : même s'il le voulait, il ne pourrait nommer personne.

Cette chaîne fonctionnait d'habitude avec une précision diabolique, demeurant indéchiffrable pendant de longues années. Le secret était garanti non seulement par une prime considérable mais aussi par la mort qui attendait le courrier qui s'était mis à table.

Lorsque le champ de pavots au bord du lac Issyk-Koul fut rasé, la structure du syndicat clandestin se modifia, mais tout indiquait que la route qui passait à travers Moubek existait toujours.

Cependant, de plus en plus, les trafiquants jetaient leur dévolu sur des lopins de terre perdus dans les lointaines régions montagnardes, à l'abri des contrôles. La région de Moubek était riche de tels endroits.

La différence, plus de cent mille roubles par kilo, s'évanouissait en chemin, entre la tête de pavot et la seringue. C'était la part des revendeurs et de tous ceux qui assuraient la sécurité de la chaîne, ou qui prêtaient un local pour le stockage.

Toura savait qu'une partie de ces sommes astronomiques allait à ceux qui avaient un jour prêté serment de lutter contre les trafiquants et qui, peu après, s'étaient engagés à ne pas arrêter les courriers, à ne pas fouiller consciencieusement les bagages, à sonner l'alarme et à aider les courriers menacés de danger…

— Toura, appela doucement Aminov en lui tendant une enveloppe. – Je te croyais endormi. Voilà ce que tu me demandais. Allez, appelle-moi, ne disparais pas.

— Je n'y manquerai pas.

Sous le regard des amis d'Aminov entassés dans son cabinet, Toura, sans lire, empocha les résultats de l'analyse.

— Merci.

Dans le couloir, il tomba nez à nez avec Kakadjan Nepessov. Comme lorsque Toura était à la tête du service, Kakadjan ne rentrait pas chez lui après son tour de garde. Toura lui-même était capable de rester des jours et des nuits à son bureau, tant qu'un crime grave n'était pas résolu.

— Instructeur ! Kakadjan était sincèrement ravi de la rencontre. – Comment va la santé ? La famille ?

— Tout va bien, merci.

Et, de nouveau, il songea avec regret que même si Kakadjan prenait la direction de la milice criminelle d'un district dans la région, il n'aurait plus, lui, Toura, l'occasion de discuter des affaires avec lui et de confirmer ses projets d'enquête. Plus jamais ils n'auraient à travailler ensemble.

— Quelles nouvelles ? Qu'est-ce que les gars ont rapporté de leurs missions ?

Ils s'écartèrent du passage et s'arrêtèrent près de l'ascenseur qui, autant que Toura s'en souvînt, n'avait jamais eu l'heur de fonctionner, comme bien d'autres améliorations à Moubek.

Un jour, bien des années auparavant, le Père-Fils-Guide avait personnellement visité la Direction. Cet événement fut préparé avec sérieux et lorsque l'hôte radieux pénétra dans l'ascenseur, l'ordre fut transmis par radio à la salle des machines sur le toit et une demi-douzaines de solides miliciens actionnèrent la poulie à la main et hissèrent la cabine jusqu'au premier étage où se trouvait le cabinet d'Ergachev.

— Presque rien, instructeur. Après sa libération Sabirdjon Artykov a beaucoup changé. Il ne fréquentait plus ses vieux amis. On l'a vu au restaurant, en compagnie de gens solides, bien habillés. Ils ont laissé une grosse addition.

— Quoi d'autre ?

— Ses vêtements sont d'importation, vous l'avez remarqué. Achetés avec des chèques dans une Bériozka[1]. Narijniak a dit à la réunion que les vendeurs l'ont identifié et qu'il était venu au magasin en compagnie d'un inconnu. Nous pensons qu'Artykov était son garde du corps.

— Quel est son profil ?

— Instable. Mais, en gros, un bon garçon. Il essayait de composer des chansons, jouait de la guitare, écrivait des poèmes…

— Comment ça va, à la criminelle ?

— Tout va bien, instructeur.

— Quelque chose te chagrine ?

Kakadjan approcha de lui son visage bruni, habitué à rester impassible, avec des petites traces de varicelle à peine visibles, et soupira lourdement :

— J'ai une nouvelle pas très agréable pour vous, mais je dois vous avertir. Une enquête a été ouverte.

— À cause du moteur ?

1. En ex-URSS, une coutume charmante consistait à réserver certains magasins aux étrangers et aux apparatchiks. Dans ces Bériozka, on pouvait acheter tout ce qui manquait ailleurs, contre des devises ou des chèques délivrés à certains privilégiés (NDT).

— Oui. J'ai fait ce que j'ai pu pour expliquer tout ça à Narijniak, mais vous savez comment ils sont à la procurature ! Ils pensent que nous, à la milice, on est tous pareils, kif-kif. Vous ou Gapourov…

— Espérons, dit Toura en haussant les épaules.

— Je m'inquiète pour vous, quand même, instructeur. Le juge vous a inculpé conformément à l'article 149, paragraphe 1 : abus de pouvoir. J'ai entendu Ravchan Gapourov promettre au chauffeur qu'il ne serait pas mis aux arrêts s'il faisait comprendre que vous étiez au courant. Mais il me semble que, pour le moment, Alik tient le coup. Vous feriez mieux d'aller voir Narijniak. On ne sait pas comment ça va tourner. Vous voulez que je lui parle, instructeur ? Là, tout de suite !

Toura descendit dans le hall par l'escalier latéral et s'arrêta près de l'aquarium. Dans le gouffre trouble, la vie turquoise faisait des bulles, s'illuminant des couleurs franches des poissons tropicaux. Qu'est-ce qui pouvait donc charmer le cœur dur d'Ergachev dans ses êtres agiles, gluants et multicolores avec leurs yeux rouges et effrayants de vampires aquatiques ?

Des gens passaient dans le vestibule, certains préoccupés, d'autres désœuvrés, riants ou inquiets, des hommes de rang ou des responsables, mais personne ne remarquait plus Toura, comme s'il avait revêtu le manteau de l'homme invisible. Il était un étranger. Et parfaitement indésirable. Ce n'est pas ici que mènent tous les chemins. Il faut chercher. Comment est-il, cet endroit, où les chemins se rejoignent ? Savoir.

Toura s'appuya contre la vitre épaisse et fraîche de l'aquarium, sortit l'enveloppe d'Aminov de sa poche et l'ouvrit.

L'expert avait utilisé le formulaire officiel – « Direction de l'Intérieur du comité exécutif régional de Moubek. Service des expertises et de criminalistique. Certificat d'expertise. Ne pas inclure au dossier » – qu'il avait rempli à la main :

« À l'attention du camarade Khalmatov T.

Les résultats de l'analyse indiquent que le liquide examiné ne révèle pas de composantes caractéristiques du cognac de fabrication industrielle.

Expert-chimiste du SEC de la DI de Moubek, le capitaine M. Aminov. »

— Monsieur Toura ! l'appela-t-on doucement.

Il se retourna et vit Khaliaf le boiteux.

— Le général sait que vous êtes ici et vous ordonne de monter immédiatement dans son cabinet.

Toura remit l'enveloppe dans sa poche et dit dans un sourire :

— Je croyais, Khaliaf, que personne ne travaillait. Pourtant, ça ne fait pas cinq minutes que je suis là que quelqu'un a déjà fait son rapport.

Khaliaf le fixait en silence : deviner ce à quoi il pensait était impossible. Toura lui tapota légèrement l'épaule et se surprit à lui demander :

— Khaliaf, tu les aimes, ces poissons ?

Khaliaf cligna des yeux et dit sans aucun sentiment :

— Je les nourris, ils me nourissent…

— Toi, tu es fâché contre moi. Ergachev, longeant la table, vint vers Toura. – Je sais. Au mariage, tu ne t'es même pas approché. Parti sans dire au revoir. Tu me considères comme responsable de tout. Soit dit en passant, je n'ai pas apprécié la conduite de Yakhiaïev. Ni celle du tamada. Je leur ai dit : « C'est votre faute à tous deux.

Trouvez Khalmatov et buvez un coup de vodka tous les trois. Sans rancune ! Nous sommes des hommes, non ? » Le général leva sur Toura ses yeux jaunes furibonds. – On t'a cherché mais tu avais filé comme un pet sur une toile cirée…

Khalmatov ne répondit pas.

« Rakhmatoulla Youldachev n'a pas dû se fâcher outre mesure après Yakhiaïev pour avoir humilié le fiancé dans sa propre maison… D'ailleurs, le général non plus n'a pas été trop secoué. »

— Comment ça va, la vie ? Nadejda doit s'inquiéter, je suppose ? demanda Ergachev.

— Ça ira. Ma femme est biélorusse.

Ergachev sourit du coin de la bouche et opina du chef pour montrer qu'il avait compris le problème :

— Elle te pousse à partir pour Moscou, c'est ça ?

— Ça lui arrive.

— Tu iras, non ?

— Non, répondit Toura d'un ton coupant.

Le général le contempla longuement puis laissa tomber, indifférent :

— C'est toi qui vois. Oulougbek, l'école, ça va ?

— Tout est en ordre.

— Ne crois pas que je t'aie oublié.

Ergachev se fit brusquement cordial.

— Tu sais que je t'ai toujours considéré comme mon meilleur collaborateur. On trouvera bien une issue. Laisse-moi un peu de temps. La période est difficile. Je suis harcelé. On fouille chaque trou de rat. Ils cherchent à savoir si Ergachev est toujours bien en selle.

Le général s'assit derrière son bureau, prit son stylo à bille, approcha un document pour le signer mais le stylo refusa de fonctionner. Il fit plusieurs tentatives, mais le stylo n'obéissait pas. Le général grinça des dents, brisa le stylo dans son poing et jeta les morceaux sur la table.

— Que le diable les emporte ! Tu crois que c'est facile pour moi ? Il se mit à engueuler Toura. – Tu comprends qu'on est en train de creuser ma tombe et qu'on m'appuie sur la tête ? Ils me prennent à la gorge. Mais ça ne sert à rien ! C'est Moubek ! Ils pourraient même s'entendre avec ces salauds ! Ou alors tu t'en fiches complètement ? Loin des yeux, loin du cœur ?

— Pas vraiment.

— Si tu ne t'en fiches pas, tu dois comprendre : c'est de la politique ! Et n'oublie pas qu'en politique, c'est comme aux échecs : si tu n'avances pas ta pièce au bon moment, tu compromets ta position. Compris ?

— Pas un mot, répondit Toura calmement.

— Dommage ! Le juge d'instruction, ce gros cul, n'arrête pas de m'asticoter : peut-être que Pak ou Khalmatov avaient des renseignements supplémentaires ?

Ergachev regarda Toura fixement :

— Ils ont beaucoup d'amis, qu'il disait, une information intéressante peut toujours filtrer… Tu comprends ? Ce serait bien si je pouvais promettre quelque chose.

— Non.

Toura soutint son regard.

— Au moins pour les mois à venir, le trimestre ! Ce n'est pas pour Ravchan, c'est pour moi, personnellement ! Réfléchis, Toura, tu n'as pas encore rencontré l'homme auquel Ergachev a demandé quelque chose…

— En effet, je n'ai jamais rencontré un tel homme, acquiesça Toura. Mais je ne peux rien pour vous.

Il savait que, maintenant, dans ce bureau, se jouait son destin. Qu'il donnât le nom de Souvone, le patron de la tchaïkhana, et Dieu sait ce qui arriverait. Et bien qu'il ne comprît pas grand-chose à la politique, il lui arrivait de battre Ergachev aux échecs.

La tchaïkhana, avec son tapis, ses bols nageant dans la bassine, à côté du Tsoum et du restaurant Moscou, avait cessé d'exister pour lui. Oublier, oublier…

— Qu'est-ce que tu as ?

Le général avait vu que Khalmatov était sur le point de demander quelque chose.

— Tout le monde savait que je n'avais rien à foutre de ce moteur. Je n'ai rien demandé à personne à ce sujet. Les chats noirs vous ont sûrement rapporté que les voleurs m'appellent « le chef mendiant ». Et pourtant, avec une obstination incompréhensible, quelqu'un veut me coller une affaire sur le dos.

Ergachev soupira :

— Tu sais que c'est la procurature qui s'en occupe. Ils ne se contentent pas de peu : ils veulent nous faire peur, à toute notre engeance, la milice.

— Quel profit va-t-on tirer de cette histoire ? Une leçon pour les autres ? Voyez, Khalmatov, lieutenant-colonel de la milice, trois décorations, s'est retrouvé derrière les barreaux ?

— Pour l'instant, il n'est pas question de t'arrêter !

— Pour l'instant ! Ai-je la garantie que la Direction fera tout pour me défendre ?

Le général sortit de derrière son bureau :

— Trouve donc du boulot, Toura. N'importe où. Pour qu'on puisse faire notre rapport : voilà, il a compris, il travaille. Tu veux que j'appelle ? Le garage central, par exemple. Je crois qu'ils ont besoin d'un conseiller juridique, justement. Une bonne place.

Khalmatov avait compris :

— Merci. Je réfléchirai.

Néanmoins, il décida d'avoir une conversation avec Narijniak, comme Kakadjan le lui avait conseillé. Il monta d'un étage, frappa à la porte : le juge était seul et écrivait à son bureau. Il regarda Khalmatov, étonné.

— Je vous en prie. Asseyez-vous. Que puis-je pour vous ?

Toura approcha une chaise.

— Je vous dérange, mais ce que j'ai à vous dire est important pour moi.

Narijniak le regardait avec indifférence, remuant ses mains brunies, comme s'il était en train de broyer quelque chose entre ses doigts.

— J'ai travaillé pendant de longues années et je sais ceci : vous pouvez m'inculper. Pour m'écarter le temps de trouver l'assassin de Pak. Si je comprends bien, votre principale préoccupation est le crime au Tchiroïli.

— Continuez.

— Je ne peux que répéter ceci : je veux vous aider. J'ai de l'expérience. Je connais les gens d'ici. Pendant trois ans, j'ai travaillé au ministère, principalement sur des assassinats…

Le juge ricana :

— Excusez-moi, je dois vous interrompre. Trouver les assassins relève de la compétence de la procurature. La milice est un organisme d'enquête et non d'instruction.

Toura sourit tristement :

— Vous comprenez très bien ce que je veux dire.

— Moi, je comprends. C'est vous qui ne voulez pas comprendre. L'enquêteur applique les décisions du juge d'instruction ! Lorsqu'une affaire relève de la compétence de la procurature, le juge d'instruction délivre un mandat et l'envoie au chef des organes enquêteurs. Curieux que vous ne le sachiez pas encore. La milice ne résout pas les assassinats.

— C'est certain ! acquiesça Toura. Jusque-là, je l'avais ignoré et résolu trente-deux assassinats…

— Un membre des organes enquêteurs ne doit pas s'occuper de ce qui ne le regarde pas ! Il y a des lois !

Narijniak, brusquement, eut une colère d'enfant mais se maîtrisa aussitôt. Il reboucha son stylo à plume d'or et le rangea dans sa poche. La conversation, de toute façon, était irrémédiablement gâchée.

— C'est peut-être pour ça que vous travaillez de cette façon : vous ignorez vos compétences. J'ai vu un film récemment : on y voyait sans cesse la milice en train de résoudre des assassinats.

Toura en demeura pantois :

— Je vous demande pardon. Pendant vingt-six ans, je me suis occupé de ce qui ne me regardait pas.

Extraits de journaux :

« Le programme anti-olympique des adversaires de la détente
Dans certains pays occidentaux des anonymes tentent par téléphone ou par lettres de faire peur aux sportifs qui se prononcent pour la participation aux Jeux olympiques de Moscou. Le lanceur de poids britannique, Jeff Keynes, a déclaré aux journalistes que les lettres de menace reçues par lui émanaient d'un groupe de gymnastique "Aigles". De semblables lettres ont été envoyées à un autre sportif anglais, Sebastian Coe. "C'est un phénomène typique, dit l'entraîneur Stewart Storney. Ainsi s'exercent les pressions sur les nombreux partisans des jeux…" »

Toura traversa la petite cour, remplie de roses d'une taille invraisemblable, cadeau à la Direction du Père-Fils-

Guide après son retour d'Inde. La treille, entièrement recouverte de vigne vierge, protégeait la cour, toujours sombre et fraîche sous sa couverture verte. Le robinet d'eau roucoulait, il était ouvert en permanence pour l'arrosage.

Khalmatov sentit son cœur se serrer : il lui sembla qu'il traversait cette cour pour la dernière fois.

— Au revoir, camarade lieutenant-colonel, dit le concierge.

— Adieu, Sadyk…

Toura passa le portail et le lourd cagnard de Moubek, comparable à aucun autre, lui tomba dessus, un cagnard continental, réunissant la steppe de la Faim et les sables de Kyzylkoum en une seule et unique fournaise desséchée.

Le complexe administratif – des immeubles gris et tristes, pareils les uns aux autres, abritant la milice du district, la procurature, le tribunal et le KGB – semblait privé de vie, réduit en cendres par le soleil : pas un vasistas ouvert, pas un store levé.

Toura se souvint qu'il avait promis à sa femme de lui téléphoner après sa visite à la Direction. Elle était très nerveuse et tentait par tous les moyens de le dissimuler.

— Téléphoner ? Pourquoi ? s'était étonné Toura, à qui il arrivait de disparaître de la maison pendant des semaines entières.

— Je veux être au courant ! avait répondu Nadejda, fâchée. Je dois au moins savoir où tu te trouves…

— Nadetchka ! Toura l'avait prise dans ses bras. – Qu'est-ce que tu as ? Que veux-tu qu'il m'arrive ?

— Je ne sais pas, avait dit Nadejda sur un ton qui n'appelait pas la réplique. Il me semble que tu joues à des jeux dangereux avec les tontons macoutes de la région.

Il se rappela la conversation matinale, entra dans une cabine et composa le numéro. L'écouteur était si brûlant qu'il pouvait à peine l'approcher de son oreille.

— Nadetchka ! C'est moi, je suis vivant, en forme et pour l'instant en liberté.

— Et ça te fait rire ?

— Et qu'est-ce qui me reste à faire ? Quelqu'un a appelé ?

— Silov te cherchait. Il te demande de le retrouver au marché, près de la boutique de gravure. Dès que tu pourras.

— Je t'embrasse, ma chérie, ne sois pas triste.

Toura contourna le centre des retraites et pensions, ou plus simplement la Sécu, dont la façade était ornée d'une immense affiche en couleur :

« Travailleurs de la Sécurité sociale ! Améliorez la qualité du service du contingent sous votre tutelle ! »

Face à lui, quasi déserte, s'étendait l'avenue, avec ses trois arrêts d'autobus, chacun à un kilomètre de distance de l'autre.

— M-oui, marmonna Toura. Le piéton a une conception de l'urbanisme tout à fait différente de celle d'un automobiliste.

Il n'y avait pas un autobus en vue. Sur les immenses surfaces planes de l'avenue déserte, les rares passants ressemblaient à des souris savantes enfermées dans un labyrinthe.

Juste à côté de l'arrêt de bus, une table avec une balance avait été installée au milieu de caisses de pêches. Une queue moyenne se forma immédiatement mais n'attira que très peu l'attention de Toura.

Le vendeur, maigre et soûl, ne se pressait pas et conversait paresseusement avec le sergent de la milice.

Tous deux se comportaient comme s'ils étaient seuls. La queue patientait sans discuter. Une affiche était placardée sur l'arrêt de bus : « Chers passagers ! Nous vous rappelons qu'il est catégoriquement interdit de sortir de la République les produits agricoles. »

Le vendeur continuait sa conversation avec le milicien, la queue attendait.

« Selon eux, songea Toura, les règles de politesse ne s'appliquent que dans les rapports avec leurs supérieurs. » Toura était convaincu que la grossièreté des vendeurs était en quelque sorte compensée par la nécessité qu'ils avaient de s'humilier, de tromper sur la marchandise, de vendre de la pourriture, de passer pour des escrocs. Mais le milicien ! De toute son existence passée à la milice criminelle, il n'avait jamais vu ça. Ou alors il ne l'avait pas remarqué ? Ou pas voulu remarquer ?

Le milicien se comportait comme quelqu'un qui aurait le pouvoir absolu sur les citoyens.

— Camarade sergent !

Khalmatov se surprit à donner l'ordre d'une voix vigoureuse. Le milicien tressaillit.

— Rejoignez votre poste immédiatement ! Et vous, mettez-vous au travail.

Le sergent ne lui demanda pas qui il était, n'exigea pas de voir ses papiers. Il n'eut pas l'ombre d'un doute que Toura eût le droit de lui donner des ordres.

— Compris, dit-il, haineux ; il salua, tourna les talons et remonta lentement l'avenue.

— Des pêches ? lui proposa tout de suite le vendeur, alors que Toura ne faisait pas la queue. Les gens se taisaient.

Toura prit le chemin le plus court pour se rendre au marché, en direction de l'hôtel, suivant l'allée qui butait contre le monument au Père-Fils-Guide, centre géographique de la place dallée de marbre.

Le monument se découpait sur la façade de l'hôtel Moscou, un grand livre ouvert de neuf étages, juste devant le mémorial de la Gloire. À l'arrière, s'élevaient les coupoles scintillantes du complexe de bains et de santé, avec chambres de massage, saunas et bains à la russe. Les immenses lustres, cadeau du directeur de l'usine de transformation du coton, avaient été apportés dehors.

Passant devant la tchaïkhana, Toura jeta un coup d'œil par la fenêtre. Le rideau n'était pas tiré et Toura aperçut la bassine avec ses bols et les quelques bouilloires-invalides avec leur bec en fer-blanc. Le tapis était à sa place : accroché au mur, à côté de la fenêtre.

— Salam, salua Silov depuis l'Automotrice. Nadejda t'a transmis le message ?

— Que se passe-t-il ?

— Une seconde.

Silov remonta les vitres, descendit de la voiture et la ferma à clef.

— Des gens sûrs m'ont dit que le cognac a été apporté au mariage par Yakhiaïev. Il l'a acheté dans une discothèque, par ici. Pas dans son restaurant.

Il fit cliqueter les menottes dans sa poche.

— Si je comprends bien, c'est Chamil qui a fourni le cognac à Yakhiaïev ? demanda Toura.

— Exactement, dit joyeusement Silov. Le doigt du destin. C'est à cause du même Chamil qu'on m'a flanqué à la porte ! Le patron de la discothèque, barman-chef !

— Il en a encore, du cognac ?

— Oui. Derrière la porte, dans une caisse. On m'a indiqué l'endroit. Chamil est sorti mais il va bientôt revenir.

Ils restèrent encore un moment près de la boutique du graveur.

« … Chère maman. Je vous souhaite beaucoup de joie et de sourires, dit Silov en lisant machinalement le spécimen calligraphié, et que tous vos souhaits et tous vos espoirs se réalisent. Mes meilleurs vœux. Votre fille… »

Un côté de la vitrine faisait de la réclame pour les vœux de bonheur, les plaques funèbres étaient exposées de l'autre côté.

— Eh bien, si ton tuyau n'est pas percé, l'information est de première classe ! Regarde !

Toura extirpa le certificat de l'expert-chimiste.

— Il s'avère que le cognac n'est pas courant…

Silov parcourut le certificat :

— C'est de l'artisanal ! De la contrefaçon ! Alcool et thé, sûrement. Eh bien, mon petit Chamil ! Un as véritable ! Je comprends pourquoi il le réserve à ses clients ivres. Ça leur est égal quoi boire. Et, bien sûr, il en vend aussi aux gens de passage. Ils se soûlent dans son bar et le dernier verre, c'est pour la maison.

— Je pense qu'il s'agit du même cognac que celui de Sabirdjon.

Ils firent le tour du marché sans perdre de vue l'entrée de la discothèque.

— « De nouveau, je suis revenu par ici », chantonna Silov, faisant le pitre entre les rangées des commerçants. À cet endroit, on élèvera le monument à ma stupidité, avec cette inscription : « Passez sans me voir. » Ici même, j'ai un jour pincé Chamil et brûlé toutes mes cartouches. Ici, pour mon malheur, je me suis colleté avec la mafia.

— Et qu'aurais-tu dû faire ?

— Passer mon chemin.

Silov désigna les femmes qui vendaient des herbes médicinales :

— Comme passe le nôtre à côté de ces remèdes infaillibles contre le rhume et le mauvais œil. Avec un peu de chance, tout se serait bien passé.

— Bien passé, tu parles ! Khalmatov lui posa la main sur l'épaule. – Si ça n'avait été ça, ç'aurait été autre chose ! Trafiquants de cognac ou faux acteurs. Comme on dit, si le sort en a décidé, la fête aura lieu. Même résultat. Tiens, regarde…

Toura désigna quelque chose du regard.

— Je vois.

Quelques Tziganes en pantalons larges et gilets de velours enfilés par-dessus la robe, vendaient de la levure. Pas plus de deux paquets chacune, pas question de spéculation ! Après les avoir vendus, elles donnaient l'argent à une grosse baronne qui avait épinglé sur son gilet la médaille « Mère glorieuse ». Aussitôt, celle-ci leur fournissait de nouveaux paquets de levure. Combien en cachait-elle dans son large pantalon ? Et dans son soutien-gorge ?

La « baronne » croisa le regard de Khalmatov, changea immédiatement d'expression et dit quelque chose à sa compagne, une grande fille avec de lourdes bagues d'or. Celle-ci se retourna, jeta un coup d'œil à Toura et répondit rapidement. Toutes deux éclatèrent de rire : Khalmatov et Silov n'étaient plus des dangers pour elles.

Ils retournèrent vers la boutique du graveur et ses tristes assiettes commémoratives. Les mots « Amour, souvenir, affliction » étaient inscrits dessus, mais Toura n'en avait jamais vu d'autres.

— Chamil est arrivé, dit Silov qui surveillait l'entrée du bar. Allons-y.

Une fois passé la porte de l'établissement à l'inhabituelle enseigne « Disco-bar », un tonnerre de musique s'abattit sur eux. Il semblait que l'intérieur du bar fût peuplé de hordes dansantes, électrisées par la rumeur effrayante de l'Univers, et qui devaient hurler, casser les meubles, marcher sur la tête, détruire l'édifice sans goût, construit au bord du Marché central et abritant autrefois, comme se le rappela Toura, le pavillon de dépeçage de la boucherie.

Pourtant, il n'y avait, à l'intérieur du disco-bar, que quelques couples. La salle était plongée dans l'obscurité, ou plutôt éclairée « intime » par quelques veilleuses accrochées au plafond, drapé de tissu sombre. Derrière le bar, le présentoir était décoré de boîtes de chocolat finlandais, de bouteilles multicolores de whisky, de gin, d'apéritifs et de paquets de cigarettes américaines. Près de la machine à café, sur le côté, la sono japonaise hurlait du rock and roll. Au milieu de cette magnificence, trônait Chamil qui, la tête légèrement penchée, se mordillant le bout de la langue, écrivait avec peine.

Ah, la magie du théâtre, des décors ! Ô, puissance du design commercial ! Ô, rêve de provincial, contemplant ces beautés intouchables, ces gourmandises réquisitionnées, ô, mirage de l'esprit, ô, mensonge !

Les boîtes de chocolat étaient vides, les bouteilles remplies de thé ou de produit pour nettoyer les vitres, les paquets de cigarettes ne gardaient que le souvenir des parfums de Virginie et le digne membre de l'Obchépite, Chamil, était un véritable bootlegger, un voleur et un assassin. Qui savait à peine écrire, ne comprenant que l'arithmétique, l'aïeule des sciences commerciales.

— La sagesse vient avec le temps, dit Silov en désignant Chamil à Toura. – Ce n'est pas le voleur qui est sous les verrous...

Dissimulés dans l'entrée, ils observaient Chamil en train de faire ses comptes périlleux sur un bout de papier.

Il y a très longtemps, quelque vingt ans auparavant, Chamil, encore morveux, était un habile voleur des chemins de fer. Mais un jour, près de Bogotol, il tomba du toit et passa sous les roues. On l'amputa d'une jambe et Chamil, cas rarissime chez les voleurs « francs-tireurs », passa son CAP de vendeur et s'installa derrière le comptoir. Par ici, il était un étranger, sans amis, sans soutien, sans couverture, et il lui fallut se battre comme une bête pour que les trafiquants du marché noir cessent de le considérer comme un monstre et qu'ils reconnaissent l'unijambiste comme un des leurs. Par deux fois, l'OBKhSS fut sur le point de le pincer et par deux fois il réussit à se dépêtrer, sans l'aide d'aucun protecteur, il n'en avait d'ailleurs pas, tout en évitant que le coup retombât sur les marchands de contrefaçon ou sur ses fournisseurs de l'usine. La hargneuse obstination de Chamil-l'Unijambiste dans la poursuite de son but, faire de Grandes Affaires dans l'Obchépite, fut enfin appréciée.

Il fut embauché. Sur la route de l'usine chimique, à Navoï, deux citernes d'alcool furent détachées, l'alcool coupé, mis en bouteilles de vodka dans la petite usine clandestine, puis écoulé par Chamil avec grand succès. Mais, à cause d'un malentendu, le chauffeur qui transportait les caisses fut tué : Silov ne doutait pas que Chamil s'en fût chargé lui-même ou qu'il eût envoyé un de ses hommes de main. L'existence de l'Unijambiste se suspendit au-dessus du précipice. Néanmoins, il trouva des appuis à la Direction et le peu conciliant Silov fut tout bonnement viré.

Quant à Chamil, il obtint ce qu'il avait souhaité, une Affaire Personnelle, le disco-bar, pour lequel il payait une allocation mensuelle à ceux qui le lui avaient fourni.

— Salut à toi, pirate unijambiste, salut, Long John Silver, dit Silov en s'approchant du comptoir.

Chamil leva la tête et transperça Silov de son regard coupant. L'ordre et le silence régnaient dans la salle, la situation était normale : Chamil sourit, rassuré. De petites rides apparurent sur son visage maigre, anguleux, sa lèvre inférieure, toute sèche, découvrit la pointe de ses crocs. Allait-il donner un coup de langue ou mordre ?

— Salut à vous, glorieux retraités de mes deux ! Quel bon vent vous amène ?

— Une petite affaire ! Une brusque envie d'un Campari-tonic.

Silov poussa du genou la porte battante et s'approcha du réduit.

— Ça ne va pas, non ?

Chamil voulut le retenir, mais Silov avait déjà ouvert la porte du réduit.

— Attends, je te dis…

Le minuscule réduit était encombré de caisses et de cartons, un sac de sucre en poudre à moitié vide traînait près de la balance, face à la porte, près d'une boîte à thé en fer-blanc. Dans un coin, sous le portrait en couleur du Père-Fils-Guide, un téléphone noir voisinait sur la table avec une pile de factures.

— Tu as oublié, peut-être ? Tu sais ce que ça coûte, un abus de pouvoir ?

Chamil était inquiet pour les papiers, mais Silov glissa entre les boîtes et souleva le couvercle de la caisse posée derrière la porte. Les bouteilles de cognac artisanal étaient rangées dans les alvéoles, scintillant de leurs bouchons d'aluminium, ronds comme des têtes de pavot.

— CQFD, dit Silov. Et maintenant, présente-moi les factures du « KV ». D'où provient-il ?

Contre toute attente, Chamil se détendit. Il avait eu le temps d'apprécier la situation et l'air menaçant de Silov ne lui faisait pas peur.

— Présenter ? À qui ? À toi ? Ou à lui, peut-être ? Il désigna Khalmatov. – Et qui es-tu, toi ? Qui êtes-vous, tous les deux ?

— Tu le sais très bien !

Silov éclata de rire et son rire était comme un glapissement de scie :

— Tu sais très bien qui nous sommes…

— J'en ai entendu parler. Il paraît que tu acceptais des pots-de-vin, c'est pour ça qu'on t'a viré.

Chamil pâlit, bleuit presque, et sa lèvre laissa apparaître les crocs dans toute leur longueur. Au bord de l'épilepsie, il se montait le bourrichon, attisait sa rage avec des insultes, pensant que son hystérie ferait peur, et que les flics dégageraient d'eux-mêmes :

— Mais moi, je n'ai pas de fric pour vous : je le gagne avec ma bosse et avec cette jambe de bois ! Vous n'aurez pas un kopeck… Et toi, Khalmatov, tu iras en taule, sinon aujourd'hui, demain ! Tout ce que je peux te promettre c'est des oranges !

Silov se posa calmement sur la caisse de cognac, tandis que Chamil s'excitait de plus belle. Un peu de bave apparut aux coins de sa bouche.

— D'autres ne viendraient pas, mais moi, je viendrai. Avec les oranges. Parce que, à cause de toi, on a failli me foutre dehors ! Tu te rappelles ? Tu avais déjà signé le mandat ! Heureusement qu'il existe des gens comme il faut qui n'ont pas donné suite à ton mandat. Je me suis personnellement torché le cul avec…

— Quel spectacle ! Tu devrais exiger un cachet.

Silov fit cliqueter les menottes, qu'il eut le temps de sortir.

— Dans la caisse, il y du cognac truqué. Rien à faire. D'où vient-il ?

— De la base ! J'ai les factures !

— Donne.

L'Unijambiste désigna sa braguette :

— Tiens. Tu peux toucher ! Quand on vous aura enfermés dans deux jolies cellules voisines, mon âme sera apaisée. Bande de tocards ! Toi, Khalmatov, je te le promets, tu auras des oranges. Et lui... Chamil désigna Silov par-dessus son épaule – ...lui, je sais ce que je lui offrirai ! Une poupée gonflable. Puisque la vraie s'est tirée !

Toura eut le temps d'intercepter le coup de poing de Silov, se tourna vers Chamil et, de tout son corps, le projeta contre le mur avec une telle force que le barman, comme si la vie l'avait abandonné, glissa le long du mur et s'affala sur le sac de sucre. Toura, les bras collés au corps, dit d'une voix effrayée :

— Excuse-moi, mon cher, j'ai glissé, c'est petit, chez toi. Montre les factures et ne me fais pas répéter.

Dans la salle, la musique n'avait pas faibli.

Happant l'air avec difficulté, Chamil essaya encore la ligne légaliste :

— De quel droit ? Qui es-tu ?

— Tu sais qui je suis, dit Khalmatov doucement. Tant que je serai en vie, je serai un flic pour toi, et toi, un voleur. Même mort, je ne serai pour toi qu'un flic mort. Et maintenant, montre-moi ces factures comme si j'étais un client. Un client a le droit de veiller à ne pas se faire rouler par un escroc de ton espèce.

— D'accord. Je vais la montrer, la facture. Mais pas à vous, à la milice ! Et en présence de mes supérieurs.

Toura désigna le téléphone :

— Appelle !

Toura ne les entendit pas arriver. Il vit seulement Alicher Gapourov passer la porte avec un gars de l'OBKhSS. À cause de la musique assourdissante, ils durent, eux aussi, s'imaginer qu'il y avait une foule immense à l'intérieur et, comme eux, être surpris par la salle déserte.

Chamil coupa immédiatement la sono et ouvrit la porte battante, invitant les miliciens à passer derrière le comptoir, mais Alicher se dirigea vers Khalmatov et Silov.

— Comment allez-vous, instructeur ?

Alicher leur serra les mains, approcha une chaise et s'assit à leurs côtés.

— Votre famille est en bonne santé ? Votre humeur est meilleure ?

Décidément, il n'arrivait pas à renoncer aux règles de l'étiquette, à simplement dire bonjour ou salut.

— Quelle vie crois-tu que nous menions, nous, les retraités ? demanda Toura en souriant. Nos jeux sont calmes et tranquilles. Dis-moi, quoi de neuf dans l'affaire du Coréen ?

— Le pistolet a été retrouvé dans l'étang, près du Tchiroïli. Un Makarov.

— Fiché chez nous ?

— Oui. Vous vous rappelez l'assassinat du milicien sur la route entre Darvaza et Ourtchachma ? Je ne travaillais pas à l'époque. J'allais encore à l'école. Mais vous, vous devez savoir.

— Sergent Sadyk Zakinov. Près du pont, la nuit.

— Son arme avait été volée. Celle-ci, justement. Les douilles portent les marques du même mécanisme.

— Voilà une nouvelle vraiment importante, dit lentement Toura.

— Qu'est-ce qui vous frappe ainsi, instructeur ? demanda Alicher avec curiosité.

— Rien. Je me disais juste que le pistolet de Sadyk était resté muet pendant huit ans. Et qu'il devait y avoir une raison extraordinaire pour qu'il eût repris la conversation au Tchiroïli.

Sadyk avait été tué huit ans auparavant. Toura, avec tout son groupe, avait travaillé au corps pratiquement tous ceux qu'on rencontre sur la route : les particuliers, les « longs cours », les primeurs, les trafiquants et les dépanneurs. Et en particulier les miliciens.

« Si on me laissait cette affaire aujourd'hui, comme je scruterais le moindre petit indice... », songea Toura avec amertume et dépit, avant de poursuivre :

— Le juge va certainement rouvrir le dossier Zakinov, vu les circonstances.

— C'est déjà fait.

— Comment vont les gars ?

— Crevés... Alicher était heureux de pouvoir se défouler. – Pour l'instant, on en est au même cercle des témoins. Quelques personnes, en fait. L'Iranien et son amie, les retraités.

— Il faut bien la travailler, l'amie de l'Iranien. À mon avis, c'est une prostituée. Ce genre de bonnes femmes ont une vision différente des choses. Elle est en ville ?

— À l'hôtel, pour le moment. Les retraités sont repartis. Ils ne nous ont rien appris de substantiel. Il faut dire que, en ce moment, je ne suis d'aucune aide. J'ai d'autres soucis.

— On peut te féliciter, se souvint Khalmatov. Pour ta nomination. Te voilà adjoint au chef de l'OBKhSS.

— Merci, instructeur. Je fais des efforts, bien que le travail soit nouveau pour moi. Que s'est-il passé, ici ?

— Dans ce petit réduit, il y une caisse de cognac « KV », le même qu'on a trouvé dans le sac de Sabirdjon.

Khalmatov ne fit aucune allusion au fil qui reliait le

bar de Chamil à la table de noces d'Alicher et aux conclusions de l'expert chimiste. Toura était convaincu qu'Alicher pouvait ne pas être au courant de ce qui se tramait ce soir-là dans la maison de son beau-père.

— Les factures concernent deux caisses et datent de juin de l'année dernière. Presque un an pour vendre le cognac !

— C'est louche, admit Alicher. C'est sûrement du cognac truqué. Les factures doivent être fausses.

— Je te conseille de faire analyser le produit. Il n'est pas exclu qu'il s'agisse de contrefaçon. Alcool et thé.

Alicher écoutait attentivement. Puis, d'un signe de tête, il appela son adjoint, qui échangeait paresseusement trois mots avec Chamil :

— Tu as le plomb ?

— Tenez, j'ai fait comme vous avez dit.

L'adjoint sortit la pince à sceller de sa poche.

— Pose les scellés maintenant, en présence des témoins.

— Compris.

— Pour les factures, établis un procès-verbal de confiscation. Demain matin, on ordonne un audit. Dis au barman de fermer.

Les paroles de Gapourov se noyèrent dans une cacophonie assourdissante : Chamil avait démonstrativement branché la sono à pleine puissance.

Ils roulèrent en silence.

— Regarde.

Toura désigna le rétroviseur.

La voiture de patrouille qu'ils connaissaient bien apparut au bout de la rue.

— Je n'aime pas beaucoup cette escorte. Est-ce que le juge a vraiment peur que je disparaisse ? Tu peux faire quelque chose ?

— On ne pourra les semer qu'après l'hôtel, dit Silov.

Sur l'immense avenue, l'auto roulait, solitaire et aussi facilement repérable qu'une bille de billard sur le tapis vert.

— À ton avis, Toura, commença Silov, Sabirdjon savait que son cognac était trafiqué ?

— Je n'en doute pas.

— Pourquoi ?

— Son but était de l'apporter au Coréen. Pak était venu au Tchiroïli pour récupérer la bouteille de « KV ». C'était une pièce à conviction ! Le reste pouvait être discuté par téléphone.

— Mais quel rapport entre la criminelle et le cognac ? Notre rayon, ce sont les assassinats, les cambriolages, la dope. Pak aurait envoyé un type de l'OBKhSS à sa place… Et puis pourquoi est-il parti si vite, sans prévenir personne ?

— Je ne sais pas. Je pense que Sabirdjon a annoncé à Pak quelque chose d'exceptionnel.

Une fois que Khalmatov et Silov furent parvenus au niveau de l'hôtel, la voiture de patrouille se mit à rouler aux côtés de l'Automotrice.

Le chauffeur au visage enfoncé regardait devant lui avec indifférence, à l'arrière, apparut furtivement la face ronde, une poignée de poils sur le menton, de son immuable compagnon.

— Va pour la glace…

Khalmatov ne voulait pas que Ravchan sût exactement où il se trouvait.

À peine Khalmatov et Silov s'étaient-ils installés à une table du glacier, sous les parasols, qu'un gros Géorgien se leva de la table voisine, où un groupe bruyant finissait le champagne. Dans chaque main, le Géorgien portait une coupelle métallique remplie de glace plombière.

— De la part de toute la compagnie.

Ils ne connaissaient pas cet homme. Ses amis, par des gestes et des sourires, confirmaient la sincérité de leurs intentions. Il ne restait plus à Toura et Silov qu'à remercier. Ils s'inclinèrent et toute la compagnie se leva.

Toura attendit qu'ils sortissent et écarta la coupelle de glace.

— Levons le pied. Plus le veau est gras plus courte est sa vie.

Il se fit plus prudent.

— On invite nos camarades ? Ce sont nos gardes du corps ?

— Plutôt une escorte, remarqua Silov.

Extraits de journaux :

« Le brave sergent Sov

Le sergent de la police montée royale du Canada Paul Sov avait une excellente réputation aux yeux de ses supérieurs. Pendant vingt-cinq ans il avait servi dans la police, dont quinze consacrés à la lutte contre la drogue, pendant lesquels le brave sergent avait fait preuve d'un talent sans égal. Cependant, la tentation était trop grande. En plus, sa riche expérience lui donnait l'espoir de réussite. En un mot, le sergent Sov se mit au trafic de drogue et fut pris sur le fait. On l'arrêta en possession d'environ 200 kilos de haschich, soit presque un million de dollars… »

Par ses dimensions et sa décoration, le hall de l'hôtel rappelait la gare d'un important nœud ferroviaire.

Le hall comportait un entresol. Divers kiosques – journaux, souvenirs, caisse d'épargne, poste – étaient disposés le long des murs. Fermés pour toujours. Le tapis, immense, n'avait jamais été nettoyé. La cabine de communications interurbaines était hors service. Le plafond, taché par les infiltrations, béait de trous laissés par les plaques de céramique tombées. La guérite de l'administrateur était déserte, la porte de l'ascenseur de travers.

Le concierge, un Casaque en pantalon de pyjama et casquette à galon, apparut au bruit des pas.

— Qu'est-ce qu'il vous faut ? Vous allez loin ?

— On monte, répondit Toura sans s'arrêter : le lieutenant-colonel Khalmatov n'avait pas encore perdu ses habitudes de membre de la criminelle.

— L'administratrice est au septième ?

L'une des chambres était réservée au personnel et, habituellement, abritait une faune hétéroclite et assez louche.

— Mavliouda, qui est de garde, aujourd'hui ?

— Roukhsora.

Toura et Silov montèrent. D'immenses vestibules partaient de chaque palier, déserts, étouffants et aussi poussiéreux que Kysylkoum.

— Mon Dieu ! Depuis le temps !

Roukhsora, l'administratrice de service, que le Casaque-concierge avait eu le temps de prévenir par téléphone, avait laissé tomber sa compagnie et venait à leur rencontre. C'était une femme séduisante, pesant plus de cent kilos, elle portait un chemisier transparent, laissant deviner la forme et le tissu du soutien-gorge, du noir aux sourcils, du rouge aux joues et sur les lèvres.

— Vous venez comme ça ou pour affaire ? Ou vos femmes vous ont fichus dehors ? demanda-t-elle d'un ton de conspirateur et elle éclata de rire. Je vous en prie !

— Pour affaire.

Le visage de Roukhsora exprima la préoccupation mais également sa bonne disposition.

— Nous voudrions parler à une jeune femme.

Khalmatov décrivit l'amie de l'Iranien.

— Je ne me souviens plus de son nom.

— C'est Sveta. Guioultchekhra. Elle n'est pas seule. Un invité.

— Je le connais ?

— Non. Il est dans l'irrigation.

— Et elle, que fait-elle ici ?

— Oh, elle voyage… Roukhsora étouffa un petit rire. – On a eu un artiste un jour, il disait à propos des filles comme elle : « Un cerveau d'enfant, un portefeuille vide et des ovaires de jeune guenon. » Enfin, vous comprenez…

— Pour comprendre, on comprend, dit Silov en riant.

La gloire de la ville, dont le Père-Fils-Guide était le protecteur, s'était répandue dans la steppe, ainsi que les légendes à propos de ces seigneurs bourrés d'argent et généreux, provoquant l'affluence de personnes sympathiques, appelées communément « légères ». Les administrateurs de l'hôtel travaillaient avec elles et touchaient leur pourcentage.

— Depuis longtemps à Moubek ?

— Depuis le jour où on a tué le chef de la milice. Roukhsora parlait de Pak.

— Guioultchekhra y était, au Tchiroïli. Avec un ami. Quelle horreur !

— Elle vient souvent par ici ?

— Non. C'est la troisième fois en deux ans.

— Compris. Par ici ?

Silov poussa la porte.

C'était une petite suite de deux chambres et le désordre témoignait de l'orageux repos de la veille. Assis sur un petit divan rachitique, aux pieds tordus, un gros homme gonflé, vêtu d'un pyjama bleu, grignotait des graines de potiron. Il regarda ses hôtes avec indifférence, cracha les écorces et demanda d'un ton mélancolique à son amie, affalée dans le fauteuil près de la table basse, encombrée de bouteilles et de restes de nourriture :

— C'est pour toi ?

Silov confirma :

— Oui, c'est pour elle.

Se tournant vers Sveta Guioultchekhra, il désigna le gros homme du menton :

— Et ce myosotis des montagnes, il habite cette chambre, lui aussi ?

Elle éclata de rire :

— Non, il est juste venu me rendre une petite visite.

Le gros homme continuait à grignoter ses graines de potiron. Les écorces jaunes jonchaient en éventail le tapis, autour de lui. Le ballon de son ventre se balançait en mesure sur ses genoux. Toura imagina que, un jour, le gros homme avait avalé une de ces graines et qu'un potiron avait poussé dans son ventre. Il s'approcha de lui, lui tapota sur l'épaule et dit :

— Allez donc dans votre chambre, nous devons parler.

Le gros homme opina du chef avec bienveillance, non sans difficulté se leva du canapé et, oubliant ses pantoufles, partit pieds nus.

— Je vous ai reconnu tout de suite, soit dit en passant. Vous êtes arrivé au Tchiroïli au moment où on m'interrogeait, dit Sveta.

Elle ferma paresseusement son peignoir étroit, qui lui descendait jusqu'à la cheville, en velours mauve, piqué de fils d'argent.

— Et la nuit même, à la Direction.

— Moi aussi, je vous ai reconnue. Vous étiez avec l'Iranien.

— Ouais ! C'est mon pote. Il m'a prise en stop à Tachkent. Moi-même je suis de Zelenokoumsk.

— Commençons par le commencement. Êtes-vous arrivée au café bien avant la fusillade ?

— Une heure avant.

— Vous aviez passé commande ?

— Oui. De la soupe aux vermicelles, de l'eau minérale. Mon pote, il a apporté des brochettes. Je l'ai déjà raconté plusieurs fois. Tout le monde m'a interrogée : des colonels, des généraux.

— Très bien. Comme ça, vous n'avez rien oublié. Rappelez-vous encore une fois comment ça s'est passé. Où avez-vous vu l'homme qui a commis le crime ?

— L'assassin ? Dans la cour. Il attendait les brochettes. J'allais aux toilettes.

— Pour quelle raison l'avez-vous remarqué ?

— Je remarque toujours particulièrement les hommes.

— Il était seul ?

— Oui.

— Et que pouvez-vous dire à propos de cet homme ?

— Un homme dans la force de l'âge, comme on dit.

Elle arrangea le peignoir sur sa poitrine et une chaîne en or massif étincela sur son cou.

— Dans votre genre. Mais ce n'est pas le mien.

— Mais encore ?

— Vulgaire. Moi, j'aime les gros. Ils sont faibles et tendres. Celui-là était dur. Un vrai gars de la steppe.

— C'est ce que vous pensez ? Dites pourquoi.

— Mon mari était de Pakhtaabad. Ils avaient quelque chose en commun.

— Comment était-il habillé ?

Elle haussa les épaules.

— Son tailleur est riche. Un trois-pièces finlandais. De bons souliers. Mais on avait l'impression qu'il avait acheté tout cela il y a bien longtemps. Et qu'il n'avait pas l'occasion de les porter. De la bonne qualité, mais pas du neuf.

« Il faudrait penser un peu à cela », songea Toura.

— D'après vous, quel aurait pu être son métier ?

— Officier, je pense. Peut-être flic. Sûr, ce n'était pas un vendeur de marché noir.

Guioultchekhra réfléchit un moment :

— Peut-être a-t-il servi dans l'armée, il y a longtemps. À vos rangs, fixe !

— Dis dons, l'amie, tu ne serais pas un peu voyante ? l'encourageait Silov.

— Je vois du monde… Eh, les gars, je suis crevée !

Soudain, elle s'étira.

— J'aimerais me reposer maintenant. Catégoriquement ! Dès lundi, je recommence ! Travail, études !

— Tu fais des études ? Formation permanente ? demanda Silov.

— En gros, oui. Des cours payants. Intensifs. Pour communiquer, se débarrasser des complexes.

— Et le travail ?

— Préparatrice au centre épidémiologique.

— Et vous avez entendu parler de nous à Zelenokoumsk ?

— Bien sûr. Moubek est une ville célèbre. Un millionnaire tous les deux habitants. Je plaisante, bien entendu. Pas tous les deux, tous les trois. Peut-être tous les dix. Milicien ou bagnard…

— Qui est arrivé le premier au Tchiroïli ? demanda Toura. Le Coréen ou son assassin ?

— Le Coréen.

— C'est sûr ? intervint Silov.

— Absolument sûr.

— Et, à ton avis, pourquoi le jeune homme en blouson bleu… commença Silov.

— Sabirdjon ? Je connais tous les noms, maintenant !

— Oui. Pourquoi est-il venu s'asseoir à la table de Pak ?

— Je leur ai déjà dit hier. Ils se connaissaient. Pas l'ombre d'un doute là-dessus.

Toura s'approcha de la fenêtre. Du septième étage, les voitures sur l'avenue paraissaient des jouets mécaniques, avançant le long des lignes blanches tant que leur ressort était remonté. Sur le toit du restaurant, à la hauteur du premier étage, apparaissait et disparaissait une silhouette, coiffée d'un casque de protection et armée d'un seau et d'un balai. L'homme de ménage avançait avec des mouvements irréguliers, comme les souris que Toura avait vues fréquemment dans son village natal, de l'autre côté du Zakh.

« Et voilà que Guioultchekhra pense elle aussi que Pak attendait Sabirdjon. On dirait que l'assassin avait su d'une façon ou d'une autre que cette rencontre aurait lieu. » Toura réfléchissait avec effort, écoutant du coin de l'oreille la conversation de Silov avec la fille. « Si l'assassin voulait tuer Pak, pourquoi ne l'a-t-il fait avant l'arrivée de Sabirdjon ? S'il voulait tuer Sabirdjon, pourquoi l'attendait-il au Tchiroïli ? Pourquoi ne l'avoir pas tué sur la route ou ailleurs ? Une seule conclusion s'impose : l'assassin devait être certain que Sabirdjon rencontrerait un membre de la criminelle… »

Toura décida que sa femme dormait, n'alluma pas et s'efforça de se mouvoir le plus silencieusement possible. Ses yeux, une fois habitués à l'obscurité, découvrirent

Nadia, couchée, les yeux grands ouverts. Lorsqu'il la rejoignit, elle se serra doucement contre lui.

— Et si on partait quand même, Toura ? L'hiver, on ferait du ski, on serait bien là-bas, au calme. Et si on ne se fait pas à Moscou, on peut revenir ici. Tout se sera apaisé. Pourquoi exciter les oies ?

— Qu'est-ce qui te prend ?

Sans l'écouter, elle enfonçait le clou :

— J'ai pensé à tout. Si tu ne veux pas vivre avec mes vieux, je travaillerai, on nous donnera une chambre tout de suite. Le travail ne me fait pas peur, tu sais ? Tu as une bonne retraite. Nous sommes encore jeunes. Tu te rends compte ? Le destin nous offre une vie supplémentaire !

Toura se tut quelques instants puis dit d'un ton ferme :

— Vous partirez, toi et Oulougbek.

— Sans toi ? Jamais.

— Nadia, je vous rejoindrai plus tard. Je ne peux pas partir maintenant.

— Je ne te laisserai pas ici, Toura.

Il sentit la lourde fermeté de son corps tiède, la soie tendre de la chair au-dessus de son genou plein et rond. Doucement, du bout des dents, elle lui mordit le lobe :

— Nous partirons ensemble ou nous ne partirons pas.

— Il est arrivé quelque chose ?

Nadejda ne répondit pas.

Il s'endormait lorsque retentit la sonnerie du téléphone, plus longue que d'habitude.

Toura décrocha.

— Khalmatov ?

La voix lui était connue. La première fois qu'il l'avait entendue, c'était quelques heures après sa mise en retraite.

— Encore vivant ? Allez, fais attention. Et ne fourre pas ton nez partout. On va te le couper. Je te préviens…

Toura arracha le fil.

— Toujours la même amie ?

Khalmatov comprit qu'on avait déjà téléphoné à Nadejda et que c'était la raison de sa nervosité.

— Tu n'as rien remarqué d'inhabituel ? demanda Toura.

— Non.

— C'était l'interurbain, il me semble.

Nadejda saisit sa main et l'approcha de ses lèvres. Il sentit des larmes couler sur sa joue.

— Qu'est-ce que tu as ?

— J'ai peur, Toura ! Tu sais, je n'ai jamais eu peur, mais maintenant je suis effrayée. J'ai peur de ces gens. Ils sont polis. Ils roulent en voiture de fonction, ce sont des chefs, mais je préfère mille fois que tu coures après les assassins et les cambrioleurs… Demain, vers dix heures, tu dois passer à la Direction. Tu m'entends ?

— Oui.

Il en restait à ses pensées : « L'assassin est arrivé le premier. Il n'avait suivi ni Pak ni Sabirdjon, par conséquent, quelqu'un l'avait informé de la rencontre supposée se tenir au café au-dessus de l'étang. »

— Nadia ! appela Toura.

— Quoi ? articula sa femme entre deux sanglots.

— De toute ma vie, je ne t'ai jamais donné un ordre. Parce que je savais que tu étais plus intelligente, plus fine et plus instruite que moi. Merci pour tout le bonheur que tu m'as apporté : tant de joie et d'amour ! Quinze ans !

— Pourquoi tu parles comme ça ? Nadia, effrayée, se serra contre lui. – Je ferai tout ce qu'il faut. On dirait que tu fais tes adieux.

— Nadia, mon amour, pour le première fois je t'ordonne et je te supplie – tiens, je me mettrai à genoux devant toi –, fais comme je te le dis ! Pars demain avec notre fils. Ou après-demain.

— Je ne peux pas ! cria Nadia. Je ne te laisserai pas seul ici !

— Tu peux ! Tu dois ! Tant que vous êtes là, je suis pieds et poings liés ! Je ne peux pas attaquer avec tous ces wagons accrochés derrière moi ! Ils savent que Oulougbek et toi, vous êtes mon talon d'Achille. Et si je les serre de trop près, ils frapperont sans hésiter ! Ma chérie, tu dois faire comme je te le dis.

Le procès-verbal était tenu par l'employé qui s'était occupé de Toura lors de son licenciement. Assis au bout de la longue table de réunion, il était le seul, sembla-t-il à Toura, à le regarder avec sympathie.

« Comme si je n'avais jamais été de l'autre côté de la table, avec eux... », songea Toura avec dépit.

Seul, le général se conduisait comme s'il ne s'était rien passé.

— Viens par ici, Toura Khalmatovitch, dit-il, prends une chaise.

Khalmatov s'assit. C'est alors que Nazratkoulov, le crâne soigneusement rasé, se leva.

— La commission a jugé indispensable de porter à la connaissance les résultats de l'instruction.

Il ne dit pas à la connaissance de qui la commission allait porter les résultats de l'instruction, chaussa ses lunettes, jeta encore un coup d'œil sur le papier et le passa pour lecture à l'employé du service du personnel.

La réunion avait dû commencer de bonne heure : malgré l'air conditionné et les rideaux, l'atmosphère était étouffante. Ergachev fumait des cigarettes cubaines qu'on lui envoyait de la base.

— « En mars 1980, le milicien-chauffeur du véhicule de fonction GAZ-26, immatriculé 02-00 MBD, lisait le fonctionnaire d'un ton neutre, appartenant à la direction de l'Intérieur du comité exécutif de Moubek, Ourdouchev, s'adressa au mécanicien du secteur n° 2, qu'il connaissait… »

Khalmatov savait ce préambule par cœur.

Il scrutait les visages des membres de la commission, mais ne croisa que le regard du colonel Nazratkoulov, rempli de l'indignation navrée devant la cupidité et le despotisme de l'ancien chef de la milice criminelle, le lieutenant-colonel Khalmatov.

« D'abord, on vous a arrangé une affaire, se souvint Toura du résumé de Silov. – Après, on vous a tiré dessus. Ensuite, on t'a foutu dehors… Maintenant, le tribunal. » Agir, tant qu'il n'est pas trop tard !

— « …Ce dernier expliqua qu'un moteur de ce type était monté sur l'agrégat électrique AB 16 et ne pouvait être vendu à part, bégayait la voix du fonctionnaire. Cependant, après la menace que, en cas de refus, les membres de la Direction effectueraient un contrôle zélé du parc automobile du secteur n° 2… »

Ravchan, sans lever les yeux, écrivit quelque chose sur un morceau de papier et le poussa vers Nazratkoulov qui opina du chef d'un air navré et pénétré.

— « Par ailleurs, il n'a pas exercé le nécessaire contrôle de ses subordonnés, à la suite de quoi, l'adjoint au chef de la milice criminelle, Pak… » Chaque phrase de conclusion s'étalait sur un feuillet. « …Pendant ses heures de service, profitant de l'irresponsabilité de son chef, le lieutenant-colonel Khalmatov, sans mettre au courant les chefs de la Direction… »

De nouveau, Toura, distrait, manqua la conclusion.

— C'est clair ? demanda Nazratkoulov en ôtant ses lunettes, qui devaient, tout le long de la lecture des attendus, symboliser sa parfaite maîtrise de la situation.

— La commission juge, d'un côté, les preuves de l'abus, exprimé dans le fait que…

Nazratkoulov avait tellement allongé sa formulation qu'il devait maintenant soit couper la phrase, soit tirer sur le bout qui dépassait. C'est cette dernière solution qu'il choisit et on eut l'impression qu'il répétait tout depuis le début.

— Plus votre négligence… Les conclusions sont adoptées à l'unanimité.

Nazratkoulov profita de la pause :

— Vous pouvez faire appel, mais comme vous ne faites plus partie des effectifs…

Et de nouveau il se perdit dans les explications.

— Pourquoi me reproche-t-on tout cela ?

Toura voulut en appeler à l'expérience de ses ex-collègues, bien qu'il comprît que c'était absolument inutile : tout était entre les mains de Nazratkoulov et du général et le rusé Nazratkoulov pouvait posséder le général lui-même.

— Le jour de la mort de Pak, j'étais à Ourtchachma, une région lointaine, sur les instructions du chef de la Direction à Tachkent, Silantiev.

Ravchan Gapourov détourna le regard, les autres chefs de service fixaient attentivement la table.

— Ces conclusions iront chez le juge. C'est chez lui que je devrai faire appel ? Il s'agit de mon destin, mes chers ex-camarades.

— Arrête ça, Khalmatov. Tu n'as que ce que tu mérites ! Voyez-vous, quel coryphée !

Nazratkoulov explosa comme un abcès trop mûr.

— Tu as cassé la discipline dans le service… Et pourquoi faire allusion aux absents ? Silantiev est à Moscou, en formation. Pak est mort par ta faute, à cause de ton irresponsabilité.

Khalmatov lui rendit la monnaie de sa pièce :

— Et toi, tu n'es rien. Tu auras ton couvert dans mon auberge, lui dit Toura en se tournant vers Ergachev : – Camarade général, vous êtes d'accord avec les conclusions de la commission ?

Ergachev eut un geste d'impuissance :

— La commission est une structure collégiale. Je ne peux pas faire pression.

Extraits de journaux :

« Ouverture solennelle des XXIIes Jeux olympiques de Moscou
Voilà que retentit la musique de compositeurs russes, soviétiques et étrangers. Il reste quelques dizaines de minutes avant l'ouverture des XXIIes Jeux olympiques. Sur le gazon couleur d'émeraude, des jeunes filles défilent aux sons de la fanfare et de six orchestres d'harmonie, disposés sur l'estrade, près de la tribune ouest. Le début de la cérémonie est annoncé par "l'Ouverture de fête" du grand compositeur soviétique, Dimitri Chostakovitch. Cette ouverture est l'emblème musical de l'Olympiade de Moscou... »

La voiture de patrouille 13-47 les suivait maintenant de très près. Dans le rétroviseur, la physionomie plate, écrasée du chauffeur, sans expression, indifférente et cruelle, semblait dormir les yeux ouverts. Derrière lui, son compagnon, avec ses trois poils sur le menton.

— J'aimerais savoir s'ils me surveillent parce qu'ils

ont peur que je me sauve, demanda Toura. Ou alors c'est mes loisirs de retraité qui les intéressent ?

— L'un et l'autre, l'assura Silov. Qu'est-ce que ça peut te faire ?

— Rien. Ça m'énerve. Ça me distrait, alors que j'essaye d'établir la chaîne logique entre la fusillade de Tchiroïli et le cognac truqué.

— Ça fait longtemps que je l'ai établie, dit Silov avec son habituelle assurance.

— Tu partages ? demanda modestement Toura.

— Le Coréen s'occupait de la drogue. C'était ton adjoint. Sabirdjon a essayé de te joindre mais est tombé sur lui. Si le Coréen s'est précipité au café comme un dératé, sans t'attendre, c'est que la nouvelle devait être premièrement urgente, deuxièmement avoir un rapport avec l'opium et, troisièmement, Sabirdjon voulait montrer à Pak quelque chose ou le lui confier. Je pense qu'il apportait le cognac. Voilà. Cette bouteille de cognac truqué a un rapport avec l'écoulement de la drogue.

Toura et Silov s'installèrent au milieu de la cour, sous un ormeau, à l'abri de la chaleur. La canicule promettait d'être sérieuse : le ciel était bleu, sans un nuage.

Le tapis, dans la tchaïkhana de Souvone, était à sa place. Le nombre de mouches avait augmenté, elles attaquaient la vitre recouverte de gaze, les bols dans la bassine, sur le rebord de la fenêtre, et le visage de Souvone, les yeux exorbités et le goitre en avant comme s'il avait la maladie de Basedow. Parfois, elles se prenaient dans le papier tue-mouches, où les guettait une lente et douloureuse agonie.

— Il faudrait avant tout parler avec Alicher, connaître les résultats de l'expertise, dit Toura. Je n'ai pas voulu l'aborder à la Direction. Dans trente-quarante minutes, il sera au tribunal régional, on l'y retrouvera.

— Et après ?

— Si la piste Chamil n'a rien donné, je vais chez Khamidoulla Nassyrov.

— Ce n'est pas un peu gênant ?

— Pour le chef de la criminelle, ce serait effectivement gênant, tu as raison. Mais je ne suis désormais qu'une personne privée. Et il n'existe aucune loi qui interdise à un citoyen d'en rencontrer un autre même si celui-ci a été condamné pour trafic de stupéfiants.

— Et qu'est-ce que tu comptes obtenir de Khamidoulla ?

— Pendant longtemps, il a été le Al Capone de la région, il dirigeait la mafia d'Ourtchachma. Il sait beaucoup de choses.

— Tu le connais personnellement ?

— Je l'ai pourchassé pendant toute ma vie. Et même envoyé une fois en cabane.

Le palais de justice de Moubek était en réfection. La poussière de brique s'introduisait dans la bouche et les yeux. Ça sentait la chaux. Au premier étage on jugeait les membres d'un groupe armé qui opéraient sur la route : ils arrêtaient les voitures et attaquaient le conducteur. L'affaire relevait des assises, plusieurs conducteurs avaient été tués et les chefs les plus actifs de la bande encouraient la peine capitale. Les gars de l'escorte, la main sur l'étui à pistolet ouvert, évacuaient la foule par l'escalier de service. Les inculpés étaient conduits dans la salle. Les femmes en pleurs tentaient, à travers les interstices, d'apercevoir les visages des proches, que le désespoir avait rendus méconnaissables.

Alicher n'était pas encore sorti de chez le président du tribunal, la Volga noire toute neuve, avec son gyrophare, attendait près de l'entrée.

Khalmatov et Silov s'approchèrent du kiosque à journaux. Deux garçons faisaient, debout, des mots croisés.

— C'est du joli : l'adjoint du chef de l'OBKhSS est de la même famille que Youldachev, premier escroc de la ville, qui lui-même dirige l'Obchépite, remarqua Silov. Chamil est sous ses ordres, c'est donc Youldachev qui répond de toutes les saloperies qui se passent au disco-bar. Et voilà : le premier doit mettre la main sur le troisième.

— C'est sûrement difficile pour Alicher, dit Khalmatov, conciliant. C'est un gars du village. Élevé dans les traditions de confiance absolue et d'obéissance aux aînés. Et, une semaine après son mariage, il doit choisir entre un membre de sa famille, un homme respectable, député du Parlement, et le service.

— Je pense qu'il a déjà choisi. Lorsqu'il a accepté le mariage avec une fille repérée par son frère dans une famille bien grasse. Dieu fasse que j'aie tort !

— Je ne discute pas, dit Toura. Pour l'instant, il ne faut pas trop compter sur Alicher. Ce n'est pas un mauvais garçon. Mais ils vont le coincer.

— Ouais, acquiesça Silov. Parce qu'il est jeune. Ils le feront obéir.

— Instructeur !

Alicher sortait du bureau du président du tribunal et se dirigeait vers eux.

— Comment allez-vous ? De bonne humeur ? Et la famille ? Tout va bien ?

Il posa une main sur sa poitrine et tendit l'autre à Khalmatov, comme le voulait la tradition. Toura l'observa attentivement, Alicher se troubla, il ne savait par où commencer. Pendant un moment ils se regardèrent en silence, puis Alicher soupira profondément, comme avant de plonger dans l'eau, et dit d'un ton décidé :

— Nous avons vérifié, instructeur. Tout est en ordre. Pour une fois, votre intuition vous a trompé.

— Vraiment ? articula Toura.

— Le cognac a été effectivement livré en juillet. Deux caisses. Chamil en a vendu une et gardait l'autre pour l'anniversaire de son fils.

— Il n'est pas trafiqué ?

— Moussa Aminov a fait l'expertise lui-même. Vous lui faites confiance ?

Toura haussa les épaules :

— À Aminov, oui. Tu es certain que la bouteille qu'on lui a fournie provenait bien de cette caisse ? Chamil avait sûrement du vrai cognac. De quelle caisse a été extraite la bouteille expertisée ?

— Qu'est-ce que vous dites, instructeur ? Mes collègues ont personnellement surveillé l'opération. Tout est net !

Alicher voulait terminer la conversation le plus rapidement possible.

— Excusez-moi, il faut que j'y aille. J'ai encore le procureur à voir, puis l'architecte en chef.

— C'est toi qui vois, fiston, dit tristement Khalmatov. C'est ta vie.

Ils sortirent du tribunal. La poussière, soulevée par le départ de la voiture d'Alicher, retombait lentement. Toura et Silov marchaient seuls. Et en silence. La chaleur était à son comble, les citadins préféraient encore l'autobus, étouffant mais les abritant du soleil.

Près des jeux d'enfants, une femme âgée grondait des écoliers :

— Retournez jouer devant votre maison. Cette balançoire, c'est pour les enfants de notre immeuble.

Khalmatov la connaissait. Elle avait trois grands fils. On n'avait rien pu faire d'eux et ils purgeaient leurs peines quelque part au loin. Avant, lorsqu'elle était employée à la fabrique, cette femme avait une réputation de bosseuse. Elle pouvait faire n'importe quel travail. Depuis qu'elle avait pris sa retraite, elle ne savait plus comment occuper ses journées. Elle ne lisait pas, ne faisait pas la cuisine. Elle n'avait plus que cette lubie : garder les balançoires.

Le haut-parleur accroché au poteau lançait dans le désert de la rue surchauffée les voix passionnées des héros de la route du coton : on jouait une pièce radiophonique inspirée d'*Ouragan,* le roman du Père-Fils-Guide.

— J'ai l'impression d'avoir déjà entendu parler de Sabirdjon dans le passé, dit Toura. Peut-être l'ai-je même rencontré. Je n'arrive pas à me souvenir.

— Tu n'y arriveras pas, dit Silov. Il te faudrait une association d'idées.

— Il faut chercher cette association dans le mouvement, se mit à rire Toura. Pour commencer, faisons un bilan. Est-ce qu'il ne s'agirait pas d'une dégradation de la personnalité due à l'âge de la retraite ? Qu'est-ce que tu en penses ?

— Je ne suis pas psychiatre, remarqua Silov en tacticien. Je crois qu'il s'agit d'autre chose. Dire de Khalmatov et de Silov qu'ils sont innocents revient à prendre sur soi toute la responsabilité. Tandis que déclarer l'innocent coupable signifie qu'on est un homme intéressé. Aucune responsabilité ! Si tu te trompes, on te corrige. Tu t'es trompé, oui, mais dans les meilleures intentions du monde.

Ces derniers jours, depuis qu'il avait cessé brusquement de végéter et que sa vie avait retrouvé un but concret, Silov avait rajeuni. Il s'était en quelque sorte ramassé sur lui-même, il avait gagné en ressort, son corps s'était raffermi, les muscles durcis remplissaient rondement sa chemise en coton à manches courtes.

— D'accord.

Toura se décida à tirer le bilan.

— La commission n'a pas voulu de mes arguments. Ils n'ont pas grillé Chamil. Alicher a reçu l'ordre de se tenir tranquille. Le juge de la procurature est un homme honnête, mais petit fonctionnaire, un formaliste. Pour lui, je suis l'exemple du milicien obtus, abusif et inculte. Et puis il y a des bienfaiteurs qui le régalent de conseils. Ils ont réussi à lui jeter la poudre aux yeux.

— Ce n'est pas bien grave ! Tout va bien. Le mal sera puni, embraya Silov. On te mettra en cabane. L'affaire sera classée. Le juge repartira. Et tout recommencera comme avant dans la bonne ville de Moubek. Les morts ont toujours tort. Ceux qu'on a virés aussi. Il suffit de faire son rapport à temps et la justice triomphe.

— Fini de brailler ! Toura retourna brusquement à son sujet. – Nous ne savons pas où se trouve l'usine qui fabrique le cognac. Mais nous sommes des flics, après tout. Prouvons-le.

— Une idée ?

— Lorsque Silantiev m'a téléphoné, il m'a prévenu que la route des trafiquants passait à côté d'un torrent. Le camion a crevé, les gens de passage l'ont vu.

— Ça ne manque pas, chez nous, les torrents.

— J'ai déduit qu'il s'agissait d'Ourtchachma. Il y a un torrent. Et c'est là qu'on a trouvé la seringue après le cambriolage. Sabirdjon lui-même est du coin. Et Sadyk Zakinov a été assassiné entre Ourtchachma et Darvaza.

— Mais Oummat a avoué le cambriolage !

— Je sais. Tu me déposes chez Khamidoulla Nassyrov et tu files chez le frère d'Oummat. Travaille-le jusqu'à ce qu'il crie grâce. Comment Oummat explique la provenance de l'argent que son frère a trouvé dans sa maison? Et pourquoi de l'argent liquide? Chez Madjidov, on a volé des affaires, des bijoux!

— Pourquoi Silantiev t'a-t-il appelé cette nuit-là?

— Le lendemain, partait un convoi de «pommes». Et le surlendemain, Pak et Sabirdjon étaient assassinés. Khalmatov se tut un moment. – Il faut s'occuper des détails pour l'instant. Si Oummat a pris sur lui une affaire qui lui est étrangère c'est que nous devons nous occuper de la route Ourtchachma-Darvaza!

Khalmatov regarda autour de lui. L'immense avenue brûlée par le soleil était déserte. Près de l'hôtel, presque à côté du buste du Père-Fils-Guide noyé dans le feuillage des mûriers, apparaissaient les lettres énormes de l'affiche de l'exposition : DES CERA en haut, SIN MIQUE en bas. Selon l'idée des concepteurs, les lettres devaient se lire sur deux étages pour obtenir DESSIN et CERAMIQUE.

— Je t'en foutrai, des sin-mique, sourit Toura. Revenons à nos moutons trafiquants de cognac. Nous pouvons les retrouver soit par les receleurs du genre Chamil…

— On ne nous laissera pas les approcher même à un jet de pierre, cher grand maître Khalmatov! C'est le domaine de Ravchan et de son œil qui dit merde à l'autre. Et de son petit frère, le gars du village, Alchen.

— Logique, acquiesça Toura. C'est pour ça qu'on doit s'occuper des producteurs. Découvrir qui achète des bouteilles vides en grande quantité.

— Et qui peut se procurer de l'alcool.

— Oui. Et puisque Sabirdjon a certainement rapporté la bouteille, le cognac trafiqué est produit quelque part près de son domicile. À la barbe de Khamidoulla Nassyrov, qui n'apprécie guère, c'est sûr.

— Quand vas-tu chez Khamidoulla?

— Dès demain matin, si tu n'y vois pas d'inconvénient.

Mais débrouille-toi pour qu'on ne nous colle pas au cul.

— N'en doute pas! promit Silov. Je te garantis un voyage sans casseroles.

— Mais avant tout, les billets d'avion…

Ils arrivèrent à l'agence de l'Aéroflot tout juste avant la pause déjeuner. Toura, par habitude, alla directement au guichet réservé aux militaires – il n'y avait que deux personnes –, quand, se retournant, il rencontra le regard moqueur de Silov.

— Citoyen Khalmatov, j'ai peur que vous n'ayez oublié chez vous votre feuille de route!

Oublié! Une habitude de vingt-six ans : maintenant, il n'avait plus rien à faire à ce guichet. À la queue, comme tout le monde!

— Retraité Khalmatov, continuait Silov, vous n'avez plus à vous presser. Et vous n'avez rien à faire au guichet réservé aux militaires, vous n'êtes pas en retard.

Derrière la vitre, une jeune fille en uniforme bleu, la voix éraillée, répétait inlassablement à l'adresse de la foule qui se pressait au guichet :

— Je parle russe : il n'y a plus de billets pour Moscou. Et il n'y en aura pas. Jusqu'à la fin de l'Olympiade. L'entrée dans la capitale est temporairement limitée. Non, pas de billets. Pas plus depuis les autres villes.

— En voilà, des sin-mique, dit Toura, qui avait apprécié ce non-sens de l'affiche. Puis, à Silov :

— On dirait que toute notre vie s'est transformée en sin-mique…

Déjà, Silov était entré en contact avec la caissière, agrémentant la négociation de clins d'œil et de plaisanteries. Il criait par-dessus la vitre :

— Deux, deux billets, un adulte, un enfant. Pour Douchanbé. Je préfère des directs, sans escale à Tachkent. Deux, pour Douchanbé.

D'un œil distrait, Toura lisait les droits et devoirs du passager collés sur la cloison en verre, dont la surface polie reflétait parfaitement la silhouette peureuse du patrouilleur, trois poils sur le menton, de la voiture immatriculée 13-47.

Extraits de journaux :

« ...16 heures. Au-dessus du stade de Loujniki, retentit le carillon du Kremlin. L'appel de la fanfare. Le stade accueille par des applaudissements nourris la nouvelle de l'arrivée à la cérémonie d'ouverture des XXIIes Jeux olympiques de Moscou du Secrétaire général du CC du PCUS, Président du Praesidium du Soviet Suprême de l'URSS, L. I. Brejnev... »

L'aube est ce moment béni où le soleil a dardé ses premiers rayons rose tendre, mais n'a pas encore fait fondre la fraîcheur récoltée pendant la nuit. Le petit vent du matin agitait à peine le feuillage des mûriers autour du buste du Père-Fils-Guide, lorsque l'Automotrice traversa en un clin d'œil l'avenue centrale pour déboucher aussitôt dans les faubourgs.

— Je crois que tout va bien, dit Silov.

Au même instant, Toura posait sa main sur son épaule.

— Les voilà !

La Niva orange apparut tout de suite après le poste de la Gaï, à la sortie de Moubek. Lorsqu'ils montèrent dans la voiture, près de la maison, la Niva n'y était pas.

— Ils ont dû être renseignés par quelqu'un de la maison, supposa Silov. Mais je l'avais prévu et pris quelques mesures.

Il désigna les rideaux de couleur sur la vitre arrière :

— Ça te plaît ?

— Des caleçons de sous-officier tout à fait réglementaires.

Toura, redoutant un coup sur l'épaule, tendit la main, mais Silov était dans de bonnes dispositions :

— Salaud ! Ingrat ! Grâce à ces caleçons, tu disparaîtras au bon moment tel un fantôme.

— J'apprécie ! C'est magnifique !

— Il faut noter le numéro de la Niva.

— Et comment ? Il est ou périmé ou perdu. Un vieux système. Tu as décidé comment tu allais retrouver le frère d'Oummat ?

— Oui. Mais auparavant, j'attendrai que la route soit infecte pour leur montrer ce que c'est qu'un rallye.

— Je t'en prie, mais tu feras la course après m'avoir débarqué. Quand je serai dans le train !

— Tu me vexes, chef ! J'avais compris.

Bien qu'il y eût déjà, entre l'Automotrice et la Niva, plusieurs voitures, et que les suiveurs fussent hors de la vue, ni Khalmatov ni Silov ne doutaient qu'ils ne fussent accrochés à leurs basques.

— Je pense à ces gens, dans la voiture, dit Khalmatov. Quelles sont leurs instructions ? Qui les leur a données ? Peut-être ont-ils ordre de m'arrêter, si j'essaie de fuir ? Ou espèrent-ils que l'assassin de Pak soit quelqu'un de mon entourage ? Que je les mènerais à l'homme en complet gris ?

— S'il le faut, nous les arrêterons nous-mêmes.

Sans lâcher la route du regard, Silov extirpa les menottes de sa poche et les posa sur la banquette.

— En ce qui concerne leurs instructions, ça fait longtemps que je voulais te le dire. Nous ne savons pas qui les a envoyés. Il n'est pas exclu qu'ils aient carte blanche.

Toura cligna des yeux :

— Tu veux dire que tout dépend de notre attitude ?

Silov acquiesça en silence.

— Et si, comme le Coréen, on se marche sur la queue, il leur sera permis de nous tirer dessus ?

— Je n'en doute pas ! coupa sèchement Silov. Bien sûr, la peur a les yeux plus gros que le ventre, mais il me semble que ce sergent à la gueule écrasée, celui qui ne se fatigue jamais derrière son volant, nous tient constamment en joue.

Ils se turent un moment. Le silence n'était interrompu que par le bruit de la route et la voix lugubre du moteur dans les montées. Puis Toura demanda très sérieusement :

— Tu as peur ?

Silov haussa les épaules :

— Bien sûr, j'ai peur. Si nous étions à égalité, ce serait une autre affaire. Comme ça, on tire dans le tas… Mais je ne me laisserai pas assassiner. Le Coréen s'est planté parce qu'il ne s'y attendait pas. Allez !

Il agita le bras.

— Prépare-toi à sauter, on arrive. Défaites les ceintures !

Les premières maisons du village apparurent devant eux, collées à la petite gare : des constructions à un étage, en brique, la consigne, la chaudière, les toilettes, le château d'eau. Le tout peint en ocre, couleur économique favorite des chemins de fer.

— Tu es prêt ? demanda Silov. Dans un instant, il y aura un virage à droite. Je vais freiner, entre le château d'eau et les toilettes. Peut-être, Khamidoulla ne sait-il pas encore que tu as été licencié !

— Peut-être… Alors, à ce soir. Ici même.

Khalmatov posa la main sur la portière.

— Allez ! Bonne chance ! Saute !

Sans attendre que Silov freinât complètement, Toura ouvrit la portière, se ramassa sur lui-même et se projeta à la fois en avant et sur le côté. Souple comme un chat, il atterrit sur le tas de gravier. Déjà en courant, en passant devant les toilettes, il entendit la portière claquer et le moteur aboyer, tout en accélérant. Les toilettes n'avaient pas de porte, un bout de mur en zigzag cachait l'entrée.

Les files de voitures tournaient doucement autour de la place devant la gare. L'Automotrice de Silov roulait sans accrocs, d'autres voitures arrivaient derrière, changeaient de file : personne n'essayait de dépasser personne.

Une seconde encore et apparut la Niva 14-86 MVD : le numéro était facile à mémoriser, la somme des deux chiffres était égale à cent.

La Niva roulait paisiblement; ses occupants – Silov compta deux personnes à l'arrière – ne s'étaient aperçus de rien. Un puissant camion-réfrigérateur roulait derrière la Niva.

Tout allait bien.

La route n'était pas longue et Khalmatov s'assoupit. Il y avait beaucoup de monde. Son compartiment était rempli d'hommes revenant du marché, grandes gueules, solides, ne se laissant pas marcher sur les pieds. Lorsqu'il se réveillait un moment, Khalmatov se mettait à observer la compagnie, en essayant de comprendre qui ils étaient, ce qui les liait. Ce n'était pas l'âge. Pas le travail non plus, pensait-il, bien que leur niveau de vie lui parût comparable. Ils parlaient de tout et de rien, racontaient des anecdotes, des histoires de belle-mère capricieuse. L'un deux cherchait des essuie-glaces.

Chauffeurs de taxi ? Non, ça ne leur ressemblait pas...

L'un d'entre eux, le plus déluré, sortit de son sac une bouteille d'eau minérale, l'ouvrit, but quelques gorgées et la passa à ses copains. Toura ne fut pas oublié et il avala poliment une gorgée. Celui qui semblait le plus modeste, en chapeau, chemise à carreaux et cravate, comme par mégarde termina quasiment la bouteille.

Avant la gare d'évitement, des contrôleurs, deux grands Ouzbeks, entrèrent dans le compartiment et saluèrent la compagnie, qu'ils connaissaient déjà :

— Vous avez du fil à pêche d'importation?

— Possible.

— J'ai cherché un dévidoir, pour la laisse. Tu parles!

Bien sûr, songea Toura, ce sont des revendeurs. Toute une branche d'activité, créée par le déficit permanent. Ils vendent de tout, les produits pour la pêche, la nourriture pour les poissons, les laisses, les muselières, les peignes à chiens.

Aux contrôleurs succédèrent deux flics en civil. Toura les débusqua tout de suite. Au tout début de sa carrière, à la milice des chemins de fer, avant qu'il ne suivît les cours à l'école de Moguilev, fournissant à tout le pays les cadres de la criminelle des chemins de fer, avant qu'il n'y connût Nadia, en visite dans sa famille biélorusse, il lui était souvent arrivé de parcourir les trains à moitié vides en service commandé. Ce travail exigeait concentration, attention et prudence.

Les petits malins descendirent à la station suivante. Derrière la fenêtre, la steppe touchait à sa fin.

Khamidoulla était dans la cour, sous la marquise, torse nu, son énorme ventre projeté en avant. Il portait des baskets incroyablement snob et un pantalon banane, constellé de poches et de lacets aux endroits les plus improbables comme les plus inconvenants. Privée de muscles, sa peau pendait en plis sur sa poitrine et sur les hanches, son visage flasque d'enfant exprimait un pâle ennui.

Khamidoulla nourrissait son coq préféré et déjeunait

lui-même de morceaux de melon séché. Il fixa Toura pendant quelques instants et soudain tout son visage se transforma : animé en une seconde par l'humour, l'énergie, l'intelligence et la ruse.

— Allah akhbar ! Voilà un visiteur ! Hein, Gassan ? s'adressa-t-il au coq. – Serait-ce le lieutenant-colonel Khalmatov, l'homme que je respecte le plus dans la milice de Moubek ?

Du fond de la cour, un garçonnet surgit et reçut avec précaution le coq Gassan dans ses bras.

— Quel hôte !

Dans les salutations de Khamidoulla il n'y avait pas une note d'insincérité et il était impossible, surtout pendant les premiers instants, de résister à la vague de charme, de franchise, de cordialité et d'hospitalité que dispensait le vieil escroc. Khamidoulla Nassyrov restait gros et difforme tant qu'il n'avait pas ouvert la bouche.

— Je suis si content d'être chez moi ! Tu n'imagines pas, mon cher flic ! Et si tu m'avais manqué ! Comme je l'aurais regretté ! Je ne me le pardonnerais pas !

— Je suis content aussi, dit Toura.

Khamidoulla composa une grimace de compassion :

— Je pense que ta joie est plus grande que la mienne puisque tu t'es donné le mal de venir jusqu'ici.

Ils rirent tous les deux. Toura observa :

— Maintenant, les enfants connaissent la règle d'or de la mécanique : ce que tu perds en distance tu le gagnes en puissance.

Khamidoulla croisa les bras sur la poitrine et s'inclina avec une expression de frayeur :

— Le ciel nous tomberait sur la tête si le tout-puissant Toura Khalmatov avait besoin de la force du pauvre vieux Khamidoulla.

— Ne fais pas le modeste, s'il te plaît, tu es un fripon dans la force de l'âge ! Je vois que tu vis sur un grand pied.

Khalmatov désigna la cour et la maison.

— Je donnerais tout ça pour que mon fils Talgat soit vivant.

Nassyrov crissa des dents. Son petit-fils était mort il y a quelques années à la suite d'une appendicite infectieuse, diagnostiquée trop tard.

Ils étaient au milieu de la cour, devant une tente verte, dont la carcasse en fil de fer était quasiment recouverte par la vigne ; un peu plus loin, s'élevait une maison de brique à deux étages, avec l'auvent moderne avançant au-dessus du perron et des galeries ouvertes. De l'autre côté, s'élevait la soupa, l'estrade, recouverte d'un tapis coloré et de deux dizaines de carpettes rangées en grand tas. Au fond de la cour, on apercevait la grange, surmontée d'un étage, et l'enclos pour les bêtes.

— Allez, ce n'est rien, sourit tout à coup Khamidoulla comme si rien ne s'était passé. – Un mendiant n'a que son pantalon pour richesse. Tu vois, cette grange, c'est tout ce que j'ai. La maison et tout le reste, c'est à ma femme. Si elle se fâche, elle ne me laisse même pas entrer dans la cour.

— Et pourquoi ça ? demanda Toura.

— Pour que tes collègues ne viennent pas tout me prendre, Toura. Comme ça, je n'ai rien contre eux. Ni contre toi. Tu viens me voir, et moi je n'ai rien. Un vieux crétin !

Il frappa dans ses mains :

— Kadyr ! Dilorm ! Moukhabbat ! Il y a un invité dans la maison ! Tu ne m'en veux pas, Toura, si je ne mets pas de cravate ? Ça m'étrangle et je déteste ça !

Déjà, les femmes se dirigeaient vers la soupa, portant

des bols, des assiettes avec des noix, des amandes de Grèce et du Pamir, du raisin sec, des pâtisseries recouvertes de sucre. Dans la maison, derrière les volets, on se mit à bouger soudainement.

— C'est vendredi, tu vas goûter mon pilaf.

— Je ne m'attarde pas, prévint Khalmatov.

— Je suis sûr que notre conversation vaut tous les pilafs ! Khamidoulla se pinça la peau du visage, tendre peau de vieillard. – Et on aura le temps de boire du thé indien et de nous régaler de la conversation.

— Sûrement, sourit Toura.

— Alors, c'est parfait ! Khamidoulla versa un peu de thé dans son bol, le vida dans la théière, répéta le rite et finalement remplit son bol et celui de Khalmatov. – Et après ça, le pilaf sera prêt ! Bois, mange. Je t'en prie.

Des mains, il effleura sa poitrine.

Un jeune homme souple et musclé et le garçonnet de tantôt sortirent un agneau tout noir de derrière l'enclos et Khamidoulla demanda poliment :

— Respecté Toura, bénis l'agneau, tu es mon invité.

Toura hocha la tête :

— J'ai peur, Khamidoulla, de n'être pas assez pieux. Fais-le toi-même, en tant qu'aîné réchappé des camps.

Khamidoulla cligna de l'œil et dit doucement à Toura, de façon que les femmes et les jeunes gens ne l'entendissent :

— Pour ce qui est de mes visites aux camps, je mérite trois turbans verts.

Il ricana comme un jeune homme, saisit l'agneau avec une force soudaine, le fit tomber sur le côté, posa la main sur son front doux et, levant ses petits yeux coquins, chantonna la bénédiction millénaire d'avant l'immolation :

— Pardonne-nous, gentil frère, tu es innocent ! Vierge de péchés, tu es devant nous, mais nous avons faim et ce désir nous a été donné par Allah, sans que cela fût un péché. Ainsi, nous ne te privons pas de vie mais communions avec toi pour, ensemble, à l'heure du Jugement dernier, nous présenter devant Allah.

Les yeux de l'agneau exprimaient la tristesse et la fatale obéissance. Khamidoulla sortit un couteau à cran d'arrêt de sa poche, le ressort grinça et l'éclair bleu de la lame jaillit du manche. Un geste encore et le large sillon vermillon mesura ses derniers jours sur la gorge de l'agneau. Le jeune homme souple, en ondulant, traîna l'agneau par les pattes, Khamidoulla essuya précautionneusement la lame sur la fourrure, rangea le couteau et expliqua, bienveillant, au garçon :

— Lorsque tu es en proie à la haine et à l'orgueil, souviens-toi que l'homme meurt encore plus facilement.

Toura contemplait Khamidoulla avec intérêt : il savait certainement que Toura n'était plus ni lieutenant-colonel, ni l'orgueil de la milice de Moubek. Le sacrifice de l'agneau n'était qu'une partie de la conversation. Une partie très importante. Khamidoulla faisait des allusions. Ou était-ce une façon de le mettre en garde ?

— Notre malheur c'est que nous ne nous rencontrons que pour affaires, dit Toura. Peut-être pourrions-nous changer si on pouvait se parler en amis.

— Je comprends, acquiesça Nassyrov.

— Tu sais qu'on a assassiné mon adjoint, Pak ? Et un autre garçon, Sabirdjon Artykov, qui se trouvait dans le même café. Il est de chez vous.

Khamidoulla acquiesça derechef. Sa loquacité avait diminué de façon significative.

— Je pense que Sabirdjon avait sur lui une bouteille

de cognac truqué, qu'il a rapportée d'ici. Qu'est-ce que tu en penses ?

— Et pourquoi le demander précisément à moi, très respecté Toura ?

— Parce qu'on s'adresse toujours à la vertu quand on veut connaître la vérité. J'ai tort, peut-être ? Peut-être faudrait-il interroger le vice ?

Khamidoulla rit doucement :

— Tu dis des choses intéressantes, Toura. Dans ce trou, on ne sait pas grand-chose. Je n'arrive pas à comprendre quel rapport a ton histoire avec moi ? Tu ne penses quand même pas que, ici – il désigna le pavillon de brique –, je fabrique du cognac ? Si tu as le moindre doute, je te fais visiter tous les coins et recoins de cette pauvre masure.

— Pas la peine, j'en suis convaincu. Je voudrais que tu me prouves ton amitié. Que tu me suggères qui de chez vous peut transporter du cognac jusqu'à Moubek. Juste ça.

— Ni plus ni moins !

Khamidoulla écarta les bras.

— Ni plus ni moins, confirma Toura. Juste ça.

— Premièrement, comme tu le comprends, Toura, je ne le sais pas. J'ai été absent longtemps et tu sais très bien pour quelle raison. Je ne peux que deviner.

Tout en réfléchissant à la situation, Khamidoulla était retourné dans sa coquille et Toura avait devant lui un vieillard presque chauve, torse nu, des paquets de peau pendant sous les aisselles et sur la poitrine, comme des ballons de football dégonflés. Le visage était inexpressif comme celui d'un bébé.

— Et deuxièmement, Toura, même si je le savais… Pour quelle raison en parlerais-je avec toi ?

— Réfléchis.

— Ils ne me gênent pas. Pourquoi irais-je au-devant d'aventures ? J'ai une magnifique maison – au gré de la conversation, d'une pauvre masure, la maison se muait en un clin d'œil en palais merveilleux. – Tu sais très bien qu'il vaut mieux toucher dix pour cent sur une affaire sûre que quatre-vingt-dix sur une affaire louche... Reprends du thé...

— Merci. J'en ai encore. Très bon, le thé. Pas indien.

— Si. Indien. Indien d'Inde. Si tu savais seulement, Toura, dans quelle décharge j'ai grandi ! Je ne dirai pas de mal de mon père, mais il reprochait à ma mère chaque galette, chaque morceau de sucre.

— Tu connaissais Sabirdjon ? Toura interrompit brusquement ses souvenirs de casier judiciaire.

— Il est venu me voir quelquefois, pour que je lui donne un coup de main dans ses affaires. Et quelles affaires j'ai, moi ?

Khamidoulla posa le bol :

— Je ne fais rien. Je suis un invalide. Harassé par la sciatique.

Sur un poignet il portait un bracelet de cuivre, sur l'autre, une montre japonaise.

— C'était un orphelin, Sabirdjon. Il aurait ressemblé à celui à qui il s'était attaché. Flic ou voleur. Ah...

Il grinça des dents.

— Si on pouvait me rendre mon Talgat ! Plus besoin de rien ! J'aurais tout laissé tombé. Voilà, Toura. J'ai payé et maintenant je me suis rangé des bagnoles. Définitivement.

— À dire vrai, je n'y crois pas beaucoup.

Toura posa son bol et Khamidoulla le remplit aussitôt.

— Tu feras toujours la même chose. Et moi, ou un autre, on te pourchassera. Ça nous coûtera des nerfs et des sacrifices. Mais tant qu'on obligera des hommes sains à se piquer, qu'on les empoisonnera, qu'on les enivrera, il en sera ainsi.

— Tout cela a commencé lorsque nous n'étions pas encore de ce monde !

— Je ne parle pas de ça. Pendant que tu étais en taule, des gens nouveaux sont apparus dans le coin, et pour eux tu n'es rien. Ceux qui, à ta barbe, trafiquent aujourd'hui du cognac, n'hésiteront pas à se débarrasser de toi. Et puis on sait des choses sur toi. Tu es allé à Almalyk…

Nassyrov ne répondit pas et se versa du thé. Puis arrangea la carpette.

— …Nos intérêts sont les mêmes. Nous avons des ennemis communs. Ils tirent avec de vraies balles. Pense à ça. Il n'y a que cette affaire qui me préoccupe en ce moment. Aide-moi. Je jouerai fin. Tu sais ce que je vaux comme opérationnel.

— Je sais. Mange, tu me vexes.

Khamidoulla approcha de lui les amandes et les pâtisseries et commença de parler sur un ton de confiance :

— Lorsque j'étais là-bas, heu… en service commandé, j'ai lu une histoire dans une revue. En France, je crois, un commissaire a été viré de la police et il s'est lié d'amitié avec un homme d'affaires.

Khamidoulla s'arrêta et poussa un soupir. Il n'avait jamais pris de cours de comédie, mais il savait manier l'art de la pause – où et quand l'installer – comme un metteur en scène chevronné. Il approcha les carpettes de Khalmatov.

— Un honnête homme a été offensé. Voilà. Ils ont commencé petit en volant deux millions de francs anciens à la poste. Le commissaire connaissait le code du système d'alarme…

Khamidoulla aménagea ici une pause prolongée, pour donner à Toura la possibilité de jouer son rôle.

— Tu es au courant de tout, déjà ? demanda Toura.
— Allah seul est au courant de tout ! Des gens viennent me voir, ils me rapportent des ragots. Le problème, c'est que le malheur qui arrive à un homme le déshonore en premier.
— J'ai compris.
— C'est pour ça que j'ai parlé du commissaire de police. On ne te laissera pas bouger le petit doigt.
Nassyrov prit une noix, l'écrasa dans son poing et la croqua.
— Ils te mettront en taule ou ils te tueront. Associe-toi plutôt avec moi, comme le policier. On se fera des couilles en or… Et je veillerai à ce qu'on ne te coupe pas la gorge comme à cet agneau.
Toura hocha la tête :
— Non, chacun a sa ligne de vie.
— Une ligne peut être rectifiée.
— Une ligne oui, pas un homme. Tu es un homme d'affaires, moi, un flic. C'est pour ça que je suis venu te voir avec une proposition qui t'intéresse. Et n'oublie pas : j'ai très peu de temps.
— Je crois, fiston, que c'est toi qui oublies à quel point tu as très peu de temps, sourit tristement Khamidoulla.
Toura donna une tape sur son épaule flasque.
— Khamidoulla, vieux, tu m'enterres un peu tôt. Je suis encore tiède.
— À peine. Au combat de coqs, dimanche, je parierai plus sur Gassan que sur ta vie.
— Pourquoi ?
— Parce que l'honnêteté, c'est, dans son genre, de la bêtise. De l'étroitesse d'esprit. Pendant toutes ces années où tu m'a couru après comme un dingue, un dragon à deux têtes est né et tu ne t'en es même pas aperçu !

Patient, Toura demanda :

— Toi, qui es si intelligent, explique au sot que je suis…

— Toute ma vie, j'ai été un escroc honnête. Pendant que je bataillais avec la milice, les gens comme Rakhmatoulla Youldachev ne se disputaient pas avec vous, ils faisaient ami-ami. Ils vous apportaient de quoi manger et boire. D'abord les cadeaux, ensuite l'argent. Ils ont commencé par vous obéir, puis sont devenus vos égaux, et maintenant, c'est eux qui commandent. Des députés, des chefs, des dirigeants.

— Moi, ils ne m'ont jamais commandé, laissa tomber Toura à travers les dents.

— C'est vrai, convint Khamidoulla. C'est pour ça qu'on t'a viré. Les deux têtes du dragon, c'est le vol et la corruption. La première tête de Youldachev vole, tandis que la deuxième dirige les existences à coups de pots-de-vin : la maternité, il faut donner, la crèche, il faut donner, le jardin d'enfants, donner, une bonne école, donner, la fac, le travail, l'hôpital : donner, donner, donner à tous ! Et à la milice, obligatoirement, donner ! Voilà pourquoi tu es assis là. Et que tu demandes conseil.

Toura eut un rire sinistre :

— Il reste à refiler un pot-de-vin au cimetière, pour Youldachev.

— Sa nouvelle famille y pourvoira : Ravchan Gapourov. Celui-là même qui a pris ta place. C'est devenu un grand querelleur maintenant.

— Écoute, Khamidoulla, puisque tu m'as complètement enterré, comment est-ce qu'on va se faire des couilles en or, tous les deux ?

— Eh ! Avec moi, ta route ne passe pas par le cimetière. Khamidoulla a encore quelques forces. Et si on arrivait, toi et moi, à coincer Rakhmatoulla Youldachev et Ravchan, le sang leur giclerait par tous les pores.

D'accord, je ne te demande pas une réponse immédiate. Si je peux, je t'aiderai. Tu n'es pas en voiture ?

— En train.

— Pas depuis Moubek.

— Je suis monté à Aïa. La voiture qui m'a emmené tourne toujours par là-bas. C'est là-bas qu'elle me reprendra ce soir.

— J'ai bien compris. C'est Silov qui t'aide.

— Je t'inscris mon numéro de téléphone ?

— Je l'ai, dit Khamidoulla en secouant la tête.

— On l'a changé il y a un an.

— Je sais. Après la mort de Pak, je l'ai demandé. Moi aussi j'ai eu le sentiment qu'il fallait qu'on se rencontre. Alors, je me suis renseigné.

Khamidoulla se leva.

— Ohé ! cria-t-il dans la direction de la maison. Vous êtes vivants ? Notre hôte a passé la nuit à la mosquée, il a faim. Et il a une longue route devant lui…

Extraits de journaux :

« Débuts dorés de l'Olympiade !
Bravo pour la victoire, champions !
Alexandre Malentiev est devenu champion olympique de tir au pistolet, Karoj Varga (Hongrie), champion olympique de tir au fusil en position couchée.
Le premier jour, quatre records du monde sont tombés, le deuxième jour, encore quatre.
Olympiade, garde le cap… »

Lorsque Toura arriva à la gare d'Aïa, il faisait nuit. Il chercha longtemps l'Automotrice, jusqu'à ce qu'il la distinguât dans l'obscurité, cachée derrière le poste de blocage, à côté du tas de charbon amassé pour l'hiver.

Silov dormait, la tête renversée en arrière ; il devait être transi dans sa petite chemise kaki, à manches courtes, avec des épaulettes comme à l'armée. Les portières de la voiture étaient verrouillées. Toura frappa à la vitre, Silov se réveilla tout de suite, ouvrit la portière et, sans dire un mot, mit le contact.

— Et ton escorte ? Je veux dire la voiture de patrouille ? demanda Toura.

— La Niva ? À mon avis, ils me cherchent quelque part dans le coin de Pedjikent.

— Tu as vu le frère d'Oummat ?

— Non.

— Il n'était pas chez lui ?

— Non.

Avec précaution, en évitant le charbon poussiéreux entassé à côté du poste de blocage, Silov sortit l'Automotrice de sa cachette et la dirigea vers la chaussée.

— Personne n'aura plus l'occasion de parler avec le frère d'Oummat.

— Mort ?

— Noyé. Dans le canal. L'expertise l'a confirmé : présence de sable dans les poumons. Pas de lésions corporelles.

— C'est arrivé quand ?

— Avant-hier. Enterré hier.

Silov déboucha sur la chaussée déserte.

— Et maintenant ? On fonce.

— Tu as quelque chose d'autre ?

Khalmatov s'était aperçu que Silov jetait des coups d'œil dans le rétroviseur.

— Détails, détails... Si tu te souviens bien, au mariage d'Alicher, je me suis étonné au sujet de cette union.

— Et comment ! Un gars du village ! Et elle, une

Moscovite, une musicienne, de la famille du respectable Youldachev ! Je me souviens très bien.

— Nous étions surpris que Rakhmatoulla eût été si indulgent pour Yakhiaïev et sa mauvaise plaisanterie.

— Oui.

Ils roulaient depuis longtemps sur la chaussée sans y prendre garde.

— Alors voilà ! Un jour, je ramenais un ami. Il avait porté plainte contre l'Obchépite, tu te rappelles ? Il avait fait une observation à propos du pilaf.

— Les cuistots ivres lui ont couru après, l'ont battu et mutilé. D'après leur version, c'est lui qui leur serait tombé dessus, le prestige du chef aurait été atteint… La procurature de la région a défendu l'Obchépite.

— Et moi la victime. Voilà ce que mon ami m'a confié sous le sceau du secret. La fiancée d'Alicher fait autant partie de la famille de Rakhmatoulla que toi et moi. Plusieurs fois, Rakhmatoulla l'a emmenée en vacances avec lui. Lorsqu'il monte à Moscou, il s'arrête toujours chez elle. Et maintenant, Ravchan lui a trouvé un mari.

— Drôles de nouvelles…

Le visage de Toura s'assombrit.

— Et Khamidoulla ? Il t'a dit quelque chose ?

— Il a promis de réfléchir. En échange, il m'a proposé de fonder un syndicat. Pour lutter contre Youldachev et Ravchan.

— J'espère que tu as eu suffisamment de cervelle pour ne pas lui lancer un « non » milicien et fier ?

— Suffisamment. Les temps sont révolus où les voleurs faisaient des aveux spontanés.

La voiture bourdonnait sur la route. Silov, tenant nonchalamment le volant d'une main, sifflotait une chanson.

Toura, à travers le sommeil qui l'engloutissait sans qu'il s'en aperçût, se demandait si Khamidoulla l'appellerait. L'idée de régler ses comptes avec les ennemis devait beaucoup l'exciter. Surtout que c'est Toura qui s'en occuperait, Toura, dont la vie ne valait pas un sou. D'une pierre deux coups et pas de témoins. Khamidoulla ne jouait aucun rôle dans la chaîne de fabrication du cognac trafiqué. Cette affaire qui se tramait à deux pas de chez lui ne lui faisait que du tort.

Le frère d'Oummat était mort. Noyé dans le canal. Du sable dans les poumons. Personne ne voudrait fouiller dans les dossiers à propos de ce noyé… « Tu n'as rien d'autre à faire ? » Et toujours les conclusions du médecin légiste… Comment ça se passe ?

Deux-trois costauds plongent la victime dans l'eau et lui maintiennent la tête ? Comment était-il, ce frère d'Oummat ? Puis le mot lui revint à l'esprit : un gamin ! C'est ce qu'a dit Madjidov : « Le gamin, il a trouvé l'argent à l'étage supérieur et l'a donné au juge. »

« Il a trouvé de l'argent et l'a donné au juge. » Peut-être qu'il ne l'a pas trouvé ? Et qu'il ne l'a pas donné au juge ? Quelqu'un s'est aperçu que je m'intéressais à cette affaire : ma visite à Madjidov, à Oummat, que j'ai sorti de sa cellule. Tôt ou tard j'aurais débouché sur son frère. Est-ce pour ça qu'on l'a liquidé ? Mais quel est cet argent qu'Oummat a rendu à Madjidov ? Qui le lui a donné ? Enfin, pourquoi aurait-on tué le frère d'Oummat et pas Oummat lui-même ? Quoique… Oummat est un voleur, il est en prison. Personne ne le croirait, même s'il avouait avoir conclu un marché avec la justice. Son frère, c'est une autre affaire ! Pas de casier judiciaire ! En fait, la troisième victime…

Non, pas la troisième. Il faut prendre en compte le meurtre de Sadyk Zakinov, il y a huit ans.

Sadyk Zakinov était un vieux milicien expérimenté et prudent qui avait occupé à plusieurs reprises le poste de la Gaï près du pont sur le canal. Cet endroit avait mauvaise réputation, parce que aucun « long cours », aucun revendeur de primeurs ne parvenait à le contourner. Comme certains gars de la Gaï aimaient cet endroit ! On l'appelait le Pont-d'Or, parce qu'il était le seul chemin pour rejoindre la grande route. La caravane clandestine, par des chemins détournés, arrivait dans la nuit. Les routiers donnaient cinq-six cents roubles chacun au milicien, qui laissait passer la caravane.

L'instruction après le meurtre de Sadyk Zakinov n'avait rien donné. On n'avait pas trouvé d'argent sur lui. Rien n'avait été volé à part son arme. L'unique blessure par balle, mortelle, provenait d'un coup tiré à bout portant. Et Zakinov n'aurait jamais laissé approcher un inconnu qui lui eût semblé suspect.

Un coup de pistolet tiré à bout portant près du Pont-d'Or. Un coup de pistolet tiré à bout portant au Tchiroïli…

Malgré l'heure tardive, Oulougbek ne dormait pas encore. Il était assis là, les yeux rouges, fâché contre la terre entière, humilié et en colère.

— Qu'est-ce que tu as à faire une tête de phacochère ? demanda Silov.

Oulougbek renifla et les larmes apparurent dans ses yeux. Nadejda protégea le garçon et dit doucement :

— Laissez-le. On lui a fait du mal, aujourd'hui.

— Que s'est-il passé ? demanda Toura.

— Le fils de Yakhiaïev a rassemblé une bande et ils l'ont battu. Toujours la même chanson : ton père est un voleur, ton père ira en taule.

— Quelle époque, dit Silov, qui saisit brusquement Oulougbek et le lança en l'air. Sans prêter attention à ses tentatives pour se dégager, il le lança sans arrêt jusqu'à ce que le garçon éclatât de rire.

— Ils disent la vérité, tes copains ! Heureusement, ton père est un voleur, et moi aussi, je suis un voleur. Tu nous crois ? On veut leur piquer le gourdin avec lequel ils frappent sur la tête des gens sans défense !

Il plaisanta avec Oulougbek, réussit à le dérider et tous s'assirent autour de la table.

— Un peu tard pour dîner, observa Nadejda, saisissant une poêle sur la cuisinière.

Silov prit dans son sac une boîte de conserve et la tendit à Oulougbek :

— Pour toi, personnellement. Cadeau. Je suppose que tu n'en as pas mangé depuis longtemps.

Oulougbek s'exclama, admiratif :

— Des saucisses ! Des vraies !

— Des vraies, dit Silov. Des tchèques. Quand tu les mangeras, traite-les avec déférence.

— Pourquoi ? s'étonna Oulougbek.

— Parce que la saucisse est un animal en voie de disparition. Les saucisses ont été les premières victimes de la tempête écologique. Pourtant, on nous a prévenus qu'il fallait les laisser tranquilles, les protéger, qu'il n'en restait presque plus. Mais les gens ont continué bêtement à les manger, jusqu'à ce qu'elles disparaissent complètement.

On but quelques verres de vodka et la tension de la longue journée de travail s'éloigna insensiblement. Se rejetant en arrière sur sa chaise, Toura demanda à Silov :

— À ton avis, Khamidoulla appellera ?

— Je n'en doute pas.

— Tu es bien sûr de toi.

— Je compte sur sa cupidité. Les gens sont avides en général et les escrocs en particulier. Tant qu'il aura l'espoir que tu l'aideras à fracasser la tête de Youldachev, il te soutiendra. Il compte retirer de grands profits de cette affaire.

— De grands profits, peut-être, mais il sait les risques qu'il court, remarqua Toura.

— La cupidité, même chez les gens intelligents, ça ramollit le cerveau. Ça me rappelle cette histoire quand, il y a quelques années, des Gitans sont venus par chez nous pour vendre des bocaux de miel…

— Oui, oui ! Nadejda avait saisi la balle au bond. Je me souviens. Vingt roubles le bocal.

— Les gens étaient devenus cinglés, ils s'arrachaient les bocaux, le miel était deux fois moins cher que d'habitude, et pas un ne s'était demandé de quelles ruches provenait ce miel et comment ces gens calmes et silencieux se l'étaient procuré. On a découvert par la suite qu'il s'agissait de sucre cuit avec je ne sais quelle essence. Je pense que Khamidoulla lui aussi s'est accroché à ton bocal de miel gitan.

Nadejda resservit des boulettes et tendit à Silov un bocal portant l'étiquette Fragous.

— Des petits pois roumains. Tu en veux ?

Silov lui prit le bocal des mains, l'examina et lut à voix haute :

— « Petits pois de qualité supérieure ». Qualité supérieure ! Je vous ferai remarquer que ce plat m'est destiné particulièrement. Vas-y, réchauffe…

Nadejda versa les petits pois dans une casserole, la posa sur le gaz, se tourna vers Toura et dit lentement :

— On a téléphoné de la Direction. Tu dois te présenter demain, à une heure, pour une confrontation.

En raccompagnant Silov, Toura, dans l'escalier, demanda :

— Toi qui es un vieux procédurier, tu dois savoir qui des vice-ministres, à Moscou, s'occupe des cadres ?

Silov sourit :

— Tu veux suivre ma route ?

— Je ne sais pas encore.

— Ça te regarde. C'est le premier vice-ministre, le général Tchourbanov.

Il sembla à Toura qu'il venait de s'endormir lorsque retentit la sonnerie perçante du téléphone. Il décrocha et entendit la voix légèrement enrouée qu'il connaissait bien :

— Khalmatov ! Si tu veux rester en vie, ne bouge pas le cul de ta chaise ! Si on apprend que tu t'agites, on te zigouille ! La tête la première dans le canal. On dira que tu t'es noyé. Compris ?

Toura raccrocha rageusement. La boucle était bouclée. C'étaient les mêmes qui avaient noyé le frère d'Oummat.

Dans l'obscurité, scintillaient les pupilles malades de Nadejda.

— Qu'est-ce qu'on t'a dit ?

— Des bêtises… Nadia, demain tu partiras et tout ira bien. Je ne te dérangerai pas sans urgence, n'attends pas mes coups de fil. Et encore ceci. Je te donnerai deux lettres, une pour le ministère, une pour le procureur général. Ne les envoie pas par la poste, mais fais-les passer d'une façon ou d'une autre à Moscou, qu'on les mette à la boîte directement.

— Il est arrivé quelque chose ?

— Rien de particulier. C'est au cas où.

Nadejda dormait d'un sommeil lourd et oublieux, comme on fait une halte, épuisé.

Toura alla à la cuisine. Il prit quelques feuilles de la

ramette de papier posée sur une étagère, près du téléphone, et sortit un stylo. Réfléchit longuement avant de commencer. Puis écrivit : « Au premier vice-ministre de l'Iintérieur de l'URSS, le colonel-général Tchourbanov, Y. M. De la part du lieutenant-colonel en retraite Khalmatov T. M.

« Rapport

Camarade premier vice-ministre !

Ce rapport est celui d'un homme mort. Si vous tenez cette lettre entre vos mains, c'est que l'homme qui l'a rédigée n'est plus de ce monde… »

Le lendemain matin, Silov passa le chercher avec l'Automotrice et ils se dirigèrent sans se presser vers l'aéroport. À l'avant, Oulougbek discutait joyeusement avec Silov, comparant les avantages des Jigouli et des Moskvitch. Nadejda serrait fermement la main de Toura dans la sienne et regardait par la vitre, tentant de lui dissimuler les larmes qui lui emplissaient sans cesse les yeux.

Toura la tenait tendrement dans ses bras, parlant doucement :

— Allons, qu'est-ce qui t'arrive donc, ma petite Nadia ! On se quitte pour une semaine et te voilà toute triste. Toi qui ne t'es jamais plainte de rien. Ma petite Nadia chérie.

— On part comme des voleurs. Même pas le temps de faire nos adieux, répondit Nadia d'un ton de reproche.

— Là, tu as tort, dit Silov et Toura intercepta son regard dans le rétroviseur. On ne nous laissera pas partir sans adieux…

Toura se retourna : la voiture de patrouille 13-47 suivait la leur, accrochée par un fil invisible. Le soleil se reflétait dans la vitre et empêchait de voir la gueule écra-

sée du chauffeur, mais la pression aveugle de leur persécuteur et espion n'en était que plus inquiétante.

— Tu veux qu'on le promène un peu ? demanda Silov. On a le temps.

— Pas question ! coupa net Toura. Nous devons arriver une demi-heure avant le début de l'enregistrement.

L'habituelle et étouffante atmosphère de confusion régnait dans l'aéroport. Toura alla se renseigner sur l'heure de l'embarquement, tandis que Silov, Nadia et Oulougbek se dirigeaient vers le buffet. Après un court combat à mains nues, Silov parvint à récupérer une table poisseuse, avec des traces de gras et de poisson fumé. Des chaises apparurent comme par enchantement, l'énergie et l'habileté, conquises dans la constante recherche de provisions, permirent avec une relative rapidité d'obtenir des gâteaux desséchés et de la glace fondue. Oulougbek était excité par la perspective de son baptême de l'air, parlait sans arrêt, se barbouilla le visage de glace, se levait sans cesse de sa chaise, craignant de rater l'embarquement.

— Cesse de t'agiter, ballot, tant que ton père n'est pas revenu, ton avion ne s'envolera pas, rassurait Silov.

Toura revint avec les billets et les cartes d'embarquement. Il s'assit et du regard désigna à Silov le sergent-chauffeur au front et menton saillants qui buvait de la limonade au goulot à l'entrée du buffet.

— Ils nous collent, sourit Silov qui ajouta :

— J'en ai vu un autre près du guichet d'embarquement. Ils n'aiment pas nos petits secrets.

Toura regarda l'horloge au mur et, sur un ton irrité, dit, assez fort pour qu'on l'entendît dans la salle :

— Nadia, ton fils est sale comme un cochon. Va lui laver la figure.

Puis il ajouta, confus :

— S'il te plaît.

— Il n'y a pas de quoi se fâcher. Elle posa la main sur son épaule. On va tout de suite nettoyer sa petite figure à Oulougbek, et tout ira pour le mieux. Prête-moi ton mouchoir…

Ils se levèrent et Oulougbek tendit à son père son pistolet noir en plastique, plus vrai que nature :

— Tu me le gardes, on revient.

Dans la surface chromée de la machine à café, Toura les vit passer devant le sergent et aller aux toilettes. Silov proposa :

— Si on mangeait encore un morceau ?

— D'accord, répondit Toura, indifférent. Il se leva et se mit dans la queue, sans essayer de resquiller, sans agitation ; il attendait patiemment, appuyé contre la barrière crasseuse. Puis il se retourna et regarda par la fenêtre.

Il vit Nadia sortir sur le côté de l'aérogare, par la porte située près des toilettes des femmes. Elle ne se dirigea pas vers la station de taxis, sur la place devant l'aérogare, mais tourna immédiatement le coin et se dirigea vers la salle des bagages. Si le sergent patrouilleur avait abandonné son poste près de l'entrée et était venu jeter un coup d'œil par la fenêtre, il aurait vu, comme Toura, Nadia traîner derrière elle le garçon qui résistait, tout en lui expliquant quelque chose.

Mais le sergent n'était pas un fin limier, son affaire, c'était la filature et il avait difficilement appris sa leçon : il devait s'assurer que Nadejda et l'enfant montassent dans l'avion, et ils ne pouvaient, sans qu'il le remarquât, s'embarquer ni aller vers l'entrée principale.

Nadejda était en pleine conversation avec le chauffeur

d'une Moskvitch cerise : Toura lui avait répété dix fois qu'elle devait trouver une voiture particulière, les taxis étant un contingent contrôlable.

Nadia aida Oulougbek à monter dans la voiture puis monta elle-même. Le chauffeur mit le contact, le moteur tourna en silence, le pot d'échappement lâcha un peu de fumée bleue.

Allez ! Plus vite, plus vite ! Je vous en prie, plus vite ! Partez !

— Citoyen ! Qu'est-ce qu'il vous faut ? Vous êtes sourd ? demandait la serveuse. Son tour était arrivé sans qu'il s'en aperçût.

— Des sandwiches. Du jus de fruit, commanda machinalement Toura. Ce que vous voudrez.

— Tous des cinglés !

La Moskvitch fit le tour de la place ; Nadia, feignant d'arranger son soulier, se baissa et se coucha presque sur le siège lorsqu'ils passèrent devant la voiture de patrouille 13-47, garée sur le bord du parking. Le clignotant s'alluma joyeusement et la Moskvitch disparut sur la chaussée dans la direction de Moubek. Maintenant, il fallait occuper la patrouille pendant encore une demi-heure : à 11 h 15, le train pour Tachkent aurait passé le grand aiguillage. Les billets pour le wagon de troisième classe, sans réservation, rempli de resquilleurs, de vendeurs de bazar, de travailleurs, de paysans, de gens de nulle part au parcours chaotique, qu'on ne peut par conséquent ni retrouver ni interroger, les billets étaient dans le sac de Nadia.

Toura revint avec son plateau, posa les assiettes et les verres et dit à mi-voix :

— Je crois que maintenant on peut boire un coup.

Le sergent, accroupi près du mur, les regardait avec indifférence : il voyait les billets posés sur la table, gardait un œil sur la sortie de l'aéroport et son collègue, dans la voiture 13-47, surveillait l'Automotrice de Silov.

« … Tchourbanov, Your. Mikh. (né en 1936), homme pol. sov., col-gén., membre du Parti depuis 1960. Depuis 1977, vice-min., depuis 1980, premier vice-min. de l'Int. de l'URSS. Lauréat de la prime d'État de l'URSS (1980) pour l'org. de la séc. pub. lors des J. O. de Moscou… »

Dictionnaire encyclopédique soviétique.
Troisième édition. Moscou, 1985.

Extraits de journaux :

« Soutenons le rythme de la chaîne du coton!
La brigade d'Oussarov K. du sovkhoze « XXIVe congrès du Parti » a engrangé 1 050 tonnes de coton, dont 800 tonnes ont été récoltées par des machines… »

« Avec une chanson
Sept brigades d'agit-prop, dont les groupes aussi populaires dans la région que Doustik Tchamani et Intizor, présentent aux cultivateurs des conférences et des spectacles. Les brigades organisent également des projection cinématographiques… »

« Tous nos vœux!
Le Praesidium du Soviet suprême de l'URSS publie un décret attribuant le titre de mère-héroïne ainsi que l'ordre de mère-héroïne aux femmes qui ont élevé dix enfants ou plus… »

— Je l'ai dit à plusieurs reprises : « Le moteur est faible, camarade lieutenant-colonel. On ne rattrapera jamais personne avec ça. Il en faut un neuf. »

Alik, le chauffeur, évitait de regarder Toura.

La confrontation se déroulait sous la direction d'Ikram Soatov, également versé à la commission. Sa fonction portait un titre aussi long que menaçant : procureur chargé du contrôle de l'instruction et de l'enquête au sein des organes du ministère de l'Intérieur.

— Khalmatov était d'accord avec vous ? demanda Soatov.

C'était un garçon au tempérament joyeux, aimant la bonne compagnie, et Toura avait eu de nombreux contacts professionnels avec lui.

— C'est vrai que le moteur était complètement pourri. Pour un véhicule opérationnel…

— Il était d'accord, oui ou non ? insistait Soatov.

Du même âge que Toura, il était grand, avec un léger embonpoint, et ses traits, beaux et grossiers, étaient ceux d'un amateur de bonne chère et de jolies femmes. Il avait beaucoup d'enfants mais personne n'avait jamais rencontré sa femme : Soatov ne sortait pas avec elle et expliquait en plaisantant qu'un peu de charia cimentait la famille socialiste.

— Je ne sais pas comment dire… traînait Alik.

— Donnez-moi une réponse complète : le lieutenant-colonel Khalmatov était-il ou non d'accord avec vous ? martelait Soatov.

Depuis l'ouverture de l'instruction au sujet de l'affaire de Toura et de son chauffeur, Ikram suivait fidèlement le commandement : l'amitié, c'est l'amitié, le travail, c'est le travail.

— Le lieutenant-colonel Khalmatov était d'accord avec moi, parvint, en s'étranglant, à dire le chauffeur. Les mots mouraient avant de sortir de sa bouche et leurs cadavres desséchés tombaient confusément sur le bureau.

— Question à Khalmatov. Confirmez-vous cette partie de la déposition du témoin ?

Ikram se tourna vers Toura.

En divisant les aveux de culpabilité de Khalmatov en une multitude de oui et de non, Ikram approchait méthodiquement du but poursuivi par n'importe quelle affaire criminelle, c'est-à-dire terminer l'instruction dans les délais impartis et transmettre le dossier au tribunal.

— Note mot pour mot, dit Khalmatov. Je n'ai jamais donné l'ordre de se procurer un nouveau moteur au garage central et de le monter sur le véhicule de fonction.

Pendant qu'il parlait, entra Narijniak.

Doucement, pour ne pas gêner, le juge des affaires spéciales s'assit dans le coin, près de la porte. Khalmatov eut de nouveau l'impression que Narijniak avait allégrement dépassé la cinquantaine mais que le sport, peut-être le footing quotidien, le tennis, un régime alimentaire, lui avaient conservé une taille et un maintien de jeune homme.

— Oui, mais en convenant que le vieux moteur n'était pas bon – Soatov poursuivait son idée –, vous encouragiez objectivement votre chauffeur à accomplir un acte illégal.

— Pourquoi illégal ?

— Vous saviez très bien qu'il ne lui était pas possible d'obtenir un moteur neuf.

— Selon vous, j'aurais dû convaincre mon chauffeur que le moteur de cette voiture était excellent ?

— Qu'est-ce que c'est ? Une plaisanterie ? s'indigna Ikram.

— Il a suffi qu'on me vire pour qu'il soit arrivé quelque chose à mon sens de l'humour. Même mes collègues ont cessé de le comprendre. Selon toi, j'aurais dû à noir répondre blanc, Ikram ?

Soatov fit une grimace boudeuse et jeta un regard de côté, vers Narijniak.

— Et maintenant, je voudrais poser une question au chauffeur, dit Toura à Soatov. Et vous, camarade procureur, inscrivez ma question et la réponse dans le procès-verbal. Alors, Alik, rappelle-toi ce que je t'ai dit à propos de l'excavatrice.

— Quelle excavatrice ? s'étonna Soatov.

Alik regarda un instant Toura sans comprendre, puis se frappa le front :

— Bien sûr ! Je me souviens ! Lorsque j'ai monté le nouveau moteur, j'ai dit au camarade lieutenant-colonel : vous n'allez pas reconnaître notre vieux bouzin, il creuse la terre comme une bête maintenant. Le lieutenant-colonel s'est mis en rogne et m'a répondu qu'il n'avait pas besoin d'excavatrice pour creuser la terre. Et m'a ordonné de rendre le moteur.

— Votre déposition est inscrite sur la gauche, dit Sotov en donnant au chauffeur le procès-verbal à lire et à signer. C'est tout. Dès que j'aurai besoin de vous, je vous convoquerai. Vous pouvez retourner au travail.

Ils restèrent tous les trois. Le juge des affaires spéciales se tenait toujours à l'écart, comme s'il n'était pas là. Soatov tendit le procès-verbal à Toura :

— Personne n'a envie de répondre de ses actes. Mais violer la loi, c'est possible ? Vous vous êtes permis beaucoup de choses… Trop.

— C'est une allusion à quoi ?

— Une plainte a été déposée contre Silov et vous.

— Du disco-bar.

— Oui. Avec une copie au général Ergachev et une autre au procureur de la République. On a déjà appelé de là-bas.

— Je n'ai pas violé la loi, Soatov. Je te le dis en tant que juriste et ex-collègue. J'ai violé un réglement. Je le connaissais, mais à un moment, il m'est sûrement sorti de la tête. Il faut prendre le criminel comme un serpent venimeux, sans lui laisser de temps de faire fonctionner son réseau de relations. Sinon, tu es fichu. J'ai dû faire une boulette quelque part. C'est pour ça que je suis ici, devant toi, aujourd'hui. Tu comprends ?

Narijniak toussota depuis son coin, Soatov approcha de Toura le procès-verbal.

— Ce sera tout pour aujourd'hui. Signez votre déposition. Vous êtes libre. Pour l'instant.

Toura monta au cinquième étage. Le service des expertises était désert. Moussa Aminov était assis devant la machine à écrire, dans le laboratoire. Ici, dans l'habituel désordre, recouvrant toute la surface disponible de la table, les éprouvettes voisinaient avec les têtes de pavot séchées, les pinces, les bouchons, les poudres, les réactifs et les annuaires.

— Une tâche de première importance !

Moussa agita la main en signe de bienvenue.

— Je suis en train d'écrire un entrefilet pour le journal interne. « Les engagements pris pour les Jeux olympiques de Moscou ont été tenus. »

— C'est d'actualité, ricana Toura.

— On m'a donné à le faire, haussa les épaules Moussa.

Toura ne se laissa pas distraire :

— Écoute, grand reporter ! L'OBKhSS vous a envoyé du cognac pour analyse. Du « KV ».

Toura parlait vite, on pouvait les déranger à n'importe quel moment.

— Je m'en suis occupé, acquiesça Moussa. Dix bouteilles. Provenant du disco-bar, si je ne m'abuse.

— Et ce cognac a quelque chose à voir avec le « KV » que je t'avais apporté ?

— Le jour et la nuit ! Celui-ci est parfaitement normal.

Moussa se mit à rire :

— Je le boirais volontiers en ta compagnie.

— Celui que je t'avais apporté provenait également du disco-bar. De la même livraison. Il n'y a pas d'autre facture.

— Qu'est-ce que tu veux dire ?

— À un moment donné, il y a eu échange. Tu as expertisé un produit différent.

Moussa écarta les bras :

— Je réponds de ce qu'on m'a envoyé. Un excellent cognac. Je ne peux que réitérer ma proposition.

— Je l'accepte ! Réunissons la compagnie : toi, moi et le « KV »... Beaucoup de travail ? demanda Khalmatov désignant les têtes jaunes de pavot sur la table, ainsi que la poudre verte de haschich malodorant.

— Ça ne manque pas. Tout le monde ne comprend pas qu'une tête de pavot sauvage n'est pas forcément de l'opium. C'est seulement celui qu'on plante au sud de la ligne Kyzyl-Orda et...

Khalmatov ne le laissa pas s'écarter du sujet :

— À ton avis, Moussa, peut-il exister un lien entre la production du cognac truqué et la drogue ?

— Je ne comprends pas.

— Ces deux industries ont-elles un point commun ? Est-ce que l'opium peut entrer dans la composition de ce cognac ?

Aminov réfléchit quelques instants, puis, sans se presser, répondit :

— Théoriquement, oui. Mais il me semble que ça leur reviendrait trop cher. Ce n'est pas donné, l'opium. Les producteurs de ces deux poisons achèvent leurs clients chacun avec leur arme. Pourquoi tu penses à ça ?

Toura ne voulait pas expliquer que si le cognac que Sabirdjon avait apporté n'avait aucun rapport avec la drogue, la chaîne s'interrompait. Et Pak n'aurait alors eu aucune raison de se rendre au Tchiroïli.

Et il ne dit rien.

— Je comprends, Toura, tu n'as pas l'habitude de rester les bras croisés. Et puis quelle perte pour Moubek ! Tu te rends compte ?

Malgré son honnêteté et son amour de la justice, Moussa était un zélateur de la gloire scandaleuse de cette région *intouchable et secrète*.

— Pourquoi tu ne vas pas voir le général ? Parle-lui ! Tu es son homme, après tout…

Toura soupira :

— Si la montagne ne va pas à Mahomet, Mahomet va se faire foutre.

— Tu as dû marcher sur la queue de quelqu'un, Toura. Et couper sa route, dit Moussa avec compassion.

— C'est certain. J'ai peur que le diable se promène sur cette route.

Derrière le mur, la radio entonna une chanson. Moussa se figea, ses mains jointes comme pour la prière reposaient sur le chariot :

— C'est Artyk Atadjanov !

Extraits de journaux :

« Sur ton étagère

La lutte passionnante, sans compromis, la découverte de nouveaux talents, les records battus, et avec tout cela la connaissance des possibilités humaines, le moyen de rapprocher tous les peuples du monde : les Jeux olympiques sont tout cela… Les livres sur le sport en URSS, sur les plus grands sportifs soviétiques et étrangers, sur les 22 précédentes Olympiades, sont présentés lors d'expositions dans presque toutes les bibliothèques de notre région. Une telle exposition se tient également à la bibliothèque publique régionale, qui s'est encore récemment enrichie de nouveaux volumes... »

Une plaque en verre bleu portant l'inscription « Lieutenant-colonel R. Gapourov » était accrochée à l'entrée de ce qui jadis avait été son bureau. Toura poussa la porte.

— Je dérange ?

— Vous êtes toujours ici chez vous ! Entrez, je vous en prie.

Ravchan esquissa le mouvement de se soulever de son fauteuil, mais au dernier moment y renonça.

— Le repos, ça va ? La famille ?

— Tout va bien. Et vous ?

— Ça tourne.

— Quelque chose de nouveau ?

— Non, pour l'instant. Le général a dit : « Vérifiez les relations de Sabirdjon. Un homme aussi jeune et beau que lui ne pouvait pas ne pas avoir de femme. Peut-être faisait-il la cour à une femme mariée. Peut-être le mari l'a-t-il suivi... »

« Comme au cinéma, songea Toura. Le public sait où il faut chercher le criminel, et on dirait que le détective a la tête montée à l'envers. Mais Ravchan est un limier expérimenté ! Et s'il ne cherche pas là où il faut, c'est qu'il doit avoir une raison ! »

— Justement, Toura, je voulais vous voir. Vous prévenir. On a reçu une plainte.

— Chamil ?

— Oui. La plainte émane de lui. Avec une lettre d'accompagnement de l'Obchépite.

Gapourov sortit un papier de son tiroir et le tendit à Toura :

— À propos de cet incident au disco-bar, il faut régler

ça. Je ne vais pas vous faire de suggestion, vous savez très bien vous-même ce qu'il faut faire. Chamil a beau être excité, c'est un gars inoffensif. Je suis sûr que vous vous mettrez d'accord.

Toura lut distraitement la déclaration :

« ...Menaces, insultes... », « L'ancien collaborateur de la milice Khalmatov et son compère Silov, en état d'ivresse... »

« Le disco-bar expérimental de Moubek, créé par décision de la conférence régionale du Parti, écrivait dans la lettre d'accompagnement le directeur régional de l'Obchépite, Rakhmatoulla Youldachev, a pour mission d'apporter sa contribution dans l'éducation culturelle de la population, en organisant les loisirs de la jeunesse de Moubek, ce que ne pouvait ignorer le groupuscule d'éléments perturbateurs, anciens collaborateurs de la milice, qui a tenté de discréditer les décisions des organisations régionales... »

Pendant que Toura lisait, Ravchan le regardait attentivement.

— Je pense que, avec des efforts, même avec Rakhmatoulla vous trouverez un langage commun.

— Ça demande réflexion.

— Le juge Narijniak est très remonté contre vous. Gapourov soupira tristement. – Je voudrais vous prévenir, en ami, en collègue, en quelque sorte.

— Qu'est-ce qu'il cherche ?

— Je ne sais pas. Quelque chose ne colle pas dans toute votre histoire, Toura. Vous avez commis une erreur quelque part. Vous seriez-vous trompé de chemin ?

Toura n'avait aucune envie de discuter son affaire avec Ravchan, qui d'ailleurs ne le cherchait pas. C'était plutôt un avertissement. Une mise en garde. Ou une menace.

Ayant terminé avec cette partie de la conversation, Ravchan lança son nœud coulant suivant :

— Je ne sais pas qui prendre pour remplacer Pak. Vous n'auriez pas une idée ?

— Dans l'ensemble, les gars ne sont pas mauvais.

Naturellement, Toura ne nomma pas Kakadjan, qu'il avait toujours considéré comme le premier d'entre tous, comprenant que par sa proposition il tirerait un trait définitif sur sa candidature. Pas plus qu'il ne parla d'Enver, un autre de ses anciens élèves.

— Et toi, qu'en penses-tu ?

— En fait, j'aimerais que ce soit quelqu'un de tout à fait nouveau, dit Ravchan sur un ton préoccupé. On m'a promis un garçon qui vient de l'académie. Mais pas avant l'automne.

— Bien.

Toura se leva.

— Passez nous voir quand vous voudrez.

Ravchan le raccompagna jusqu'à la porte du couloir, après avoir traversé la salle d'attente. Le secrétaire du service régnait sur l'antichambre où donnaient les bureaux des collaborateurs.

— Bonne chance…

Tandis que Toura marchait vers l'escalier, Ravchan, depuis la porte, le suivait du regard.

Dans le hall, Kakadjan attendait Khalmatov :

— Je vous raccompagne, instructeur ! Je dois aller en ville, de toute façon.

Ils traversèrent le désert brûlant du parc, où le gazon refusait obstinément de pousser, et débouchèrent dans le centre-ville.

Toura demanda :

— Vous comptez explorer les relations de Sabirdjon ?

— Un tuyau crevé. C'est mon avis.

— Qu'est-ce qu'on en disait, dans son immeuble ?

— Du bien. Vous avez vu sa mère ?

— Moukhabbat ?

— On dit que, jeune, elle a été très attirante. Elle vivait seule et a tout sacrifié à l'éducation de son fils. Avant d'aller en prison, Sabirdjon se préparait à entrer à l'institut. Et pas n'importe quel institut ! L'institut de l'Afrique et de l'Asie. Il avait demandé la recommandation au comité du district du Komsomol…

— Curieux.

Le chemin aboutissait au portail de la section régionale de la Gaï. Kakadjan et Toura prirent la direction du marché.

— Son affaire lui a tout gâché.

— Il a été jugé aussi pour hooliganisme ?

Toura laissa Kakdjan marcher devant lui sur le sentier, c'était plus facile pour parler.

— Je n'ai pas pu prendre connaissance de son dossier.

— Insubordination à un représentant de la milice. Les voisins expliquent ça par l'immaturité, la jeunesse. Ils disent que la punition était un peu sévère.

— Et après le camp ?

— Tous ses projets se sont bien sûr effondrés.

D'un autre côté, il a gagné l'auréole de quelqu'un que la vie a brûlé et qui en a vu de toutes les couleurs. À mon avis, il a cru lui-même qu'il était du milieu…

— Il paraît qu'on l'a vu au magasin Bériozka, à Tachkent, en compagnie d'un homme. Ce n'est pas lui que nous recherchons ?

— Peut-être. Personne ne se le rappelle, cet homme, instructeur. On ne parle que de Sabirdjon. Un beau mec. Tout le monde le remarquait. Vous-même, vous l'avez vu une fois, instructeur !

— Je l'ai vu, moi ? s'étonna Toura. Où ça ? Je ne me souviens pas.

— C'est vrai qu'il avait beaucoup changé par la suite. C'était avant la prison. Le championnat régional de boxe, catégorie juniors. Il a obtenu le troisième prix !

Le souvenir douloureux envahit le visage de Toura :

— Mon Dieu ! C'est moi qui lui ai donné son diplôme !

En une fraction de seconde, les choses avaient repris leur place.

... Un jeune garçon brun, maigre, debout sur un petit piédestal. Il se penchait, son crâne tondu en avant. Toura avait passé la médaille, légère, sur un ruban jaune, autour de son cou long et souple. « La médaille-souvenir et le diplôme sont remis par le chef de la milice criminelle de la direction régionale de l'Intérieur et un grand sportif, le lieutenant-colonel de la milice, Toura Khalmatov », avait annoncé le speaker. L'orchestre s'était mis à jouer...

« Si j'ai besoin d'aide, je peux m'adresser à vous ? », avait demandé l'adolescent si bas que Toura l'avait à peine entendu ; il voyait bouger ses lèvres, les bruits étaient recouverts par l'orchestre.

« Bien sûr ! »

Mon Dieu, ça veut dire... Ça veut dire que c'est moi qu'il cherchait à joindre. Moi ! Moi ! Pak était dans mon cabinet. Et on devait me tuer au moment de ma rencontre avec Sabirdjon ! Me tuer moi ! Et c'est Pak qui s'est précipité ! Le Coréen est mort à ma place !

— Kakadjan, dit Toura. Il est possible que je te demande de l'aide. Dans très peu de temps.

— Vous savez, instructeur, je suis toujours à votre disposition, dit fermement Nepessov. Vous pouvez compter sur moi.

— Pour l'instant, ce qui m'intéresse ce sont les informations concernant la mort du frère d'Oummat.

— J'ai entendu dire qu'il s'était noyé dans le canal.

— Tu pourrais savoir qui l'a vu ? Qui l'a découvert ? Dans quelles circonstances. Et, très important, de quelle façon le message dans lequel Oummat informait du cambriolage à Ourtchachma est arrivé chez le juge...

— Toura ! Tu m'écoutes ?

À peine réveillé, Toura demanda :

— Qui est-ce ?

Sans répondre à la question, la voix, jeune et sonore, poursuivit :

— Le visiteur sera entre midi et midi et demi sur le marché, près des toilettes. Une Volga beige.

— Elle restera ?

— Non. Elle repartira tout de suite. Après, tu te débrouilles.

Et il raccrocha.

« Voilà la liason avec Khamidoulla établie. Le monde est bouleversé, songea Toura. Moi, vieux flic, lieutenant-colonel de la milice, j'ai le cœur qui tremble et se fige délicieusement au moindre message envoyé par un criminel et un mafioso... »

Extraits de journaux :

« Réflexions d'un commentateur politique...

La fête de la paix, de la concorde, de la beauté ! Et pourtant, quelqu'un, outre-Océan, a voulu gâcher cette fête. À la Maison-Blanche, certainement, on ne regrette pas que, parmi les participants à l'Olympiade, il n'y ait pas de sportifs américains, de tout temps les meilleurs dans les couloirs de course, dans les piscines, sur les rings. Bien sûr, à la lumière des événements qui se sont déroulés, déjà à deux reprises, à Miami, ceux qui tiennent la barre de la politique américaine ont très peu de regrets puisque la plupart des sportifs américains sont noirs. La logique est simple : si les Noirs, aujourd'hui, se produisaient à Moscou et faisaient connaissance avec les avantages du mode de vie soviétique, demain, qui sait, ils se poseraient peut-être des questions sur leur situation. Il vaut mieux, donc, les laisser à la maison, en "libre Amérique".

Anatoli Safronov »

Si le théâtre commence au vestiaire, le marché kolkhozien de Moubek avait pour vestiaire la gare routière, bruyante, pleine de cris et de monde.

« Chers voyageurs ! répétait toutes les deux minutes le haut-parleur installé sur le toit du bureau de contrôle. Pour permettre le transport massif des citoyens vers les champs de coton, les autobus pour toutes les directions ne partiront que complets. » Les derniers mots se perdaient dans les cris de la foule et les klaxons des voitures.

Tous les moteurs fonctionnaient en même temps. L'eau bouillait dans les radiateurs. Les autobus restaient longtemps ainsi, bondés de passagers trop heureux d'avoir réussi à monter. Les taxis allaient et venaient, la tôle brûlante de la chaleur intolérable du soleil. Des dizaines de camions, chargés de sacs ou de bétail, excités par les cris des inspecteurs de la Gaï, se gênaient les uns les autres, tentant de franchir l'étroit espace du portail, calculé pour laisser passer un camion à la fois. Le portail était gardé par le tout-puissant représentant du directeur du marché.

Les nouveaux arrivés étaient salués par le hurlement des haut-parleurs. Les vendeurs de musique enregistrée qui apparurent sur les marchés orientaux relativement récemment, mais qui en devinrent rapidement le signe distinctif, passaient sur des dizaines de magnétophones cassés, clamant depuis longtemps après la réparation, une production éclectique : du classique jusqu'aux chansons populaires ouïgoures, iraniennes et coréennes. Sur l'immense place, où que se posât le regard, le commerce battait son plein. Les premières lignes étaient occupées par les vendeurs de vieux journaux, de sacs en papier ou en plastique, de paquets divers. Les lits de camp qui leur servaient d'étalages fléchissaient sous le poids des revues illustrées moscovites, desséchées et inutiles. Elles étaient vendues par des écoliers, pile sous la pancarte « Les mineurs n'ont pas le droit de vendre sur le marché kolkhozien ».

Un peu plus loin, commençaient les rangées de sacs remplis de carottes jaunes, d'oignons asiates longs, de raifort. Sur des tables s'élevaient des pyramides de caramel, de sucre brun, dur comme du silex, des craquelins présentés en cartons standard de l'Obchépite estampillés « Pour le thé » et personnellement visés par le directeur Rakhmatoulla Youldachev. Les vendeurs officiels, grands et beaux, portaient la même blouse blanche et la même toque et produisaient leur petit effet à côté des revendeurs, qui avaient accroché leur lot de vêtements légers sur des fils tendus entre les étalages. Ils avaient l'air vieux et quelque peu négligé, comme éprouvés par les intempéries de la vie.

Ici même on vendait des carpettes, des calottes, des vestes froissées, des mortiers en bois, des bottes d'herbes médicinales, des caleçons d'homme noirs, des tubes en fer-blanc, des berceaux, de la choucroute coréenne épicée. C'était l'heure du déjeuner. Les charettes à bras transportaient des galettes, recouvertes de mouchoirs, sous de la toile cirée. Les queues se formaient près des immenses marmites de pilaf. Les mouches rampaient sur les assiettes en métal grasses, qui n'avaient jamais connu d'eau bouillante, sur les rondelles d'oignon frais. Silov gara l'Automotrice derrière le marché. Il fut décidé qu'il ne quitterait pas la voiture, tout comme Kakadjan Nepessov, qui avait demandé un congé à Gapourov et tentait maintenant de passer inaperçu à l'arrière. Leur tâche était simple : surveiller la Volga beige dès que celle-ci ferait son apparition.

Toura se chargeait personnellement du marché et il reçut un soutien inattendu sous la forme d'une surprise apportée par Kakadjan.

— Voilà, dit-il, en leur passant un petit paquet en cellophane. Deux talkies-walkies, le mien et celui d'Enver. Au cas où. Mais il ne faudra sortir sur les ondes qu'en cas d'extrême urgence, instructeur. Sinon, ils vous reconnaîtront. Je m'en serais bien procuré un troisième, mais…

— Ça ne fait rien, j'ai ça, dit Silov en sortant les menottes de sa poche. Ça peut servir aussi.

— J'y vais.

Toura n'était pas d'humeur à plaisanter.

— À la bonne heure !

Les toilettes du marché – établissement tout à fait primitif, sans portes, avec une entrée sur le marché et une autre sur la rue, refuge de tous les alcooliques et autres accros – étaient d'une saleté indécente. Sous l'unique fenêtre, sans châssis ni vitre, un trou, en fait, qui servait en même temps à l'éclairage et à la ventilation du lieu, traînaient quelques flacons vides d'eau de toilette Forêt russe.

« Ils sont déjà venus par ici, aujourd'hui », songea Toura.

Un peu sur le côté, au pied de la palissade, sous le portail de la tannerie, roucoulait un ruisseau crasseux. Un flacon vide de la même eau de toilette y traînait également.

Toura revint à l'intérieur du marché et se promena le long des étalages. De là, il pouvait en même temps surveiller l'entrée du marché, les toilettes ainsi que Silov dans son Automotrice, lui-même protégé des regards par la foule des badauds.

Toura était inquiet. Il ne pouvait ni rester sur place ni s'approcher des étalages et des vendeurs. Ceux-ci lui proposeraient immédiatement une ristourne, par respect ou par bonne humeur, et refuser dans ce cas serait ressenti comme une grave insulte. Il lui fallait donc rester perpétuellement en mouvement, s'intéresser à tout et à rien, contrôlant l'entrée des toilettes, la route, sans perdre de vue Silov et l'Automotrice.

À plusieurs reprises Khalmatov brancha le talkie-walkie – il l'avait accroché à sa ceinture, sous la chemise –, mais les voix des patrouilleurs parvenaient trop vives et attiraient l'attention.

Le marché bourdonnait d'une seule voix monotone. Parfois, un cri s'arrachait un court laps de temps de la rumeur égale, puis replongeait aussitôt dans la masse.

Depuis un moment, Toura avait remarqué un homme aux vêtements froissés d'un aspect négligé, qui piétinait devant les toilettes. Lui aussi passait d'un rang à un autre, sans poser de questions ni rien acheter. Il sembla à Khalmatov que le type jetait fréquemment un coup d'œil du côté de la route qui passait derrière les toilettes.

Un drogué ? Le type portait un imper déteint, une vieille chemise à carreaux, un pantalon râpé, des espadrilles crasseuses. Le front et une partie de la tête étaient dissimulés par un vieux et sale morceau de gaze. Mais c'était sa maigreur qui sautait aux yeux : l'homme adulte, mais sans âge, ne pesait pas plus de quarante kilos.

Il ne faut pas le perdre de vue, pensa Khalmatov, se cachant derrière le kiosque à journaux, dont les murs étaient recouverts de vieux numéros de *Mongolie*. Toura avait déjà rencontré quelque part cet homme mais le pansement l'empêchait de bien voir le visage. Par ailleurs, Khalmatov craignait de croiser le regard de l'homme : il était peu probable que Khamidoulla lui laissât une deuxième chance.

Il s'approcha de la tente d'un revendeur, tâta pour la forme les jeans suspendus. Une copie de la facture était accrochée à la jambe du pantalon : sans date, elle avait été utilisée plusieurs fois et le chiffre 42 était corrigé au crayon en 56. Le diable lui-même n'y retrouverait pas ses petits…

Mais les jeans laissaient Toura indifférent.

« Pourquoi l'imperméable ? se demanda-t-il. Il a froid ou quoi ? »

Un groupe de vielles femmes en jaquette noire et en caoutchoucs par-dessus leurs bottes, qui vendaient des calottes orientales, le séparait de l'homme en imper.

La Volga apparut brusquement. Toura jeta un coup d'œil dans la rue et vit la voiture se garer doucement le long du trottoir. Une minute plus tard, le conducteur sortait de la voiture : la trentaine, bien bâti, vêtu d'un costume safari en coton, un attaché-case à la main. Il claqua la portière et se dirigea rapidement vers les toilettes. Au même instant, l'homme au pansement crasseux sembla se ressaisir, son dos se redressa, sa démarche devint souple et il se précipita à pas vifs vers les toilettes, à travers le marché, en longeant la rangée de sacs de carottes, de raifort et d'oignon asiatique. Une minute encore, et l'homme au pansement ainsi que le snobiche à l'attaché-case quittaient les toilettes publiques dans des directions opposées.

Le propriétaire de la Volga s'approcha de la tente où

Toura s'était tenu quelques instants auparavant et dit quelque chose au vendeur. Il avait toujours l'attaché-case à la main.

Khalmatov brancha le talkie-walkie et envoya le signal : un bruit de ronfleur inquiétant.

— Je vois le chauffeur de la Volga, dit la voix de Kakadjan. Il a rencontré une connaissance. À mon avis, il aura du mal à s'en débarrasser.

Pour ne pas faire entendre sa voix, Toura répéta le bref signal : ils devaient, dans l'Automotrice, comprendre qu'il se chargeait du type à l'imperméable.

Celui-ci marchait rapidement dans la direction du jardin étiolé, ses mouvements étaient convulsifs. Toura, qui le suivait à quelques pas, ne parvenait toujours pas à bien voir son visage ; on ne distinguait que son teint couleur cendre et la sueur maladive sur ses joues creuses.

« Le manque », comprit Toura.

Ô, horreur inexprimable des atroces souffrances du manque ! L'organisme, corrompu et torturé par les injections empoisonnées, se brise en morceaux. À la casse, les os, les muscles, le cerveau ! La terrible estrapade arrache les bras et les jambes, brise les articulations. Le cœur s'arrête de battre de tant de souffrance.

L'homme est réduit au néant…

Le drogué fit encore quelques pas, sortit quelque chose de sa poche, tomba à genoux dans l'argile du ruisseau, puisa rapidement un peu d'eau sale…

Avant que Toura n'eût le temps de courir jusqu'à lui, le drogué s'était fixé à travers sa chemise crasseuse.

Assis par terre, il avait un regard d'aveugle. Le visage, impuissant, s'étirait dans tous les sens, se transformant en un masque de pâte à modeler fondante : la quiétude et l'indifférence de l'inconscience. Les yeux se fermèrent. Par conséquent, l'homme dénoncé par Khamidoulla ne s'intéresse pas exclusivement au cognac. Toura contemplait le visage épuisé du drogué. Peut-être qu'il avait vu cet homme dans un autre état, mais maintenant il était devenu méconnaissable. Est-ce que Khamidoulla savait que la Volga beige transportait aussi de la dope ?

Kakadjan ne donnait pas signe de vie sur les ondes : le chauffeur devait encore se trouver dans le marché. Dans le talkie-walkie, Toura entendait les conversations des voitures de patrouille, la voix du responsable de la ville qui cherchait quelqu'un.

L'homme se retourna dans son sommeil, la seringue roula de sous sa manche. Toura regarda la seringue puis le crâne figé sous le pansement et songea qu'il devait se blesser à chaque chute, sans avoir le temps de cicatriser. Et en plus, il laisse tomber ses seringues. Ou les perd…

Il n'avait pas le temps de réfléchir. Khalmatov se pencha, mit la seringue dans la poche de l'imper et souleva sans peine l'homme endormi. Il ne pesait pas grand-chose, en effet. Prenant garde à ne pas se faire voir, il porta l'homme jusqu'à l'Automotrice.

Ainsi, le cognac truqué était transporté en même temps que la drogue. Voilà pourquoi Pak s'est grillé ! S'il n'avait été question que de cognac, il ne serait pas allé au Tchiroïli, il aurait envoyé quelqu'un de l'OBKhSS.

Sous sa chemise, le talkie-walkie émit un bruit et Toura entendit la voix de Kakadjan :

— C'est moi. Il s'en va. Vers la gare routière. On le suit.

Sans laisser tomber le dormeur, Toura sortit le talkie-walkie et haleta dans un râle :

— Ne bougez pas ! Attendez !

Sans plus se dissimuler, Toura, saisissant de plus belle son fardeau peu commun, se mit à courir. Il lui restait à parcourir cinquante pas, puis quarante. Ils le virent et ouvrirent la portière arrière. Silov mit le contact, avança la voiture dans sa direction. À peine Khalmatov avait-il déposé le corps de l'homme sur la banquette arrière et s'était-il lui-même vissé dans la voiture, que Silov embrayait et donnait les pleins gaz. Le virus de la poursuite l'avait atteint. Ni Kakadjan ni lui ne se retournèrent, ne demandèrent rien, jusqu'à ce que Toura, ayant repris son souffle, ne leur dît :

— Le voilà, je crois. Devant, entre les voitures, apparut un instant, trouble, une tache beige. – Il a toujours l'attaché-case ?

— Oui, instructeur, répondit Kakadjan.

— Et sûrement autre chose dans son coffre.

Sans effort apparent, Silov dépassait les voitures une à une et se rapprochait de la Volga beige. Il conduisait prudemment, évitant les secousses…

Extraits de journaux :

« *L'haltère apprivoisé*
Hier, au palais de l'Athlétisme à Izmaïlovo, les cinq mille places ont de nouveau été occupées. Le Tchécoslovaque O. Zaremba, un géant tranquille, a soulevé 175 kg et, au troisième essai, 180 kg. O. Zaremba est devenu champion. C'est une troisième médaille d'or pour les athlètes tchèques. L'argent a été gagné par I. Nikitine, le bronze – par le Cubain A. Blanco… »

La Volga beige se gara entre la tchaïkhana de Souvone et le restaurant Moscou, mais son propriétaire resta dans la voiture. On pouvait voir depuis l'Automotrice qu'il avait déplié un journal et qu'il s'était mis à le lire.

— Je ne comprends pas ce qu'il cherche, instructeur,

dit Kakadjan. La tchaïkhana ? Le restaurant ? Regardez comment il s'est garé : le pare-brise contre la fenêtre du bureau du directeur.

— Attention ! Scène suivante : les mêmes plus Adyl Yakhiaïev ! Silov le premier avait repéré le directeur du « complexe de restauration ». – Il part ! Le directeur du restaurant quitte la scène ! Alibi classique. S'il arrive quelque chose, il dira : « J'étais absent, à ce moment-là. »

Khalmatov songea que si la drogue était transportée chez Yakhiaïev, Souvone devait surveiller le manège depuis la tchaïkhana. Souvone devait sûrement connaître le courrier dans la Volga beige.

Yakhiaïev, quant à lui, sans se hâter s'éloignait d'une démarche ferme – souliers à talons, costume bleu tout neuf, cravate, nonobstant la chaleur : c'était le nouveau style des dirigeants de Moubek – dans la direction du comité exécutif, portant avec assurance au-dessus de ses larges épaules son visage spongieux comme une crêpe mal cuite.

« Buvez une bouteille ensemble et tout sera réglé ! — Toura se rappela la proposition du général de faire la paix avec le directeur du restaurant Moscou. – Nous sommes des hommes, oui ou non ? »

C'est vrai, nous sommes des hommes, non ? On va voir ça tout de suite.

Quelques minutes s'écoulèrent. Khalmatov, Silov et Kakadjan attendaient, dans un silence tendu, la suite des événements. Soudain, la portière de la Volga s'ouvrit : le chauffeur devait de toute évidence quitter la zone dangereuse.

Toura se retourna. Yakhiaïev n'était plus visible. Leur partition était précise : un vrai horaire pour quitter le lieu du crime.

— La première fois que je le vois, ce mec, observa Silov.

L'homme en costume safari descendit de la voiture et traversa la rue, se dirigeant sans hâte vers le kiosque à journaux. Il portait toujours l'attaché-case que Khalmatov avait vu au marché.

— Regardez, instructeur ! chuchota Kakadjan.

Mais Khalmatov regardait déjà : deux employés auxiliaires en bleu crasseux poussaient un chariot avec un air affairé. Le plus âgé ouvrit le coffre de la Volga et dit quelque chose à son acolyte. À deux ils sortirent une caisse du coffre et la posèrent sur le chariot. Puis une deuxième, une troisième, une quatrième caisse.

— Le cognac, dit Toura. Bon, il ne lui arrivera rien, il va rester tranquillement au restaurant. Notre affaire, c'est mettre la main sur le courrier. Toura repoussa le corps du drogué endormi, à moitié écroulé sous le siège. – Silov, roule vers le kiosque, doucement ! Tu nous ramènes à la section de Moubek. Et pendant que nous serons à la section de Moubek, essaye de caser celui-là quelque part. Nous devons l'interroger. Tu comprends, nous et pas la section.

— Compris.

Silov se montra artiste. Sans bruit, l'Automotrice approcha du kiosque : le courrier en costume safari ne pouvait les voir, il leur tournait le dos. Il avait acheté des cigarettes et d'une main posait les pièces sur le comptoir, tandis que l'autre serrait l'attaché-case contre lui. Comme elle lui était chère, cette sacoche à la mode !

Au même moment, Kakadjan et Khalmatov saisirent le propriétaire de la Volga par les bras. Toura n'eut pas le temps de remarquer à quel instant Silov, qui assurait leurs arrières, avait sorti les menottes, mais il entendit le bruit caractéristique du mécanisme des bracelets métalliques. Tout cela se passa comme dans ce jeu d'enfants qui consiste à se frapper à toute vitesse sur les mains.

— Tout va bien !

Silov, satisfait, fit un pas en arrière pour admirer le travail : le poignet du chauffeur de la Volga était relié à la poignée de l'attaché-case par les menottes. Puis il proposa aimablement :

— Montez rapidement, s'il vous plaît.

— Comment osez-vous ! commençait à crier l'homme. Vous vous rendez compte de ce que vous faites ? Vous savez qui vous avez arrêté ? Vous êtes dingues ? Vous voulez qu'on vous arrache vos épaulettes ? Mettez immédiatement le procureur de la ville ou de la région au courant…

— Pour le moment, ce ne sera pas nécessaire, assura Toura.

— Rappelez-vous, bande de porcs, que vous avez mis les menottes aux mains de Salim Kamalov, fils de monsieur Inoïat ! Je vous ferai saigner !

— En selle, ordonna Silov et d'un geste brusque il poussa le fils du mystérieux monsieur Inoïat à l'intérieur de la voiture.

Kamalov continuait de brailler et de menacer, repoussant d'un air dégoûté le drogué assoupi, qui glissait sous le siège.

— Vous me le paierez ! Vous ramperez à genoux devant moi ! Je vous saignerai !

— C'est possible.

Khalmatov remonta la manche de chemise du fils de monsieur Inoïat et découvrit, au creux du coude, des points nettement visibles : les traces de piqûres.

Le visage de l'officier de garde de la section criminelle de Moubek, un major matois au sourire perpétuellement figé, s'allongeait à mesure que Kakadjan, l'ayant emmené derrière la vitre, lui expliquait toute l'opération. Khalmatov suivait la conversation comme sur un écran de télévision dont on aurait coupé le son, mais parvenait à reconstituer le dialogue avec précision grâce aux mimiques et aux mouvements des lèvres.

— Le chef est au courant? demanda l'officier de garde.

— Personne n'est encore au courant, dit Kakadjan. Depuis quand, à la section de Moubek, on commence par le chef et non pas par l'officier de garde?

— Depuis que l'homme n'a plus qu'une seule tête. Comment connaît-il le procureur?

L'officier de garde se leva et sans hâte sortit du bocal et dès qu'il apparut de derrière son écran de télévision, l'homme se jeta vers lui en hurlant :

— Camarade officier de garde! C'est urgent! Je vous demande de téléphoner tout de suite au procureur Charin Khamitovitch.

— Vous le connaissez? demanda courtoisement l'officier.

— Dites-lui que je suis ici, je suis Salim, le fils de monsieur Inoïat. Qu'il vienne immédiatement ou qu'il envoie quelqu'un!

S'étant rendu compte que l'officier lui prêtait attention, Kamalov redoubla de ferveur :

— Qu'est-ce qui se passe, ici? On n'est pas au Chili! Ce ne sont pas les geôles de Pinochet! Téléphonez immédiatement!

— Nous allons tout arranger.

L'officier de garde ne regardait pas Toura, et ce n'était pas de la timidité : même avant, Toura ne jouissait ici d'aucune autorité. La section de Moubek était alors le territoire de Ravchan Gapourov, qu'il dirigeait exclusivement.

— Vous pourriez au moins m'enlever les menottes! Je suis juriste, je connais mes droits! hurlait l'homme. Fascistes ! Tortionnaires ! Je vais vous faire virer !

— Enlevez les menottes ! ordonna l'officier de garde.

— Impossible ! Elles sont cassées, répondit placidement Khalmatov. Il faut une scie.

Le téléphone sonna comme une délivrance pour l'officier. L'appel venait de la station des jeunes naturalistes : les écoliers avaient entendu un bruit, pas loin de la roseraie dont ils s'occupaient, un coup de fusil, une blague de gosses peut-être...

— Compris ! Pas de blessés ? J'arrive tout de suite ! Un incident, dit-il en raccrochant, saisit sa casquette et désigna Kakadjan du doigt : – Voilà. Puisque tu fais partie de la Direction régionale, emmène-le dans ton secteur. Moi, je vais informer ton officier de garde. Il sera au courant...

— Appelez le procureur ! enrageait le fils de son père.

— Sans faute !

Un coup de chance ! L'officier de garde de la Direction régionale était ce jour-là Enver Davlatov, promu à la milice criminelle, élève et ex-subordonné de Khalmatov. Une chance !

— Enver, ordonna Toura, avant que le fils de monsieur Inoïat n'ouvrît la bouche. Trouve des témoins, il faut établir le procès-verbal de l'arrestation. Plus l'inventaire de l'attaché-case. Tout le reste peut attendre.

— Ça sera fait, instructeur.

— Il faut un médecin aussi, pour les traces d'injection sur le bras.

L'adjoint d'Enver s'était précipité à la recherche de témoins, tandis que Khalmatov téléphonait au service des expertises, à Aminov :

— Moussa ! C'est Khalmatov, je suis au poste, en bas. Laisse tout tomber et viens avec tes réactifs. On a besoin de toi pour une expertise express. Grouille, Moussa... Apporte aussi une scie à métaux.

De son temps, grâce aux soins de Toura, chaque inspecteur, sans parler des experts, avait sur lui une petite boîte contenant des réactifs.

« Si la substance confisquée est de couleur marron, pouvait-on lire à l'intérieur du couvercle, la frotter sur du papier, mélanger le réactif, ajouter de l'eau... » Si le papier se colorait de violet au bout d'une minute, cela révélait la présence d'opium.

— Je fonce.

Toura exigea que chacun fît son rapport, le rendît à l'officier de garde et l'enregistrât dans le journal de bord : à chaque minute, sa supériorité était menacée par l'arrivée de n'importe quel responsable de la Direction.

— Plus vite, je vous en prie, plus vite !

L'adjoint d'Enver revint avec les témoins, deux quidams qui attendaient sur le perron le chef du service des passeports. Les événements avançaient à une vitesse phénoménale.

— Commençons...

— Ouvrez l'attaché-case, invita Enver le fils de monsieur Inoïat. Quel est le code secret ?

— Enlevez-moi les menottes ! Bourreaux ! proféra Kamalov d'une voix déchirante.

— Je vous ai demandé d'ouvrir l'attaché-case, répéta doucement Enver sur un ton menaçant.

Sur le bureau d'Enver, le téléphone se mit à sonner et l'homme le regarda avec espoir.

Khalmatov, devançant Enver, décrocha le combiné et tout aussitôt raccrocha.

— Continue, dit-il à Enver.

— Le code ? Quel est le code ? demanda celui-ci. Sinon je fais briser la serrure.

— Neuf cent trente-six ! Kamalov le regardait avec haine. – Tu le regretteras. Vraiment, tu le regretteras !

Khalmatov remarqua ses pupilles rétrécies, son visage étroit, maladif.

— Approchez-vous de la table, demanda Enver aux témoins.

Enver composa le code et la serrure s'ouvrit. Il y avait, à l'intérieur, quelques journaux du matin, le numéro de juin d'*Économie et droit*, une pile de documents dactylographiés. Enver froissa les papiers. Toura lui montra le fond en carton et Enver tira dessus.

— Touché !

Khalmatov découvrit une rangée de petits bocaux de vaseline.

Le téléphone sonnait sans arrêt, les témoins roulaient des yeux, Kamalov criait. Moussa Aminov entra dans le bureau. Tandis qu'il exerçait son art, le téléphone se tut et Enver appela un médecin narcologue au dispensaire psychiatrique :

— Il me faut une expertise d'urgence.

— Pourquoi personne n'appelle le procureur ? s'époumonait l'homme. Son temps était précieux.

— Je suis juriste, un collègue…

L'alerte durait depuis dix minutes, lorsque des pas lourds se firent entendre dans le couloir et le lieutenant-colonel Gapourov fit irruption dans le bureau.

Khalmatov comprit : l'officier de garde de la section de Moubek, qui avait été le bras droit de Gapourov lorsque celui-ci dirigeait la section, avait maintenant mis Ravchan au courant des événements.

— Qu'est-ce qui se passe, ici ? articula Ravchan d'une voix lugubre, inspectant le bureau du regard, sans tourner la tête mais, comme le loup, faisant pivoter l'ensemble du corps. On avait retiré les menottes à l'homme, après avoir scié l'arceau, et elles reposaient dans la poche de Khalmatov. Les témoins et l'expert signaient le procès-verbal pendant qu'Enver vérifiait leurs passeports.

— Pourquoi ne répondez-vous pas au téléphone ?

Ravchan désigna de la tête en même temps Khalmatov et l'homme arrêté. Il était visiblement déçu.

— L'alerte, camarade lieutenant-colonel !

Enver était fier de s'être débrouillé seul et aussi vite. Il désigna à Gapourov un des bocaux de vaseline, rempli de tiges gris-marron :

— Opium ! Voyez tout ce qu'il y a ! Il faudrait prévenir Tachkent en urgent !

Ravchan ne répondit rien, passa derrière le bureau, lut rapidement les rapports, scruta toute l'assemblée et conclut :

— Je demande à tous les étrangers de quitter ce bureau.

Déjà à la porte, Toura eut le temps de dire à Kakadjan, qui arrivait :

— Mets Narijniak au courant de tout ça. Fais-le sans faute. Tu m'appelles à la maison. À la place du 21 final fais le 22, c'est le numéro de ma voisine. Elle viendra me chercher.

Khalmatov sortit dans le hall et resta quelques instants près du sarcophage transparent, rempli d'eau trouble et vaseuse. Les poissons, sans aucun doute, le reconnurent : d'abord un, puis un autre se collèrent à la vitre et fixèrent Toura d'un regard rouge, n'exprimant rien. Ô, ils ont dû en voir, des choses, pensa Toura. Mais ils ne diront jamais rien à personne. Même à leur patron, le général. Pas même à leur père nourrissier, Khaliaf. Ils ont vu Pak, la dernière fois qu'il traversait le hall…

Dans la rue, figée par la chaleur, près du parking de la Direction, Toura eut l'agréable surprise d'apercevoir l'Automotrice qui l'attendait. Elle avait l'air d'un petit génie grandi trop vite et mal fagoté à côté de ses camarades de classe, bien propres dans les habits de leur âge.

— Tu sais où nous allons ? demanda Toura.

— Oui. À l'HP. Tant qu'ils sont dans le coltard. Ils ont le drogué, Bakhadirov, ils le connaissent, il est déjà venu.

— Une minute, il faut passer chez Souvone.

— Lipton, véritable thé anglais, dit Souvone en posant les bols. On ne peut pas sortir du thé de Hongrie. Ils le paient en devises. À moi, on en a apporté.

Les yeux constamment apeurés du géant propriétaire de la tchaïkhana, perdus parmi les bosses de son visage d'idole de pierre, souffraient et pleuraient même lorsqu'il plaisantait ou riait.

La dernière chose qui me lie au général Ergachev, pensa Toura en le regardant. Tâche que j'accomplirai quoi qu'il arrive. C'est notre piège… Pendant longtemps, Ergachev fut mon professeur. Il m'aimait. Moi-même je ne sais pas pourquoi il m'a demandé, à moi, qu'il a fichu à la porte, de mener l'affaire Souvone jusqu'au bout. Et pas au chef de l'OBKhSS. Ni à Ravchan. Il ne leur fait pas confiance ? Mais qui peut acheter un chef mendiant ?

— Ils n'ont pas le droit, mais ils le passent quand même, dit Silov.

— Ils prennent des risques ! Venez dans la soirée, j'aurai de l'Earl Grey, promit à mi-voix Souvone et les traits immenses de son visage se mirent à bouger de façon effrayante.

— Tantôt du Earl Grey, tantôt du Lipton, s'étonna Silov. C'est du vrai ?

— Acheté en Hongrie. Comme je l'ai dit.

— J'ai peur qu'on ait autre chose à faire, ce soir, que de boire du thé, dit Silov en hochant la tête.

— Je vous en garderai. Même lorsqu'il abordait les thèmes les plus banals, on avait l'impression que Souvone confiait un secret. – Quelque chose ne va pas ?

— Non, non. Tu as peur, Souvone, ou quoi ? demanda Toura.

— J'ai réfléchi. Bien sûr, je… Non… Si quelqu'un parlait, on me tuerait…

Son visage tremblait.

Il ne faut pas trop compter sur Souvone, songea brusquement Toura. Une heure auparavant, sous ses fenêtres, la voiture de Kamalov, avec son attaché-case rempli de drogue et son coffre bourré de bouteilles de cognac truqué, ne lui avait fait ni chaud ni froid.

— Des nouvelles ? demanda Toura en se levant. Il faut partir.

Souvone émit un claquement de langue :

— Rien, pour l'instant, et il désigna le mur du regard.

Le tapis était à sa place, un vieux tapis râpé, témoin muet de tout ce qui se passait dans la tchaïkhana depuis le début de son existence.

Extraits de journaux :

« D'une démarche assurée

Résultats du plan de développement économique et social de l'URSS pendant le premier semestre de 1980.

Les travailleurs de l'Union Soviétique, ouvrant la compétition socialiste pour célébrer le 110e anniversaire de la naissance de V. I. Lénine et le futur XXVIe congrès du PCUS, ont obtenu de nouveaux succès dans le développement économique et social du pays. Pendant le premier semestre 1980, ont été fournis... »

L'isolateur de la clinique psychiatrique occupait un pavillon à l'écart : un local étroit avec des chambres individuelles. À chacune de ses visites, Toura s'étonnait des conditions de travail des médecins : des murs en contreplaqué, des verrous ne tenant qu'à un fil et, à deux pas, des drogués violents, furieux et incontrôlables dès qu'ils ont le pressentiment de la torture approchante du manque.

Le malade ramené par Silov était sous perfusion. Son corps était celui d'un vieillard desséché, la peau couleur gris cendré tendue sur ses côtes. Le pansement taché de sang s'était défait et laissait voir, sous la masse de cheveux qui n'avaient pas vu une paire de ciseaux depuis longtemps, la croûte gonflée de la plaie qui commençait à cicatriser.

Le drogué reposait sans bruit, presque sans respirer, la bouche figée par le spasme : un petit homme sec, un animal traqué, éternel habitant des caves et des greniers.

— Il va dormir longtemps ? demanda Silov.

— Ça dépend, répondit le médecin. Ce n'est pas la peine de le réveiller.

Le médecin de garde les accompagna dans la salle des internes. Comme dans les chambres, les rideaux étaient tirés. Le médecin alluma et Toura s'assit, soulagé. Un aide-mémoire était accroché au mur que Toura, grand amateur d'agit'prop devant l'Éternel, se mit à lire aussitôt :

« La toxicomanie s'est beaucoup développée dans certains pays capitalistes, en particulier aux USA. Dans son message au Congrès (28. 03. 73) concernant la lutte contre la drogue, le Président Nixon a déclaré notamment : “La toxicomanie est un des plus dangereux et destructeurs fléaux qui sapent les fondements mêmes de la société américaine. Le nombre de toxicomanes, qui souffrent eux-mêmes et font souffrir un nombre infini de gens, continue de dépasser des centaines de milliers…” »

— Et que va-t-il se passer quand on le réveillera ? demanda Silov, interrompant la passionnante activité de Toura. Silov s'était mis près du bureau, encombré de papiers, de dossiers médicaux, de certificats et de formulaires.

— Je vous ai dit que je voyais ce malade pour la deuxième fois. En vérité, c'est un invalide, ses fonctions psychiques sont très détériorées, ses pensées sont uniquement concentrées sur la façon de se procurer la prochaine dose de drogue…

— Nous voudrions connaître celui qu'il devrait remercier pour cela, dit Silov.

Toura ne se mêlait pas de la conversation, ça n'aurait été d'aucune utilité.

— Je ne sais pas comment vous aider. Pour l'instant, on ne peut établir aucun contact avec lui. Pendant les premières heures après son réveil, le drogué fait preuve de calme et de bonhomie, mais, dès que le manque se fait ressentir, il devient lugubre et irritable.

— Nous n'avons rien pour accrocher une conversation avec lui ? demanda Silov. Aucun détail ? Il a peut-être un enfant. Une mère, une petite amie ?

Le médecin ouvrit le dossier médical, le premier sur la pile.

— Bien. Nom : néant. Domicile : Tachkent. Amené à la clinique par un inconnu. Trouvé près du canal, dans un état d'empoisonnement avancé. Par drogue. Bien. Traitement : désintoxication, thérapie fortifiante, tranquillisants, neuroleptiques. Envoyé au service de narcologie de l'hôpital de la République. Diagnostic : narcomanie aux opiacés et aux barbituriques.

— Vous n'avez pas réussi à lui parler ?

— La dernière fois? Non. Pourtant, en général ils parlent avec nous plus volontiers qu'avec les miliciens.

Pour la première fois, il regarda Toura et Silov comme s'ils l'intéressaient soudainement.

— Ça, on le sait, dit Silov, tout en essayant de faire faire une pirouette à sa pensée, mais rien de sensé ne lui parvenait dans la tête. – Qu'est-ce qu'il disait de lui-même?

De nouveau, le médecin se plongea dans le dossier :

— Bon. Trente ans.

— Il en fait cinquante-cinq.

— Études supérieures. Inachevées : à la faculté de droit de l'université de Tachkent. N'habite plus avec sa famille. Explication : « Je voulais trouver du travail à Ourtchachma. »

— Je me demande ce qui les attire tous à Ourtchachma, dit Silov à Toura. C'était il y a longtemps?

— Janvier. Le 18. Le même mois, il fut envoyé à Tachkent où le traitement fut poursuivi jusqu'en juin. Son état s'est amélioré et il est sorti de l'hôpital.

— Et le voici de retour par ici. Est-ce qu'il avait ce pansement sur la tête, la dernière fois?

— Non, je ne crois pas.

Le médecin réfléchissait :

— Il avait quelques blessures et un hématome sur le front. Ça, je m'en souviens.

— Et la seringue?

Il parvint enfin à faire faire la pirouette à sa pensée et élargissait maintenant le cercle, pour lui faire tenter, qui sait, un triple salto :

— Il avait une seringue? En janvier?

— Non, pas de seringue. Je suis sûr.

— Voilà, tout est à sa place. Oummat n'a jamais commis de cambriolage chez Madjidov. La seringue, le pansement crasseux, c'est ce Bakhadirov qui les y a laissés, dit lentement Toura.

— Et c'est Salimov qui le fournit en dope, dit d'un ton assuré Silov, qui tourna brusquement à droite, dans la direc-tion du centre-ville. Et la Volga du fils de monsieur Inoïat est précisément celle qui évite systématiquement Ourtchachma et les postes de la Gaï. Celle dont parlait le vieux Toulkoun Asimov.

— Ça y ressemble. Peut-être que ce jour-là Bakhadirov s'est fixé là, dans la cour de Madjidov. Et après il est entré dans la maison pour voler. Il n'y avait personne pendant vingt-quatre heures.

— Bakhadirov se trouve toujours sur la route de Salim. Et celui-ci l'arrose de dope…

— Qu'est-ce qui les lie ?

— Salim est juriste. Bakhadirov aussi. Ils étaient peut-être ensemble en fac ? Peut-être qu'ils s'occupaient de dope tous les deux ?

— Ce qui nous importe c'est qu'Oummat avoue des cambriolages commis par d'autres !

— Si on le lui demande ! Plus précisément, si on le paye. Ravchan est intéressé par le taux de réussite !

— J'ai compris ! Les spéculateurs de l'Obchépite qu'il couvre paient de leur poche, ou plutôt de celles des clients volés et trompés dans les magasins, pour que tous aient l'illusion qu'on résout 100 % des crimes à Moubek. Si Ravchan donnait un pourcentage inférieur, même le général ne le soutiendrait pas.

— Je pense qu'il est au courant de tout ça. À Tachkent non plus, ils ne sont pas aveugles.

Silov avait oublié l'Automotrice, qui semblait rouler toute seule, laissant à peine son maître toucher son volant du doigt.

— Écoute, Toura, et qui est ce monsieur Inoïat ? Le papa de ce fils-à-papa ?

— Aucune idée, répondit Toura. Mais je pense que nous avons créé au fiston quelques difficultés. Tu as vu comment Ravchan faisait la gueule ? Je sens qu'il a des relations très puissantes ! « Appelez le procureur de la ville ou de la région ! » Voyez-vous ça ! Le petit Salim a été arrêté !

— Aucun problème ! embraya Silov qui réduisit un peu les ambitions de l'Automotrice. – On écrira dans les conclusions de l'enquête que le cognac a été déposé dans le coffre pendant que le gentil Salim était parti acheter des cigarettes, laissant la voiture sans surveillance.

— Excellente idée !

— Le mieux serait de trouver les coupables… Toi et moi, par exemple. « Deux ex-membres de la direction de l'Intérieur de Moubek, Silov et Khalmatov, après s'être discrédités comme chefs de la milice, dans le but de leur réhabilitation et de leur réintégration à leurs postes dans les organes du ministère de l'Intérieur… »

— Tu as tort, dit Toura en hochant la tête. On nous accusera d'autre chose. Ce seront des inconnus qui auront volé la voiture et qui l'auront chargée de caisses. Comment ils expliqueront l'opium dans les bocaux, voilà ce qui m'intéresse.

— Qui ira creuser aussi loin ? rétorqua Silov. Ils crèveront tous les tuyaux. Ton Irkam Soatov, chargé de l'enquête, signera les conclusions. Il trouvera des témoins oculaires.

— À propos, je suis convaincu que ce cognac est le même que celui que Sabirdjon avait apporté à Pak. Le même aussi que celui qu'on a piqué au mariage.

Débrouillons-nous pour qu'on expertise ce cognac-là et pas l'autre.

Silov gara l'Automotrice pas loin de la grande roue, au fond du parc d'enfants. Il y régnait une athmosphère étouffante, la place était nue, comme laissée à l'abandon. À gauche, s'étendait le désert de béton de l'avenue centrale, à droite l'escalier de marbre menait au mémorial du Père-Fils-Guide, en face, la longue et haute silhouette des immeubles des organisations locales étendait sa façade de 240 fenêtres. Le soleil, en taches éblouissantes, se reflétait dans les portes-fenêtres du restaurant Moscou. À l'ombre, les cabines téléphoniques faisaient face à l'entrée du parc des enfants. À peine plus loin, sur le côté, on pouvait apercevoir l'armoire téléphonique cachée sous les arbres.

Toura pénétra dans la cabine surchauffée et composa le numéro de Kakadjan :

— Tu es seul ? Tu peux parler ?

— Oui, instructeur.

— Je t'écoute.

— Oummat est en cellule. Mon copain travaille là-bas, à la section opérationnelle. Je lui ai parlé. Oummat n'a pas été mis au courant de la mort de son frère. Il n'est pas trop mal, tout seul dans sa cellule. Il a son petit commerce et gagne plein de blé.

— Et les plaintes ?

— Il a indemnisé les victimes. Comme il a indemnisé Madjidov. Par ailleurs, il s'est vanté d'avoir huit mille roubles sur son livret de caisse d'épargne.

— Passionnant, sourit Toura. Et son frère ? Comment s'est-il noyé ? Il y a des témoins ?

— Je n'ai pas encore vu le dossier.

— Dommage. Narijniak sait qu'on a livré du cognac truqué au restaurant de Yakhiaïev ?

— Je ne pense pas. En ce moment, c'est le procureur chargé du contrôle de l'instruction qui dirige les opérations.

— Ikram Soatov ?

Silov faisait comme si de rien n'était.

— Lui-même.

— Écoute, Kakadjan, appele ton copain de la section opérationnelle. Qu'il sorte Oummat de cellule, qu'il lui parle de son frère. Ils vont au-devant de surprises, là-bas, tu comprends ?

— Bien sûr.

— Donne-moi le téléphone de Yakhiaïev. Tu l'as sous la main ?

— Notez : 16-40.

— J'enregistre. Autre chose : tu as une idée de l'endroit du restaurant où on a pu ranger les caisses de cognac transportées depuis la voiture ?

— Dans le réduit, peut-être ? Deuxième fenêtre à partir de l'angle. Grillagée. C'est juste une supposition. À part Yakhiaïev, personne ne peut le dire.

— Merci, fiston ! Si tu as du neuf, appelle au numéro que je t'ai donné.

— J'aime votre disposition d'esprit, instructeur.

— Ce n'est qu'un début, Kakadjan. Salut.

Quelques garçons longeaient l'allée du parc des enfants en direction de la place.

Silov s'était accroupi près de l'armoire téléphonique.

— Alors ? demanda Toura.

— Avec un optimisme contenu, voilà comment je qualifierais la situation…

Avec son canif, Silov tentait d'attaquer les nombreux verrous et dispositifs de sécurité qui protégeaient la porte de l'armoire. Au bout de quelques secondes, il réussit à ouvrir la porte et découvrit les vis de serrage jaunes, brillantes, rangées par groupes de deux.

— Si je ne me trompe pas, la ligne de Yakhiaïev arrive dans un de ces blocs. Une seconde…

Toura alla rapidement jusqu'aux cabines téléphoniques et revint avec le récepteur au bout duquel pendait un morceau du fil sectionné.

— Parfait, commença Silov. Houliganisme et détérioration délibérée de la propriété publique. Il te reste à tirer le signal d'alarme.

Sans prêter la moindre attention à Silov, Toura nettoyait rapidement l'extrémité du fil.

— Je vais appeler Yakhiaïev depuis la cabine. Toi, cherche le contact Quand tu l'auras trouvé, fais-moi un signe de la main. J'y vais.

Quelques secondes plus tard, il composait le numéro du directeur du restaurant. On décrocha tout de suite.

— Adyl ?

— Qui le demande ? se renseigna prudemment Yakhiaïev, que Toura avait immédiatement reconnu.

— Khalmatov. Ça te dit quelque chose ?

Le récepteur émit un sifflement.

— Ta réaction me prouve que oui. Je voudrais te raconter une histoire amusante. Tu aimes les histoires amusantes ?

Yakhiaïev réfléchissait à ce que pouvait lui vouloir son ennemi mortel.

— Tu aimes les histoires mais tu n'oses pas l'avouer. Écoute-moi attentivement. Il était une fois un salaud, directeur d'un restaurant où un homme honnête ne met jamais les pieds, parce qu'on y sert les restes en garniture… Yakhiaïev retrouva sa voix :

— Dis plutôt, où un mendiant ne met jamais les pieds ! Dans ton genre ! Ça vaut mieux, d'ailleurs…

— Bien vu. J'ai eu envie d'entendre ta voix. Alors voilà. Ce salaud, donc, sert à ses clients un mélange de thé et d'alcool en guise de cognac. Cette mélasse est d'ailleurs stockée dans son restaurant, dans un réduit. Correct ?

Yakhiaïev ne répondit pas. Silov ne donnait pas le signal : Toura le voyait, courbé, trifouillant dans l'armoire téléphonique.

— Ce salaud… Tu m'écoutes ? Ça t'intéresse toujours ?

— Et comment. Surtout quand c'est un homme qui vit ses dernières heures de liberté qui raconte. Et que nos braves tchékistes ont enfin montré sous son vrai jour…

— Tu te fatigues pour rien, Adyl ! Cette conversation est privée, personne ne te fera de compliments. Mais je devais te prévenir. S'il m'arrive quelque chose, le vice-ministre de l'Intérieur recevra une lettre. Toutes tes actions y sont décrites. Cette lettre est déjà à Moscou. Transmets ce message à qui de droit.

Silov n'arrivait toujours pas à identifier la ligne.

— Je continue. Ce salaud doit faire face à des dépenses. Par exemple, un drogué a cambriolé un appartement à Ourtchachma pour pouvoir payer son fournisseur, Salim Kamalov. Ça te dit quelque chose ? C'est lui qui te livre le cognac truqué. Le drogué tient Salim. Pour ne pas couler ton fournisseur, tu as payé un voleur pour qu'il avoue le cambriolage. Tu as dû indemniser les victimes, ce qui arrange toux ceux qui sont prêts à payer pour tout, y compris le taux de découverte des crimes. Mais, cette fois, il y a eu une complication. C'est le point crucial. On a dû mêler à cette affaire le frère du cambrioleur. Tu m'écoutes ?

— Je t'écoute, homme mort, siffla Adyl.

Toura vit Silov agiter la main : il avait trouvé les fils de la ligne de Yakhiaïev.

— Je termine cette histoire, Adyl. On a supprimé le frère pour qu'il n'ait pas l'idée de bavarder le jour où je le pincerai. Méfie-toi d'être mêlé à un assassinat, espèce de trafiquant.

— Comment tu sais qu'il a été tué ? demanda Yakhiaïev, soudain d'une voix rauque. Il s'est noyé !

— On l'a noyé, tu veux dire ! Et on m'a menacé du même sort. Tu comprends ? Mais je te plains : de grands ennuis vont commencer pour toi. C'est tout !

Le téléphone de Yakhiaïev demeura muet pendant quelques minutes et Toura et Silov attendaient, accroupis près de l'armoire téléphonique. Puis ils entendirent un léger crissement : Yakhiaïev était en train de composer un numéro.

— Tu n'y es pas encore allé ? demanda Yakhiaïev. Sa voix était forte ; son interlocuteur devait être à peine audible.

— Pas encore, répondit un homme dans le lointain.

— Ne tarde pas, ordonna Adyl. Que dans une demi-heure tout soit nettoyé au restaurant.

— Et les scellés ? demanda l'autre.

— C'est mon problème, pas le tien. Fais gaffe à ne pas te gourer. Emporte les quatre caisses qui sont en bas, juste sous la fenêtre. Ne touche pas à celles qui sont près de la porte.

De nouveau, ils entendirent le léger crissement : Yakhiaïev composait un autre numéro.

— Je vous écoute, dit d'une voix officielle le nouvel interlocuteur. On l'entendait à peine.

— Il faudrait qu'on se parle, dit Adyl d'une voix inquiète.

— Tu es chez toi ?

La voix était brutale et pressante.

— Je vais chez Rakhmatoulla. Il est urgent de se mettre d'accord.

— On s'y verra. Attends-moi.

Toura crut reconnaître la voix de Gapourov. Il jeta le récepteur à l'intérieur de l'armoire et referma la porte avec précaution.

La fenêtre du réduit était en effet grillagée, c'était la deuxième en partant de l'angle.

— Il doit y avoir des barres de fer par ici, dit Toura. Va à gauche, je vais à droite. Il faut quelque chose de lourd. Vite.

Au trot, ils contournèrent le restaurant. Pendant les hivers sans neige de Moubek, lorsque la température tombait à – 30°-40°C, le tas de charbon, destiné au chauffage du bâtiment, gelait dans la cour et les chauffagistes étaient obligés d'attaquer à coups de barres de fer la masse mamelonnée. Mais maintenant, comme un fait exprès, il ne traînait pas un seul de ces morceaux de fer rouillé ! Toura explorait rageusement la cour, fouillait désespérément sous la fenêtre du réduit, lorsque surgit Silov, une lourde masse à la main.

— Laisse-moi faire !

Du premier coup il fit sauter le grillage du vasistas.

— Impeccable ! dit Toura. Lance la masse à l'intérieur maintenant. Si la Providence est notre alliée et si nous avons raison, peut-être que quelques bouteilles y passeront !

En réponse, ils entendirent un bruit de verre brisé.

— Et voilà ! Tous les éléments sont réunis pour un houliganisme qualifié, dit Silov, s'aprochant de l'Automotrice. Le disco-bar, le téléphone, les bouteilles cassées dans le réduit…

— Qu'est-ce que ça change ?

Toura se détendit, rit puis chanta brusquement :

— « Pour mes huit crimes, la même cellule, même en

prison il y a une infirmerie… » Tu connais cette chanson ?

— « J'y ai traîné tant et tant… », enchaîna Silov. Tu crois que Vissotsky nous soutiendrait ?

— Bien sûr ! Il est plaisant de penser que les larbins d'Adyl peuvent toujours planquer le cognac, puisque aujourd'hui, demain ou dans une semaine Narijniak pourra gratter le sol pour trouver le poison. Ils n'ont plus aucune raison de remplacer les bouteilles.

Toura claqua la portière et se tourna vers Silov :

— Hep, taxi ! À la maison, s'il te plaît. Il faut se reposer. Ce soir, la route sera longue jusqu'à Ourtchachma.

Il était visiblement satisfait de la tournure que prenaient les événements.

— Comme conducteur vous êtes formidable, Silov. Comme juriste… Vous n'avez pas remarqué que nos actions étaient parfaitement innocentes et qu'il n'y avait pas trace de crime ?

— Pas de préméditation !

— Vous faites des progrès ! Par ailleurs, la loi tient compte de la notion de nécessité absolue. Nous sommes tout simplement obligés, en tant que citoyens, de tout faire pour supprimer la menace que fait peser sur la société un groupe de criminels dangereux…

La violente lumière du soleil blessait les yeux. Toura ferma les paupières et sombra aussitôt dans une somnolence rouge et vacillante.

…Le cou d'un gamin maigre… Le ruban multicolore, et au bout, la médaille de laiton, si légère…

« Si j'ai besoin d'aide, avait chuchoté le jeune boxeur brun, penché au-dessus de lui, est-ce que je peux m'adresser à vous ? »

À travers le sommeil il se souvint qu'il avait cherché

à découvrir quelle était la route de l'opium. Était-ce celle qui traversait Moubek et qu'il avait empruntée pour se rendre à Ourtchachma ? Ou celle qui traversait la montagne, venant du sud, et qu'avait prise Oummat ? Ou encore celle qui partait de Darvasa, petit village de montagne dépeuplé, par le Pont-d'Or ? Maintenant il pouvait répondre à ces questions d'une façon certaine.

Silov demanda :

— Est-ce que Khamidoulla était au courant pour l'opium, voilà ce qui m'intéresse. Ou était-il seulement affranchi pour le cognac falsifié ?

— À mon avis, il ne savait que pour le cognac. Sinon, il ne se serait pas décidé à les dénoncer.

— Pourquoi ? Toi-même, tu disais que Khamidoulla a proposé de vous unir contre la compagnie Gapourov-Youldachev, remarqua Silov.

— Proposé, oui. Mais il ne veut pas les détruire. Il rêve de les soumettre. En pinçant Salim Kamalov, nous les avons pris à la gorge. Khamidoulla nous a livré toute l'affaire. Quelque part dans les environs d'Ourtchachma, nous avons croisé la route du cognac et de l'opium.

— Tu en es sûr ?

Silov clignait des yeux.

— Aucun doute ! Nous savons d'où venait Salim. Sabirdjon y séjournait en permanence. Le pistolet, avec lequel il a été abattu au Tchiroïli, provenait du même endroit ! Là-bas, sur la route de Darvaza, on a tué Sadyk Zakinov…

Silov l'interrompit, désignant quelque chose derrière eux :

— Notre ex-direction ne relâche pas son attention.

Toura se retourna et aperçut la voiture de patrouille 13-47, qui les suivait presque pare-chocs contre pare-chocs.

Silov eut un rire malveillant :

— Pendant que nous allons nous rafraîchir à la maison avec une bonne douche, c'est un bain turc qu'ils vont prendre en nous attendant…

— Mais oui, enchaîna Toura, il nous l'avait bien dit, le sergent, qu'il ne se fatiguait jamais au volant. Qui sait, il ne transpire peut-être jamais non plus.

— Que le diable l'emporte ! Dans le noir, on arrivera bien à les décrocher, dit Silov. Alors, nous partons à huit heures ?

— Tu l'as dis, bouffi.

Toura lui tapa sur l'épaule et descendit près de la maison. Il monta l'escalier et découvrit, coincée dans la porte, une feuille de papier repliée. Elle était recouverte d'une écriture hésitante et les mots avaient été tracés hâtivement au crayon : « Je suis à Moubek. Rapport à ma pension. Je serai ce soir, à 18 heures, chez Souvone, à la tchaïkhana. Toulkoun Azimov. »

Cette vieille branche de Toulkoun ! La dernière fois qu'il lui avait parlé, c'était le jour où Pak et Sabirdjon avaient été tués au Tchiroïli. Toulkoun avait dû apprendre quelque chose d'important, puisqu'il n'avait pas voulu téléphoner et avait préféré venir jusqu'à Moubek. Toura regretta qu'il ne l'eût vu dans la matinée. Toura rangea la feuille de papier dans la poche et ouvrit la porte.

Le bruit de la sonnerie lui parvint à travers le chuintement de la douche. Toura tendit l'oreille. Mais l'eau s'échappant bruyamment de la pomme nickelée couvrait les autres sons. Il fermait le robinet d'eau chaude quand de nouveau il entendit distinctement la sonnerie. Toura ouvrit la porte de la salle de bains et cria :

— Voilà, voilà ! J'arrive !

Il enfila son peignoir, alla jusqu'à l'entrée, laissant sur le sol les traces mouillées de ses pas, déverrouilla et ouvrit la porte. Il fut pétrifié.

— Bonjour, champion de l'ordre troublé, dit le général Ergachev d'une voix guillerette, comme si, tous les jours, il venait ainsi rendre visite à Toura. – On reste là ou tu me fais entrer ?

— Bien sûr, bien sûr, s'affaira Toura, pris au dépourvu. Entrez, Abdoulkhaï Ergachevitch, je vais préparer du thé.

— C'est ça, prépare du thé. Va mettre un pantalon, ça ne fait pas très sérieux comme ça...

Toura alluma le gaz sous la bouilloire, retourna à la salle de bains, se sécha avec la serviette et passa un pantalon de coton et une chemise légère. Le général était assis près de la table, tripotant avec l'air préoccupé le pistolet en plastique d'Oulougbek.

— Ta famille est en vacances ? demanda-t-il. Comment va Nadejda ?

— Elle est partie chez une amie à Douchanbé, lâcha comme par hasard Toura. Il faut bien qu'ils s'amusent un peu.

— Oui, qu'ils s'amusent, convint le général, grand seigneur. Comme ça, ils ne t'empêchent pas de faire des conneries ici.

— Quelles conneries ? s'informa Toura.

— Tu as embrouillé une drôle d'affaire !

Soudain, le général lança en l'air le pistolet de l'enfant et le rattrapa avec adresse.

— Et je n'ai pas envie de payer les pots cassés.

— Personne ne vous demande de payer les pots cassés, dit Toura d'un ton insolent. Qu'une enquête soit ouverte et qu'elle suive le cours légal.

— Tu as bien réfléchi ? Ergachev sourit tristement. – Tu te rends compte de ce que tu dis ?

— Bien sûr, dit modestement Toura. C'est vous qui m'avez appris : il faut grimper sur le suspect comme sur un dromadaire, tant qu'il est à terre...

— Vous êtes devenus fous, toi et ton écervelé d'ami, Silov, dit Ergachev en hochant la tête. C'est vous qui êtes à terre, pas Salim Kamalov. Le fils d'Inoïat lui-même ! Tu sais qui c'est ?

— Aucune idée.

— Un professeur, le vice-recteur de la faculté de droit.

— Mes études sont terminées depuis longtemps, dit Toura en riant.

— Ce qui distingue les gens intelligents des imbéciles c'est qu'ils font des études jusqu'à leur dernier souffle, dit d'un ton professoral Ergachev, qui ajouta aussitôt : – Et si tu ne veux pas apprendre tout seul, on te forcera. Ça fait un demi-siècle qu'Inoïat tient la faculté, il est vice-président de l'Académie et président de la commission des Décorations du Soviet suprême. Toutes les sommités de la République ont été ses élèves et tous lui sont redevables de quelque chose. Je te le dis gentiment : ils ne laisseront personne lui faire de mal.

— Est-ce que j'en veux au respecté professeur, moi ? Je ne veux pas que son fils fasse le commerce de la drogue.

— Ça suffit ! cria le général et il ajouta cet ordre :

— Il faut trouver un langage commun avec Inoïat.

— Pas question, dit Toura en secouant la tête.

Le général le fixa longuement.

— Tu parles comme si tu étais un étranger ! C'est facile de raisonner, pour un étranger. La région est sous ma responsabilité.

Ergachev parlait d'un ton las et amer.

— C'est moi, moi, qui réponds de Moubek, de sa gloire comme de toutes ses saloperies ! répéta-t-il avec rage. Qu'est-ce que j'en ai à faire, d'après toi ? Tu crois que c'est à moi que je pense quand j'envoie les gars de l'OBKhSS chez nos voisins rapporter à Moubek le coton, le beurre et la viande ? C'est à moi qu'on demande des comptes, pas aux autres ! Mais je m'en fous parce que je suis responsable de Moubek. Toi, tu ne veux être responsable que des victoires passées et pour les saloperies d'aujourd'hui, tu me laisses me débrouiller !

— Vous savez très bien, instructeur, que ce n'est pas vrai…

Toura soupira. Un fil invisible mais réel le reliait aux vingt-six ans, trois mois et dix-sept jours passés au service de son existence d'avant, et à cet homme plus très jeune, vêtu de sa tunique tannée par le sel et la sueur.

— Si, c'est vrai ! Parce que, même maintenant, je suis responsable de tes agissements. Je fais tout pour que le procureur cesse les poursuites. Il faut attendre que la poussière retombe. Tu n'es pas encore un vieillard, Toura, et je peux essayer de te faire réintégrer. Même si on ne te réintègre pas, on peut te réembaucher. Et Silov aussi. Vous avez du boulot encore… Pourquoi tu ne dis rien ?

Khalmatov soupira :

— J'ai peur, Abdoulaï Ergachevitch, que vous ne m'ayez pas bien compris. Nous ne nous battons pas, Silov et moi, pour notre réintégration… On ne peut pas revenir en arrière. Nous sommes des popes excommuniés.

— Quel imbécile, dit Ergachev en hochant tristement la tête. C'est ton copain cinglé qui t'a appris à parler comme ça. Tu ne comprends pas qu'en faisant cette proposition Inoïat prouve la confiance qu'il te porte. Si l'envie l'en prenait, il pourrait monter jusqu'au Père-Guide lui-même. Il n'aurait pas besoin de mon accord, pas plus que du tien.

— Si vous m'en parlez, c'est qu'il en a besoin, remarqua Toura.

— Basta ! coupa le général. J'ai fait tout ce que je pouvais pour te mettre en garde. J'ai un service personnel à te demander, je pense que tu me l'accorderas. Inoïat n'est pas à Tachkent en ce moment. On l'attend ici d'un instant à l'autre. C'est un homme âgé. Il vient pour te rencontrer. Tu ne dois pas le vexer, accepte de le recevoir. Nous aussi, un jour on sera vieux...

— Je veux bien le rencontrer.

— Bien aimable. Le général changea de ton et sa voix devint dure et glaciale. – Tout le monde sait que tu es très occupé, que tu n'as pas beaucoup de temps. J'ai peur que bientôt tu n'en manques tout à fait sérieusement...

— Toura Khalmatovitch !

C'était la voix de la voisine de palier qui frappait à sa porte.

— Je ne sais pas pourquoi mais on vous demande sur ma ligne.

— J'arrive...

— J'étais étonnée, quand même, une voix d'homme ! J'ai dit : ce n'est pas le bon numéro, voilà le bon. Et lui me répond : non, non, appelez-le plutôt...

La vosine vivait seule et les hommes ne la dérangeaient pas souvent. Un tel coup de fil était pour elle un événement considérable. Il faudrait lui demander de ne pas se vanter devant les voisins, songea Toura en prenant le récepteur :

— Khalmatov, j'écoute.

C'était Kakadjan :

— Instructeur, j'ai réussi à parler avec Narijniak.

Pendant que je lui racontais l'histoire avec Salim et le cognac, il n'a pas arrêté de m'interrompre. Il posait plein de questions et prenait tout le temps des notes.

— Espérons qu'il n'a pas eu monsieur Inoïat pour professeur, dit Toura dans un sourire.

Kakadjan répondit, d'un ton mal assuré :

— Je ne sais pas. Il est de Moscou. De la procurature.

— Oui, c'est ça. Et Oummat ?

— Je pense qu'il fera une déposition. Il aimait beaucoup son frère et a des remords. Il pleure dans sa cellule, se plaint…

— Tu as réussi à consulter le dossier ?

— Pour son frère ? Oui.

— Alors ? Il y a des témoins ? Comment ça s'est passé ?

— Personne n'a rien vu. Une sombre histoire. En plus, le corps était nu quand on l'a découvert.

Toura gagna du temps :

— Le slip a pu s'accrocher à une branche, le courant l'a enlevé…

— On dit que les voisins ont vu des blessures. Il a été battu. Ils pensent qu'il a été torturé. Mais ils n'ont pas voulu déshonorer le garçon, ni ses parents. L'expert aussi a compris la famille et a délivré le permis d'inhumer le plus rapidement possible…

Extraits de journaux :

« Panorama des Jeux

L'Olympiade est sur sa dernière ligne droite. Il reste vingt-quatre heures avant le moment solennel lorsque s'éteindra la flamme olympique sur la Grande Arène sportive du stade central Lénine. Elle a brûlé durant seize jours inoubliables. Moscou fait ses adieux aux participants et aux hôtes des XXIIes Jeux. Mais la compétition n'est pas encore terminée. Par le nombre des nouveaux records olympiques et mondiaux, Moscou a surpassé Montréal... »

Monsieur Inoïat, petit homme voûté, arriva dans la soirée. La Volga de service fit son entrée dans la cour de l'immeuble ; l'officier assis à l'avant, sortit, en premier, ouvrit la portière et aida respectueusement le vieillard à descendre. Malgré la chaleur, monsieur Inoïat, qui avait froid, portait un tchapan, chaud mais modeste.

Toura l'accueillit à l'entrée avec la courbette traditionnelle :

— Bonjour. Comment va la santé ? Bon voyage ?

À la cuisine, l'eau bouillait déjà dans le samovar. Toura avait dressé la table au salon : quelques assiettes avec un peu de nourriture.

— Merci, mon garçon.

Le visage du vieillard était parsemé de taches brunes, qu'on pouvait de loin prendre pour des taches de rousseur. Sa peau était propre, transparente comme si on l'avait nettoyée à la pierre ponce.

— La vieillesse, mon garçon, la vieillesse.

— Asseyez-vous, je vous en prie.

Toura l'accompagna jusqu'à la table, l'aida à s'asseoir. Lui-même s'installa en face et prépara le thé.

— Voilà où nous en sommes, mon garçon.

Monsieur Inoïat, par politesse, but une gorgée de thé et avala un morceau de galette.

— Tu n'as pas été de mes élèves. Pourtant, j'ai enseigné à la moitié des procureurs et des juges qui exercent aujourd'hui.

— J'en ai entendu parler.

— J'ai enseigné la loi à des centaines de gens. Mais pas à mon fils unique, voilà mon malheur.

Il toucha le bras de Khalmatov : ses doigts étaient glacés comme la mort.

— Ma femme et moi n'avons eu qu'un fils. Tu sais toi-même ce que c'est qu'un fils à la maison. On l'a attendu, on n'espérait plus. Et puis il est né… Il a failli mourir tout de suite. Après il a été malade ! Ce qu'il a pu être malade ! Jusqu'à maintenant, tous les soirs que je m'endors, je l'imagine en train de mourir. Et quand dans mon délire je le vois passer sous un train ou se noyer, je comprends que c'est terminé et je m'endors. Un homme intelligent a très bien écrit ça : « Il y a beaucoup de façons de se rendre heureux. Seuls les enfants peuvent vous rendre réellement malheureux… » Je n'imagine pas que Salim puisse aller prison, mon garçon.

Toura compatit :

— Peut-être cessera-t-on les poursuites, si on tient compte de sa personnalité.

— Il ne s'agit pas que de cela. C'est une horrible maladie. Tu sais, il faut se battre toute sa vie. On m'a parlé de toi. Une maladie horrible, difficile à soigner. Mais nous sommes prêts à tout, ma femme et moi.

Toura lui versa du thé. Le vieillard parlait à voix basse, comme s'il n'avait pas assez d'énergie vitale, qu'il manquât de force pour remuer la langue.

— Voilà de quoi il s'agit. Tu sais que mon petit, Salim, est juriste. Comme toi. Une condamnation le briserait. Le travail, la carrière, les diplômes, adieu, pour toujours ! Pendant longtemps mon fils a cherché une compagne pour sa vie, sans la trouver. Il y a un an de cela, une jeune fille comme il faut, issue d'une famille respectée de tous, l'a remarqué. Ils se sont mariés. Salim attendait une belle nomination à Tachkent. Il voulait travailler en plus dans la région pour que personne ne nous reproche d'avoir élevé un parasite... Il habitait Tachkent et allait travailler à Darvaza. Voilà comment c'est arrivé !

— Je ne sais pas comment vous aider, monsieur Inoïat.

— La langue, c'est la balance de l'esprit, mon garçon. Celui qui le sait réfléchit toujours avant de parler. Dans la vie, l'homme a toujours deux solutions. On t'a déjà interrogé au sujet de cette arrestation ? demanda doucement le vieillard.

— En tant que témoin ? Non.

— Salim ne peut retourner à la vie normale, à son métier de juriste, que lavé de tout soupçon, mon garçon. S'il on peut établir que son arrestation est une erreur. Pense à ça, dit le vieux et il ferma les yeux. Il ressemblait à un oiseau endormi.

— C'est impossible, monsieur Inoïat.

— Tout est possible, mon garçon ! Réfléchis. Il y toujours deux solutions. Pour toi comme pour moi. Comme pour Salim. Comme pour tous ceux qui l'ont entraîné dans cette affaire. J'ai entendu dire, fiston, que tu avais de graves ennuis. Oh, si tu pouvais enlever aussi facilement les obstacles de ma route que je peux les enlever de la tienne ! Bien sûr, on ne peut rien faire rapidement, mais donne-moi un délai et tu retrouveras ce que tu as perdu. Je te le rendrai au centuple. Je suis vieux, mon garçon, je n'alourdirai pas mon âme d'un péché supplémentaire.

— Non, non !

— À toi de voir ! Je pourrais t'apprendre davantage, fiston, sur ce que tu ne soupçonnes même pas dans ton orgueil. Sur les ennemis que nous prenons parfois pour des amis. Et auxquels on fait confiance.

— Pardonnez-moi, monsieur Inoïat, je ne peux rien faire, répondit fermement Toura.

— Tant pis, alors ! Il y a toujours deux solutions.

Il écarta les bras dans un geste de lassitude puis ajouta, soudain d'une voix dure :

— Mais quand la mort vient nous cueillir, il n'en reste plus qu'une seule…

Enver téléphona bientôt, il était de garde à la Direction. Sa voix était confuse :

— Comme c'est curieux, camarade lieutenant-colonel ! Nous avons travaillé, fait des efforts… Et tout se termine de cette façon !

— Qu'est-ce qui se pase ? Je ne suis pas au courant, s'inquiéta Toura.

— Monsieur Inoïat vient d'arriver. Il est avec le colonel Nazratkoulov et le procureur chargé du contrôle de l'instruction et des enquêtes au sein des organes du ministère de l'Intérieur…

— Ikram Soatov !

— Soatov a transmis au détenu les excuses du procureur de la région, c'est un malentendu… On m'a proposé de rédiger une note explicative.

— Et Kamalov ?

— Reparti. Avec monsieur Inoïat. Ils ont dit que Khalmatov était au courant.

— Ne t'en fais pas, Enver.

— Je ne m'en fais pas, reprit-il sur un ton plus vif. Dès demain, une fois le service terminé, on m'envoie dans les champs, ramasser le coton. La Direction a reçu un ordre, le colonel Nazratkoulov me l'a annoncé. Nous partons à Djoucha. Vingt-quatre heures de route en camion.

Khalmatov soupira :

— Ce n'est pas la porte à côté… Ils t'envoient loin pour que tu ne traînes pas dans leurs jambes. Qui d'autre ?

— Des gars de l'état-major. Ah oui. Kakadjan aussi !

— Eh ben ! Ils s'occupent sérieusement de nous. Allez, petit, je t'appellerai.

Toura jeta un coup d'œil sur sa montre et s'habilla rapidement. Une demi-heure plus tard, Silov viendrait le chercher pour aller chez Souvone.

La sonnerie retentit dans l'entrée. Toura ouvrit la porte et découvrit, surpris, l'avocat Malik Rakhimov. Ils se connaissaient peu, en tout cas pas suffisamment pour se rendre visite. C'était d'autant plus bizarre que l'avocat était venu sans l'appeler auparavant. Mais Toura s'habituait à l'invasion des visiteurs imprévus. Tout ce que Toura savait à son propos, c'est qu'il s'occupait exclusivement des affaires civiles et qu'on l'avait invité à remplacer Toura à l'université de la milice.

L'hôte était venu en voiture : il dégageait une forte odeur d'essence, qui collait mal avec son aspect élégant et son beau porte-documents jaune.

— Pardonnez-moi, mon bon Toura Khalmatovitch, dit Rakhimov en souriant dignement de toute sa belle dentition. Je ne vous aurais pas dérangé s'il ne s'agissait d'une affaire extrêmement importante.

— Entrez, dit Toura.

— J'en ai pour une minute.

Ils allèrent à la cuisine. Tandis que Toura préparait le thé, accomplissant les rites traditionnels de l'hospitalité orientale, Rakhimov dit :

— Je vois que vous êtes seul à faire tourner la maison. La famille est en vacances ?

— Oui, chez une amie de ma femme.

Ils burent une gorgée de thé, Rakhimov avala un

morceau de galette rompue par son hôte, mâchouilla anémiquement, puis parla :

— J'ai une petite affaire. Comme on dit, le malin comprendra... Il écarta largement les bras. – Un inconnu m'a chargé de vous apporter ce porte-documents. Ce qu'il y a à l'intérieur ne me regarde pas. C'est tout... Merci... Ce qu'il fait chaud... Il approcha le porte-documents de la table. – Qu'est-ce qui nous attend ? Il est bon, votre thé...

Il fit le mouvement de se lever.

Sans toucher au porte-documents, Toura demanda :

— Quel inconnu ?

— Complètement inconnu, dit Rakhimov sur un ton de chaleureuse sincérité.

— Passionnant, ricana Toura. Et pourquoi l'a-t-il confié à vous en particulier ?

— Difficile à dire. Rakhimov haussa les épaules. Les motivations des hommes sont mystérieuses. Je suis juriste, tu en as peut-être entendu parler ? J'étais en fac de droit. Peut-être connaissait-il ma réputation d'homme irréprochable. Je ne demande pas qu'on me croie. Le bon sens est la mesure de l'esprit. Et un ennemi intelligent vaut mieux qu'un ami idiot. Je ne sais pas ce qu'il y a dans le porte-documents. Un livre, peut-être. Peut-être de l'argent. Une cinquantaine de mille. Hein ? C'est une somme rondelette...

Toura le contempla avec intérêt :

— Écoutez, Rakhimov, et si j'appelais le concierge ?

Rakhimov sourit chaleureusement :

— Je serai ravi de faire la connaissance de cet homme respectable et de lui répéter mot pour mot ce que je viens de vous dire.

— C'est un pot-de-vin, dit Toura sur un ton las. De l'argent destiné à me faire taire.

Rakhimiov éclata de rire :

— Vous vous trompez ! Vous êtes juriste, vous devez comprendre : vous n'êtes plus une personne officielle et une personne privée a le droit d'accepter un cadeau, qui ne peut être considéré alors comme un pot-de-vin. Vous verrez plus tard. Il existe toujours deux solutions... Ça, je le sais aussi.

— Tant que nous sommes en vie.

— La vie passée est comme une flèche tirée.

Toura jeta un coup d'œil sur sa montre :

— La conversation est terminée.

— Vous refusez ?

Combien de fois avait-on posé cette question à Khalmatov, ces derniers jours !

— Oui. La conversation est terminée. Estimez-vous heureux, Rakhimov, que je n'aie pas le temps de m'occuper de toutes les finesses de vos arguments. Prenez le porte-documents et partez.

Rakhimov eut un rire insouciant :

— En tant que juriste, j'aurais aimé continuer, mais je n'en ai ni le temps ni la possibilité. Maintenant, ça n'a plus aucune importance. À propos, si vous voulez, je peux transmettre vos salutations à votre femme et à Oulougbek. Une de mes amies habite tout à côté : Younous Abad, quartier n° 6, à Tachkent. Portez-vous bien. Heureux de vous avoir rencontré.

La porte se referma derrière lui.

Le cœur de Toura s'emplit d'une frayeur insupportable.

Extraits de journaux :

« Le podium de la gloire
Au neuvième jour de l'Olympiade, sont montés sur la plus haute marche :

L'équipe de la RDA. Aviron. Hommes. Nage en pointe à quatre avec barreur.
L'équipe de la RDA. Aviron. Hommes. Nage en couple.
L'équipe de la RDA. Aviron. Hommes. Nage en pointe en couple sans barreur.
L'équipe de la RDA. Aviron. Hommes. Nage en pointe en couple avec barreur.
Pertti Karppinen (Finlande). Aviron.
L'équipe d'URSS. Equitation. Triathlon.
Nadejda Olisarenko (URSS). Athlétisme. Course 800 mètres.
Daïnis Koula. Athlétisme. Javelot.
Mirus Ifter (Ethiopie). Athlétisme. Course 10 000 mètres.
L'équipe de France. Escrime. Femmes. Fleuret.
Robert van de Valle (Belgique). Judo. Moins de 95 kg. »

Ils roulaient en silence. En arrivant près de la tchaï-khana, Silov dit, après avoir coupé le contact :

— Ainsi, notre chère direction nous conseille de nous conduire avec plus de modestie ?

— Il semble, en effet, acquiesça Toura. Méthode préférée de la mafia : des otages comme moyen de pression.

— J'espère qu'ils n'y parviendront pas, dit Silov en secouant la tête. Dès demain matin, nous irons à Tachkent et les emmènerons à un autre endroit.

Souvone n'était pas à la tchaïkhana mais ils y trouvèrent Toulkoun Asimov, dans un coin, en train de boire posément son thé. Toura et Silov s'approchèrent de leur vieux camarade, le saluèrent chaleureusement et s'assirent à ses côtés. Le jeune apprenti, le neveu de Souvone, apporta du thé fraîchement infusé, le servit dans les bols et, lorsqu'il se fut éloigné, Toura demanda :

— Monsieur Toulkoun, quel bon vent vous amène ?

— Un doute me turlupine, dit Toulkoun dans un soupir. Le même jour où nous nous sommes vus tous les deux pour la dernière fois, Toura, on a tué ce malheureux jeune homme, Sabirdjon…

— Oui, monsieur Toulkoun, on l'a tué, peut-être même au moment où nous parlions tous les deux. Et le Grand Coréen aussi, on l'a tué.

— Les nouvelles ont du mal à arriver jusqu'à nous : on vit dans le cul du monde. Mais j'ai entendu parler de toi.

Toulkoun se tut, comme pour réfléchir s'il devait poursuivre sur ce thème ou se taire délicatement, puis se décida :

— Je me suis longuement creusé pour savoir si je pouvais exprimer une telle chose, jusqu'à ce que j'aie compris que je ne pouvais pas ne pas te le dire. Tu ne sais pas pourquoi je t'ai convoqué ici ?

— Je n'y ai même pas songé, dit prudemment Toura. Boire du thé en compagnie d'un homme intelligent est toujours une fête !

— Sûrement, accepta Toulkoun. Mais j'ai décidé de te dire que le matin de ta visite à Ourtchachma, j'y ai croisé Sabirdjon.

— Et qu'y faisait-il ? demanda Toura avec curiosité.

— Il parlait avec Souvone en buvant du thé.

Toura, abasourdi, demanda stupidement :

— Avec Souvone ? Avec notre Souvone ? De la tchaïkhana ?

— Oui, répondit Toulkoun.

— Il vient souvent par chez vous ?

— Pas très souvent. Environ une fois par mois. Il vient chercher de la viande à la base. Il en a pris cette fois-là.

Je ne sais pas, peut-être se sont-ils retrouvés par hasard, ont pris un verre ensemble…

— Ils ont parlé longtemps ? demanda Toura.

— Je ne peux pas te l'affirmer précisément, je n'ai pas fait attention, tu comprends… Ziat est également venu, il est resté quelque temps avec eux.

— Ziat ? Qui est-ce ?

Silov se rapprocha de Toulkoun.

— Un ancien inspecteur de Darvaza. Il a travaillé à la Gaï. Il a été muté au Kasakhstan, puis il est revenu dans le coin. Vous ne vous souvenez pas de lui ?

— Ziat Adylov !

Toura avait déjà entendu prononcer ce nom mais ne se rappelait plus dans quelles circonstances. Le vieux but une gorgée de thé, posa la main sur celle de Toura :

— Je n'ai rien de mal à dire de Souvone. Je dois simplement t'avertir. Lui-même ne t'a rien dit de sa conversation avec Sabirdjon ?

Toura échangea un regard avec Silov, puis hocha lentement la tête :

— Non, il ne m'a rien dit à propos de Sabirdjon…

Un souvenir capital surnageait à la lisière de sa mémoire, inquiétant et troublant, et qui devait sûrement tout expliquer. S'il retrouvait maintenant ce souvenir, toutes les choses reprendraient leurs places. Mais, rien à faire, le souvenir se brisait, fondait, disparaissait. « Pourquoi ? Pourquoi Souvone n'a rien dit de sa rencontre avec Sabirdjon la veille de sa mort ? Il n'en aurait pas compris l'importance ? Impossible ! A-t-il eu peur ? Peur de moi ? Ou de ceux qui transportent la drogue, passent devant sa boutique ? Mais Salim Kamalov serait passé sans problème, il ne le connaît même pas ! Je dois me rappeler quelque chose d'important, et tout reprendra sa place… Monsieur Toulkoun, fais un effort, s'il te plaît, réfléchis de toutes tes forces… Ceux qui ont tué le Coréen et Sabirdjon falsifient le cognac et le distribuent avec l'opium dans toute la région. Ils fabriquent des invalides, cassent des jeunes gens. Nous sommes convaincus, Silov et moi, que tout se passe pas loin de chez toi, entre Ourtchachma et Darvaza… Réfléchis, où cela peut-il bien être ? On ne peut pas y aller au pif, la région est petite, on sera tout de suite repérés ! Ils planqueront tout et nous tireront dessus. Réfléchis, monsieur Toulkoun, réfléchis bien… »

— Ils n'ont pas besoin de beaucoup de place, remarqua Asimov sur un ton docte. À la distillerie, il y a un surplus d'alcool. C'est très simple. Les bouteilles sont récupérées au collecteur de verre. Reste à trouver les étiquettes et les bouchons. Et la machine à boucher. Et des tampons pour la date, il y en a plein les papeteries.

— Tu connais du monde à la distillerie de Darvaza ? demanda Toura. Au pire, je pourrais y aller cette nuit de ta part.

Asimov hocha la tête :

— Ils ne vont pas monter un atelier en pleine ville. Ça se remarquerait : les camions, des étrangers… Non ! Je pense qu'ils ont dû s'établir dans l'usine de fumage de poisson, à Ak-Sou.

— Je crois savoir où c'est. L'ancienne usine de boissons non alcoolisées ? Avec une grande cheminée ?

— Oui. Sauf que la nuit vous n'y ferez rien de bon, tous les deux. Il faut que j'aille avec vous.

Toura le prit par les épaules :

— Monsieur Toulkoun, il n'y a pas de temps à perdre. Il faut y aller dès aujourd'hui.

— Qu'est-ce qui nous en empêche ? Allons-y

aujourd'hui, sourit Toulkoun et il se lissa bravement la moustache.

— La journée a été longue, ça ne sera pas trop dur? demanda Toura.

— J'ai encore des forces, dit Toulkoun avec orgueil. Le général me l'a assez répété : notre milice repose sur des gens comme toi.

Puis il ajouta, avant d'éclater de rire :

— Et toi, Silov, il ne t'a jamais dit ça, le général?

— Non, le général ne m'a jamais rien dit de pareil, répondit sérieusement Silov, qui appela l'apprenti : – Quand est-ce qu'il rentre, ton oncle?

— Il ne sera pas là de la journée. Il a dit qu'il paserait tard dans la soirée, ou peut-être demain.

— Drôle de scénario, dit Silov en hochant la tête. Et comment compte-t-il nous abreuver d'Earl Grey ce soir?

Soudain, Toura se leva et s'approcha du mur : il avait tant attendu le jour où Souvone l'accrocherait de l'autre côté, ce vieux tapis, oriflamme donnant le signal de l'attaque contre la bande des empoisonneurs et des porteurs de mort.

Ce vieux tapis, hérité sûrement par Souvone de son père, dont la tchaïkhana était déjà célèbre. La soirée glissait imperceptiblement à l'intérieur de la maison de thé, les habitués arrivaient, les routiers s'entassaient autour des tables. On sortit les dominos et deux clients passablement éméchés décrochèrent, du même mur où Souvone devrait suspendre le tapis au moment venu, les instruments de musique. Toura passa la main sur la surface du tapis et son cœur se serra douloureusement. Au milieu, une partie du tapis avait été arrachée et les bords de l'accroc étaient soigneusement cloués au mur.

Ce tapis, personne ne pouvait le changer de place, il était cloué pour la vie.

Et le souvenir surgit alors : comme il avait torturé sa mémoire, pour tenter d'en extraire ce détail insignifiant, et comme la vague de la confusion de son âme l'avait maintenant soulevé du fond pour le greffer sur le récit de Toulkoun !

« Ziat Adylov, un ancien inspecteur de la Gaï de Darvaza. » Celui-là même qui envoya Sabirdjon en prison. Insubordination à un représentant de l'ordre. Oui, oui !

Et l'expression du général, alors : « Si ç'avait été le contraire et qu'on eût flingué Ziat Adylov au Tchiroïli, Sabirdjon aurait été le suspect numéro un. Oui, oui… Sauf que ça ne colle pas, puisque c'est lui qui a été tué ! »

Il retourna près de Silov et Toulkoun, qui tremblaient d'excitation, et demanda au premier :

— Tu te rappelles la bonne femme du Tchiroïli ? Celle qu'on a interrogée à l'hôtel ?

— Bien sûr. Sveta Guioultchekhra, l'amie de l'Iranien. Et alors ?

— Comment a-t-elle qualifié l'assassin ?

— « Un officier. Peut-être une flic. À vos rangs, fixe ! »

— C'est ça. Et Pak, qu'est-ce qu'il a crié au moment où l'assassin lui a tiré dessus ? Qu'est-ce qu'elle disait, Sveta ?

— Le Coréen a tout simplement crié : A-ï-ï !

Toura serra la main de son ami de toutes ses forces.

— Le Coréen a crié : Gaï ! GAÏ ! La milice des routes ! Il a reconnu l'assassin : Ziat.

Extraits de journaux :

« Une dépêche de Tass

Un nouvel équipage international est sur orbite. Le

23 juillet 1980, à 21 heures et 33 minutes heure de Moscou, un nouveau vaisseau spatial, Soyouz-37, a décollé depuis l'Union Soviétique. Le vaisseau est piloté par un équipage international, composé du commandant Victor Gorbatko, deux fois héros de l'Union Soviétique, et du cosmonaute chercheur Fam Tuan, héros de la République socialiste du Viêt-nam. La santé des cosmonautes est satisfaisante, les systèmes à bord fonctionnent normalement. L'équipage du Soyouz-37 a commencé l'exécution du programme de vol. »

L'Automotrice quitta l'ombre des arbres et s'élança dans l'avenue.

Toulkoun Asimov se balançait de gauche à droite sur la banquette arrière.

— Tu n'as pas peur, de rouler comme ça? demanda-t-il à Silov.

Celui-ci sourit et gratifia Toulkoun d'un clin d'œil dans le rétroviseur.

— Monsieur Toulkoun, il y a beaucoup de choses dont on devrait avoir peur.

Toura lui donna un léger coup de coude.

— Ne te laisse pas distraire. Allons à la Direction.

La lumière bleue des réverbères avait du mal à pénétrer l'épais bouquet d'arbres qui cachait les fenêtres. À Moubek, comme toute ville méridionale, la nuit tombait brusquement et sans espoir de retour. Sur le Grand Échangeur, créé pour absorber un gigantesque trafic, ils ne croisèrent que deux ou trois voitures. Silov tourna à droite et, par les rues adjaçantes, ils roulèrent rapidement vers la Direction.

— Je vais monter chez le général, dit Toura, pour faire

une déclaration officielle. Il n'a pas le choix : il sera obligé de prendre une décision.

— Comme te l'a si bien fait comprendre monsieur Inoïat, rétorqua Silov, il y a toujours deux solutions.

— Je sais bien, convint Toura, mais si je parviens à mettre la main sur Narijniak, je me débrouillerai pour qu'Ergachev n'en ait qu'une seule.

Des voitures opérationnelles stationnaient sur le parking, des gens traînaient devant l'entrée éclairée.

Toura sauta de l'Automotrice :

— Si je ne suis pas de retour dans une demi-heure, filez à Darvaza. Vous déciderez sur place.

— Tu as pensé à tout ? demanda Silov. Peut-être que la visite à nos chefs ne s'impose pas ?

— Elle s'impose ! Si on ne veut pas se retrouver en taule dès demain.

— Vas-y, alors. Merde…

Toura monta les marches en courant. Il régnait, dans le hall, une atmosphère de confusion, inhabituelle à cette heure tardive, les gens, tout excités, couraient dans tous les sens, se cognant les uns aux autres. Seul, Khaliaf le boiteux se tenait immobile, comme un pieu au milieu du désert. Toura lui tapota l'épaule et demanda :

— Toujours en vie ?

Khaliaf le regarda comme s'il le voyait pour la première fois et articula lentement :

— Hélas, bien que ça n'ait aucun sens.

Puis il fixa, par-dessus la tête de Toura, quelque chose dans la profondeur verte de l'aquarium, quelque chose qu'il ne pouvait raconter et dont l'évocation seule était effrayante.

Toura suivit son regard et vit plusieurs personnes en train de gesticuler fébrilement. Il s'approcha de l'aquarium et recula devant le spectacle : les poissons tropicaux flottaient ventre à l'air, les nageoires et les queues pendouillant comme de vieux chiffons sales. Le dernier survivant respirait douloureusement et se cognait contre la vitre épaisse. Des fragments brun-noir d'une matière indéterminée flottaient à la surface de l'eau.

— Qu'est-ce que c'est ? demanda, sidéré, Toura.

— Du kouknar. Une drogue. Tu connais ? répondit Khaliaf avec une voix pleine de souffrance.

— Du kouknar ? s'étonna Toura. Comment est-il tombé là-dedans ?

— C'est moi, répondit Khaliaf sur un ton lugubre.

L'étonnement de Toura allait en grandissant.

— Toi ? Où as-tu trouvé du kouknar ? Qu'est-ce que tu as fait ?

Khaliaf se tut longuement puis parla douloureusement :

— Je t'ai toujours considéré comme la personne la plus convenable, ici. Je voulais te dire… J'aurais dû depuis longtemps mais je n'en ai pas eu la force. Tu voulais savoir qui a envoyé Pak dans ce café où il a été tué.

Toura agrippa Khaliaf par la manche :

— Tu le connais ?

— Oui. Ergachev savait que Pak était parti là-bas.

— C'est impossible. Où as-tu été cherché ça ?

— Ce jour-là, Pak était sur le point de partir quand le général m'a téléphoné pour me dire d'aller le rattraper. J'ai couru après, il était déjà en train de monter dans sa voiture, et il a parlé avec le général.

— De quoi ?

— Je ne sais pas, je n'ai pas écouté. Mais le général connaissait la destination de Pak.

Toura était abasourdi.

— Pourquoi tu n'as rien dit avant ? Pourquoi aujourd'hui ?

Sans lever la tête, Khaliaf dit, sur le ton d'un homme pour qui plus rien n'a d'importance :

— Parce que c'est aujourd'hui que j'ai empoisonné les poissons du général avec le kouknar que j'ai trouvé chez mon petit-fils. Ils en ont fait un drogué et un dealer. Qu'ils soient tous maudits !

Khaliaf tourna les talons et se dirigea vers sa guérite en boitillant.

— Où est Ergachev ? cria Toura.

— Il est sorti en début de soirée.

La porte d'entrée laissa passer un groupe d'officiers. Toura, ne désirant parler à personne, se dirigea prestement vers l'escalier, monta au premier et tendit l'oreille. Puis il longea le couloir silencieux et frappa à la porte du bureau occupé par le juge des affaires spéciales.

— Vous permettez ?

Narijniak était sur le point de dîner : une bouteille de lait caillé, des tomates, des herbes et une galette de Moubek dans une assiette étaient posés au milieu du bureau, à côté d'une cuillère en argent usée et d'une serviette blanche. Narijniak avait déboutonné le col de sa chemise.

— Qu'est-ce qui se passe ?

Narijniak était manifestement mécontent.

— Je suis venu faire une déclaration officielle. Mon adjoint, le major Pak, a été tué au café Tchiroïli par l'ancien inspecteur de la Gaï, Ziat Adylov. Il est possible que Ziat ait des liens avec les trafiquants de drogue, en particulier avec Souvone Akbarov. Et le problème dont nous avons tant parlé, la raison pour laquelle Pak n'a prévenu personne avant de partir, est très simple : Pak a mis au courant le général Ergachev, le chef de la Direction lui-même, qu'il se rendait au rendez-vous avec Sabirdjon.

Narijniak clignait des paupières d'un air abasourdi. Son

regard bleu exprimait la surprise absolue. Après s'être difficilement ressaisi, il demanda enfin :

— Qu'est-ce qui vous fait dire cela ?

— J'ai des témoins. Qui déposeront au moment venu, lors de l'instruction et, après, pendant le procès. Ce n'est pas la peine de s'embarrasser de paperasse, il faut partir aujourd'hui même pour Darvaza. C'est là-bas que se trouve certainement l'atelier clandestin qui fabrique le cognac. Et c'est de là-bas aussi que part la drogue.

— Pourquoi aujourd'hui ? demanda Narijniak, soupçonneux.

— Parce que j'ai des raisons de penser que d'ici à demain matin ils auront effacé toutes les traces. Je vous demande de prendre des mesures nécessaires. Demain, il sera trop tard.

— Et pourquoi devrais-je vous croire ?

— Parce que vous n'avez pas le choix. Je répète, demain, il sera trop tard, et vous ne vous le pardonnerez jamais si vous voulez continuer à vous considérer comme un honnête homme. Demain, les bandits et les assassins triompheront et moi, j'irai en prison.

— Je dois vérifier vos déclarations, annonça sèchement Narijniak.

— Vérifiez tant que vous voudrez, mais n'oubliez pas : si je n'arrive pas à vous parler demain, souvenez-vous de tout ce que je vous ai dit. Vous pourrez obtenir les témoignages de Toulkoun Asimov, milicien retraité, et de Khaliaf. Toulkoun Asimov donnera les autres noms. Je n'ai plus le temps de vous parler. Dernière question : avez-vous pris un échantillon des bouteilles cassées chez Yakhiaïev ?

— Oui. J'ai déjà arrêté Yakhiaïev, dit Narijniak, comme si ça allait de soi. Ce n'est plus un obstacle.

— N'oubliez pas que même dans une cellule il se sent comme chez lui. Il aura la télé et le téléphone et continuera à diriger ses réseaux.

Narijniak fit une grimace mais ne montra pas sa déception : ceux de la criminelle sous-estiment toujours les « spécialistes » de la procurature, et ils ont tort !

— Yakhiaïev ne se trouve pas à Moubek…

En recevant la chiquenaude, Toura, bizarrement, éprouva de la satisfaction : le juge connaissait son affaire.

— Le cognac trouvé chez Yakhiaïev est vraisemblablement fabriqué à Ak-Sou, près de Darvaza, dans une usine de fumage de poisson, autrefois usine de boissons non alcoolisées. On l'aperçoit de loin, grâce à sa cheminée. Venant d'ici, on ne peut y accéder que par le Pont-d'Or !

— Je prendrai les mesures nécessaires, avança prudemment Narijniak.

Toura agita la main et sortit. Dans le couloir, il tomba nez à nez avec Soatov.

— Oh, s'exclama celui-ci avec joie, quand on parle du loup… Je te cherche dans toute la ville et toi, tu te caches.

— Je n'ai nul besoin de me cacher, dit Toura.

— Viens dans mon bureau, j'ai à te parler.

— Ikram, je n'ai pas le temps de te parler maintenant, dit Toura en faisant mine de continuer son chemin, mais Soatov le saisit par le bras.

— Non, mon cher, il n'y a pas d'affaire plus urgente. Je ne parle pas en ancien collègue mais en tant que procureur chargé du contrôle de l'instruction. Entre, je t'en prie.

Il ouvrit la porte et laissa Toura pénétrer en premier dans le bureau étouffant. Soatov n'y travaillait pas mais en gardait la jouissance le temps de l'instruction.

— Assieds-toi. Tu te souviens de ce qu'écrit Babel ?

Quand le commissaire dit de s'asseoir, il est gênant de rester debout.

Il alla à son bureau, tira le tiroir du haut et jeta un coup d'œil à l'intérieur.

« Une arme, pensa Toura en s'asseyant. Il se méfie de moi. »

— Quelle chaleur ! dit Soatov, en approchant la tête du ventilateur. Pas de répit, même le soir.

Son visage conservait une expression contrite et affligée. Toura songea qu'il aurait du mal à établir une fiche signalétique de ce bel homme. Et même s'il y parvenait, personne ne reconnaîtrait Soatov : sa beauté était moyenne.

— Tu m'as l'air bien pensif, Ikram...

Soatov répondit, mi-fielleux mi-ironique :

— Parce que toi, Khalmatov, tu nages dans le bonheur ?

— Je n'ai pas tes problèmes.

— Tu as assez des tiens. Et je crois qu'ils sont plus sérieux que les miens !

— C'est ce que tu crois, Ikram.

— Je ne crois rien.

Soatov prit dans le dossier un formulaire rempli, l'acte d'accusation.

— Je suis obligé de te mettre au courant.

— Toujours cette histoire de moteur ! Une vieille histoire. Tu n'as pas honte, Ikram ? Ne me dis pas que tu ignores ce qui se trame !

Toura parcourut le document, émaillé de clichés habituels : « abus de pouvoir », « ...obligé le milicien-chauffeur », « ...causant un préjudice considérable ». Toura reposa le formulaire. La joyeuse bienveillance avec laquelle il avait accueilli la cuisine procédurière de Soatov s'évanouit brusquement.

— Tu reconnais les faits ? demanda sèchement Soatov.

— Comment ta bouche peut prononcer de telles paroles, voilà ce que je ne comprends pas. Tu sais tout aussi bien que moi que c'est un mensonge, du premier au dernier mot !

— Ne raisonne pas, cria Soatov. Je te demande : plaides-tu coupable ? Tu as compris l'acte d'accusation ?

— Je l'ai compris. Je le récuse.

D'une voix officielle, Soatov déclara :

— Je dois vous interroger en tant qu'accusé...

— Ce ne sera pas nécessaire. Recopie ma déposition en tant que témoin. Je n'ai rien à ajouter, aucune remarque. Je le signe quand tu veux. Et là – Toura saisit le formulaire et sortit son stylo –, j'écris : « Je récuse ». Et je signe. Voilà.

Soatov fit une pause grave et conclut d'un ton préoccupé :

— Il ne reste plus qu'à décider...

Toura fixait Soatov, devinant mot pour mot ce qu'il allait dire.

— ...Des mesures de coercition afin d'écarter l'accusé de l'instruction en cours, compte tenu de sa personnalité...

Toura l'interrompit :

— Justement ! Compte tenu de ma personnalité et de mon passé irréprochable, comme la loi l'exige. Compte tenu de ma position au sein du Parti...

— La question de ta position au sein du Parti sera réglée dès aujourd'hui. On t'emmène au comité régional.

— On m'emmène ?

— Oui, on t'emmène.

Et, pour la première fois, Soatov se permit de manifester son triomphe. Ses yeux vifs se mirent à briller, le rouge lui monta aux joues. Toura ne l'avait jamais vu dans cet état : une escalope jubilante.

— Parler avec toi n'a aucun sens, dit Toura. Tu n'es pas un être humain. Tu es un cadavre. Tu as des yeux de verre, une glotte en contreplaqué et un cœur de pierre.

Soatov se pinça les lèvres.

— On va t'emmener au comité régional. Tu vas rendre ta carte, je sais que tu l'as sur toi. J'ai pris la décision de te garder sous escorte. Compte tenu de la fonction que tu occupais autrefois au sein de la milice. Traitement spécial. Tu es d'accord ?

Bien que Toura eût su à l'avance ce que lui disait Soatov, le sang reflua de son cœur.

— Tu t'es quand même résolu à m'arrêter ?

— Je ne me suis pas résolu, je t'arrête.

Il décrocha le téléphone interne :

— Soatov. Envoyez-moi une escorte. Je lui expliquerai.

Il n'avait pas déjà raccroché que Toura se penchait par-dessus le bureau, saisissait dans le tiroir à moitié ouvert le pistolet de Soatov et le pointait sur Ikram.

— Haut les mains ! Je n'ai pas le temps de répéter... Vite !

Soatov pâlit. Le récepteur dans sa main sonnait occupé. Il leva les bras.

— Contre le mur ! Par ici ! Vite ! Je n'ai pas le temps...

Soatov fit un pas sur le côté, comme sous hypnose. Toura tirait sur le fil du téléphone, qui ne cédait pas. Alors, avec son canif, il entailla le plastique qui dévoila ses entrailles cuivrées.

— Ça va te coûter cher, râlait Soatov. Insubordination

à un représentant de la justice… Contrainte… Le pistolet… C'est le peloton d'exécution !

— Et inculpation d'un innocent notoire ? Arrestation illégale, qu'est-ce que c'est ?

Des pas résonnèrent dans l'escalier. Toura intercepta le regard de Soatov.

— Écoute-moi attentivement. Tu me connais. Je ne parle pas pour ne rien dire. Je vais t'enfermer. N'avise pas de t'approcher de la fenêtre ou de crier. Si tu prononces le moindre petit mot, je te tue, espèce de vendu. Tiens-le-toi pour dit.

Il mit le pistolet dans sa poche, sortit du cabinet et ferma la porte à clef. Il était temps, car l'officier de garde, un vieux de la vieille, accompagné d'un jeune milicien, venait à sa rencontre dans le couloir. La vision d'un Toura marchant calmement leur causa un léger choc.

— Camarade lieutenant-colonel…

L'officier de garde était confus.

— Je viens d'avoir un coup de fil de l'adjoint du procureur…

— Je sais, dit Toura.

Soatov ne faisait pas un bruit, la cabinet était silencieux.

– Nous avons encore une masse de questions à régler. Allez attendre Soatov dans l'antichambre du général.

— Parfait, dit le vieux milicien, soulagé. Il sortit un mouchoir de sa poche et s'épongea le front. Allons-y, Aziz.

La voie était libre. Dans le hall, près de l'aquarium, quelques officiers étaient massés autour de Nazratkoulov, furieux mais mort de peur, qui expliquait ce qui arriverait lorsque le général Ergachev serait de retour. Quelqu'un héla Toura mais il continua son chemin sans s'arrêter. Les étoiles, piquées bas dans le ciel d'Asie, brillaient dans la nuit étouffante. Le feuillage desséché des arbres bruissait mollement. L'Automotrice, cachée derrière les voitures de patrouille, surgit sans bruit.

— Je croyais que tu ne reviendrais plus, chuchota Silov après que Toura fut monté dans la voiture. Toulkoun Asimov dormait en silence sur la banquette arrière.

— On se casse ! dit Toura et au même moment un vacarme se produisit au premier étage : Soatov, sentant que la menace s'était éloignée, tentait de casser la porte de son bureau.

— ...Et en vitesse !

L'Automotrice décrivit un arc de cercle autour du monument au Père-Fils-Guide, sauta en mugissant sur le Grand-Échangeur et déboucha sur la longue route déserte.

— Ça ne leur est pas venu à l'idée, de bousiller l'Automotrice ? Ou de la piquer ? pensa Toura à voix haute.

Silov éclata de rire :

— Je l'avais prévu. Ça fait trois nuits que je dors dans la voiture, la lumière allumée. Tirer la bagnole avec moi dedans, c'est un peu compliqué...

— Ça arrive, intervint Toulkoun Asimov depuis la banquette arrière. Il y a une vingtaine d'années, une bande avait attaqué une patrouille et volé la voiture. On nous a proposé de prendre un blindé et d'aller les coincer avec un bataillon de tireurs d'élite dans le village. Alors le général Ergachev, qui était capitaine, a dit : « Pas la peine, on va les cueillir tous les deux, Toulkoun et moi. » Et voilà, on les a cueillis...

Silov jeta un coup d'œil à l'arrière :

— Eh bien, monsieur Toulkoun, si aujourd'hui le général s'avisait de venir me cueillir, il n'y arriverait pas.

— Et pourquoi Ergachev ferait-il une chose pareille ? s'étonna Toulkoun. Tu es l'un des nôtres.

— Tu parles. L'un des nôtres parmi les autres.

Ils entendirent le bruit puissant d'un moteur.

— On s'est plantés, remarqua Toura.

La voiture les rattrapait rapidement. Silov leva le pied de l'accélérateur. Le poursuivant ne chercha pas à les dépasser et resta à environ trois cents mètres derrière eux. Toura tenta de voir quelque chose par la lunette arrière mais ne récolta que la lumière aveuglante des phares.

— Ils surveillent l'Automotrice et transmettent notre itinéraire par radio.

— Ce n'est rien, dit Silov, essayant de le calmer. Commençons par sortir de la ville, nous réglerons ça plus tard… Et voici ma botte secrète.

Silov accéléra brutalement et se colla aussitôt contre le trottoir.

— Regarde maintenant !

Le gouffre noir de la rue vomit la Moskvitch haletante de la milice avec les armoiries sur la portière et l'antenne sur le toit.

— 13-47 ? demanda Silov.

— Elle-même.

— Roulons comme ça jusqu'à la sortie la ville.

Silov se tourna vers Toura.

— Allez, au rapport ! Cette pénible attente nous a consumés.

— Les nouvelles sont exceptionnelles. Narijniak a arrêté Adyl Yakhiaïev.

— Adyl ? Voyez-vous ça. Mon Dieu, l'attente était pénible mais le coup en valait la peine.

— Pas sûr que le coup frappe la bonne tête, dit Toura.

— Allez, arrête avec ça, dit Silov. Le fait même est important : Yakhiaïev a été arrêté. Bravo, le juge, bravo, mon petit Narijniak ! Le voilà en train de creuser la tombe pour tous les gars de l'Obchépite ! Pour Rakhmatoulla Youldachev ! Adyl est son bras droit. Tu comprends ce que cela veut dire ? Rakhmatoulla est un ami du général. Vieille branche ! Ça fait combien de temps qu'ils jouent aux cartes, tous les deux ? Ils ont débuté ensemble, dans la région.

La Moskvitch gardait toujours sa distance avec l'Automotrice, sans s'approcher ni perdre du terrain.

Toura dit avec un sourire crispé :

— Je ne sais pas ce qu'il adviendra de Youldachev, moi, en tout cas, je suis en état d'arrestation.

— Dans quel sens ?

— Dans le sens commun. Soatov a délivré un mandat.

— Et alors ?

— Et alors rien. Je l'ai enfermé dans son bureau et me voilà en votre compagnie.

— Eh bien ! Sur le plan formel, Soatov a raison : tu gênes l'instruction. Qui sait si tu ne vas pas disparaître.

— Notre temps est révolu, dit Toura sur un ton de dépit. Quelques heures encore, et c'est le matin. Si on ne les pince pas cette nuit, vous m'apporterez des oranges.

D'un signe de tête, Silov désigna la Moskvitch :

— À quel endroit veux-tu qu'on les sème ?

— Sur la Vieille Route. Il y a des coins très bien.

Toulkoun s'agitait sur sa banquette :

— Il y a une chose que je n'arrive pas à comprendre. Ceux qui nous suivent, là-bas, qui leur en a donné l'ordre ? Et que vont-ils raconter à l'officier de garde ?

— Rien, répondit Toura en se tournant vers lui. La mission n'est même pas enregistrée au garage central, je suppose. Au cas où, ça leur donne un alibi en béton.

— C'est du propre, dit le vieux en hochant la tête.

Les étoiles pendaient dans le ciel pur comme des

loupiotes de bar. Sur le côté de la route, les affiches apparaissaient, pour aussitôt replonger dans le noir : « Moubek salue les conducteurs disciplinés », « Il est interdit de traverser la ville », « Ok noul ! Bon voyage ! » L'Automotrice roula pendant encore deux kilomètres, puis Silov, sans mettre le clignotant, tourna brusquement sur la droite et déboucha à vive allure sur une impeccable route de terre battue. De chaque côté, partaient de petits chemins de terre. Quelques instants plus tard, les phares de la Moskvitch apparurent derrière eux.

— Fonce, Silov. C'est leur dernière occasion pour effacer les traces du cognac. Si on arrive à les court-circuiter, Narijniak aura moins de problèmes pour s'entretenir avec Yakhiaïev.

— Quel culot, ce Narijniak !

La joie de Silov se mua en préoccupation.

— Est-ce qu'il sait sur qui il a osé lever la main ? C'est Moubek, quand même. Pas une région comme une autre, mais la patrie du Père-Fils-Guide ! Rakhmatoulla Youldachev est son cousin éloigné, ou quelque chose comme ça. Ils jouaient ensemble au village, quand ils étaient gamins.

— On verra bien, l'interrompit Toura. Tu ne devrais pas tourner ? Roule une vingtaine de bornes à travers la steppe : c'est un coin perdu, personne ne vient jusque-là. Tu feras du slalom plus tard.

L'Automotrice traversa à toute allure un village endormi. La steppe, quadrillée par le réseau compliqué des routes, déroulait sa nappe immense. La montagne n'était pas loin. Bien qu'on ne l'aperçût pas encore, son souffle était déjà perceptible. Silov gardait la même vitesse. Les arrêts d'autocar déserts surgissaient et disparaissaient aussitôt, happés par l'obscurité.

— Ils nous rattrapent, dit Toura, ils ont dû recevoir des instructions.

Les phares se rapprochaient. Sur le toit, le gyrophare bleu se mit à tournoyer.

— Je crois qu'ils veulent qu'on s'arrête, dit Silov, en levant le pied. Quelque chose à nous dire, peut-être ?

Silov roulait doucement sur le côté de la route. La Moskvitch accéléra, dépassa l'Automotrice d'une demi-longueur et se colla contre son flanc. Le sergent au visage écrasé regardait droit devant lui. À l'arrière, Toura aperçut le bouc de son jeune acolyte qui commença à baisser sa vitre. Toura eut le temps de crier à l'attention de Silov :

— Tourne !

Le bouc sortit la crosse de son fusil par la vitre mais les cahots de la voiture sautant sur les dos-d'âne l'empêchaient de viser. Silov tourna brusquement le volant et l'Automotrice faillit se retourner, ce qui sauva la vie à ses habitants. Une détonation retentit et la balle, après avoir traversé l'habitacle, alla fracasser le rétroviseur. Une deuxième balle brisa la vitre arrière.

— Monsieur Toulkoun, couche-toi, cria Toura en même temps qu'il se courbait.

Silov écrasa la pédale du frein et la Moskvitch fit un bond en avant, comme projetée par le recul du fusil. Silov accéléra puis freina de nouveau, en tordant le volant à droite. La voiture tourna sur elle-même.

— Fonce ! hurla Toura.

Comme la pierre lancée par la fronde, l'Automotrice bondit vers la grande route. La Moskvitch s'arrêta, fit demi-tour et, après avoir patiné quelques instants dans le sable, se précipita à leurs trousses. Toulkoun Asimov, couché sur la banquette arrière, eut un rire inattendu :

— Dis donc, toi, tu conduis comme un homme qui aurait rencontré sa propre mort qui ne l'aurait pas reconnu.

Toura le regarda avec étonnement : le petit visage bronzé ou vieux n'exprimait rien qui ressemblât à de l'effroi ou à de l'inquiétude.

— Il faut croire, Toulkoun, que tu appartiens à une autre école, dit-il en hochant la tête. Nous sommes morts de trouille, Silov et moi, et toi, rien à battre.

La voiture sautait dans les fondrières. Les arbres peints en blanc ressemblaient à une bobine de tissu qui se dévidait tout le long de la route déserte. Ils gravirent une colline.

— Personne en face, comme un fait exprès, fit Toura. Ils n'oseraient pas tirer…

De nouveau sur terrain plat, la Moskvitch les rattrapait.

— Dites, les gars, demanda Toulkoun, qui vous avez dérangés ? Qui les envoie ?

— Je ne sais pas, répondit Toura. Peut-être une machination de monsieur Inoïat. Avec ses deux solutions…

— Pourtant, nous ne sommes pas cités comme témoins dans l'affaire de son fils, observa Silov.

— Justement. S'ils nous laissaient morts sur cette route, nos accusations disparaîtraient avec nous. Personne n'irait chercher ce vieil Inoïat qui a consacré sa vie à tant de juristes éminents.

La route tournait, la montagne n'était pas loin. Et dans la montée, le moteur trafiqué de la Moskvitch prouva sa supériorité sur l'Automotrice : les phares s'approchaient.

— Ne bouge pas, Toulkoun, recommanda Silov, reste couché sagement.

— Fiston, je suis un vieil homme, maintenant, j'ai honte de me planquer de ces assassins. Dieu reconnaîtra les siens…

Toura l'interrompit :

— Un vieux milicien a d'autres espoirs que Dieu.

— Bien, dit Silov, préparez-vous. C'est le clou de mon spectacle.

Dès que l'Automotrice fut cachée par un virage en épingle à cheveux, Silov freina. Une baraque de chantier barrait le côté droit de la route; après, il n'y avait plus que le précipice. Silov éteignit les phares et s'arrêta entre le rocher et la cabane, bouchant complètement la route. Le brouhaha du moteur de la Moskvitch approchait. La nuit s'illuminait peu à peu et, une seconde après, la Moskvitch surgit de derrière le rocher. Les freins crissèrent, Silov alluma les phares, passa la première et sortit doucement de son in-terstice. Le chauffeur de la Moskvitch, celui qui n'était jamais fatigué, n'avait plus le temps de réfléchir. Il n'avait qu'une chance : passer à toute vitesse sur le bas-côté, l'Automotrice et la cabane de chantier lui barrant la route. Il tourna le volant à gauche et la voiture resta suspendue au-dessus du précipice, la roue arrière droite arrachant des morceaux de terre et des cailloux. Après avoir balancé un court moment, le capot s'éleva et la Moskvitch se renversa en arrière. Dans la lumière des phares, on la vit dévaler la pente et se briser comme une coquille d'œuf au premier rocher rencontré : les roues, le moteur, les morceaux d'habitacle roulaient pêle-mêle, un corps fut éjecté. Les parties métalliques s'écrasaient dans un bouquet d'étincelles bleues, les phares s'éteignirent et, après le silence qui suivit le bruit sourd de la carcasse arrivée en bas, la flamme rouge-bleu jaillit du réservoir et le précipice se colora de pourpre. Une seconde plus tard, le feu consumant le revêtement éclaira les environs. Toura, Silov et Toulkoun, penchés au-dessus du précipice, regardaient partir en fumée ce qui avait été un instant auparavant la voiture de patrouille 13-47 et son équipage. Toulkoun hocha la tête et dit :

— Comme disaient les vieux de mon village, « celui qui prit haine pour vêtement, jalousie pour ceinture, vengeance pour bottes et fureur pour chapeau, celui-là court après sa mort… ».

L'Automotrice coupait les virages en grondant. La ligne discontinue n'était qu'un long ruban blanc. Quelques kilomètres avant Darvaza, ils rattrapèrent une caravane de camions, pare-chocs contre pare-chocs, qui rendaient le dépassement malaisé. Silov cherchait les interstices, lançant brusquement l'Automotrice tantôt en avant, tantôt à gauche, tantôt à droite, et gagnait les kilomètres. C'est à peine, semblait-il à Toura, si, dans les virages, l'aile arrière ne frottait pas contre la barrière de protection. Les branches de mûriers noires de poussière et de gaz d'échappement avançaient au-dessus de la route. Ils franchirent le col ; le Pont-d'Or n'était plus qu'à un jet de pierre. Toulkoun demanda qu'on arrêtât la voiture.

— Écoutez-moi, les garçons. On ne fera rien de bon tout seuls. J'ai l'impression qu'on est dans une belle mouscaille. Les camions qu'on a dépassés tantôt vont sûrement jusqu'à Ourtchachma. On va les attendre, je partirai avec eux et j'essaierai de rassembler le plus de monde possible. Avec des fusils de chasse, s'il le faut. Je demanderai à Faïzybaïev, par exemple, c'est un bon gars.

Toura l'interrompit, impatient :

— Et comment ferons-nous pour nous parler ?

— Allez jusqu'à Ak-Sou. Les routes forment un triangle, on ne peut pas éviter le Pont-d'Or. Il y a un téléphone à l'usine, j'attends ton appel et je vous rejoins. On se retrouvera au pont. Quoi qu'ils inventent, ils ne pourront pas ne pas passer par là.

— Le vieux a raison, approuva Silov.

— Je crois que nous n'avons pas d'autre issue, dit Toura.

Le camion de tête apparut bientôt. Silov écarta les bras, fit stopper la colonne, parla rapidement avec le chauffeur et agita la main :

— Toulkoun, viens, on t'attend.

Le vieux serra Toura sur sa poitrine :

— Bonne chance, fiston.

Une minute plus tard, les feux arrière du dernier camion disparurent dans la direction d'Ourtchachma. Toura et Silov montèrent dans l'Automotrice. Silov se frotta les mains après avoir craché dedans :

— À la grâce de Dieu !

Il tira sur le starter et la voiture s'élança dans la nuit. Un quart d'heure plus tard, ils arrivaient au Pont-d'Or.

Le pont avait son air pitoyable habituel. Le revêtement, imprégné de créosote, semblait conserver les traces des centaines de milliers de pneus qui l'avaient foulé.

— Et maintenant, tais-toi et reste tranquille, dit Silov en s'engageant sur la Vieille Route.

— Regarde bien. Il ne faut pas rater l'usine de fumaison à l'entrée d'Ak-Sou. Si seulement le Grand Coréen était avec nous…

Extraits de journaux :

« Le grand voyage

Vladimir Sémionovitch Vyssotski est décédé subitement. Le théâtre, aujourd'hui, a pris le deuil. Sur la scène, sur un haut piédestal, repose le cercueil avec le corps de Vyssotski, au milieu de couronnes envoyées par le ministère de la Culture de la Russie, l'Union des cinéastes de l'URSS, le collectif du théâtre de la Taganka et ceux des autres théâtres de la capitale, les établissements culturels, les proches et les amis de l'artiste. Un office laïque a été célébré. V. S. Vyssotski est enterré au cimetière Vagagnkovo. »

L'usine de fumage de poisson – quelques baraques courtaudes – n'était pas visible depuis la route et l'Automotrice eût très bien pu la manquer si la haute cheminée, plantée au milieu d'un terrain-vague, n'avait pas dépassé au-dessus de la palissade. Toura et Silov descendirent de voiture.

— Par ici, dit Toura, éclairant le chemin avec une lampe de poche découverte dans l'Automotrice. – Seulement il semble que ceux que nous cherchons se soient fait la paire.

La petite entrée semblait désertée, sans enseigne ni poignées de porte. Le portail était fermé.

— Passons de l'autre côté.

Silov approcha l'Automotrice de la palissade.

— Éclaire-moi un peu, Toura.

La balle avait laissé une trace le long du capot, la vitre arrière était brisée.

— Je me demande avec quoi il a tiré. Salaud ! Où je vais trouver un pare-brise arrière, moi ?

Prenant appui sur le pare-chocs, Toura grimpa sur le coffre, puis sur le toit et tendit la main à Silov. De là, ils sautèrent par-dessus la palissade. Il s'arrêtèrent un instant et marchèrent sur la route goudronnée, en se retournant souvent.

La cour de l'usine était sale et abandonnée, avec, au milieu, les bâtiments bas de l'usine aux murs de brique autrefois peints et maintenant complètement écaillés et, longeant la palissade, les locaux auxiliaires aux portes cadenassées, dont il était impossible, dans le noir, d'identifier la fonction.

— Faisons le tour, quand même, dit Toura.

À la lumière de la lampe de poche, ils découvrirent, dans un recoin de la cour, un agrégat indéterminé, rappelant par sa forme une machine à asphalter, mais dont certaines pièces faisaient davantage penser à un lave-linge.

— Une machine à laver les bouteilles, devina Toura, héritage de l'usine des boissons non alcoolisées.

À côté de l'agrégat, ils aperçurent une niche de chien. La lourde chaîne, accrochée à la niche, se perdait derrière la palissade. Un peu plus loin, ils découvrirent un gros chien poilu, qui ne bougea même pas la tête au bruit de leurs pas. Toura et Silov se penchèrent : la gueule du chien baignait dans une flaque de sang.

— Ils sont déjà venus.

Silov désigna une courte barre de fer, qui traînait par terre à quelques pas. Le sol était barbouillé de peinture verte. Une voiture, sûrement un poids-lourd, en faisant demi-tour, avait renversé le bidon avant de l'écraser contre le mur de l'entrepôt. La peinture, encore fraîche, continuait à se déverser. Le poids-lourd venait de partir. Toura ouvrit la porte du dépôt et une forte odeur d'alcool leur chatouilla les narines. Toura éclaira l'intérieur et ils découvrirent l'atelier clandestin où était fabriqué le cognac.

Des caisses étaient rangées de chaque côté de la chaîne de fabrication, dans lesquelles étaient entassées des étiquettes aux couleurs vives, censées frapper l'œil et l'esprit : « Cognac géorgien, vieilli en fût. Durée limite de conservation : 5 ans. »

Empilés dans d'autres caisses, les bouchons, achetés en gros, étincelaient de peinture synthétique. Au bout de la chaîne, sur quatres tables, reposaient les appareils électriques à boucher les bouteilles.

— Une véritable usine ! s'exclama Silov. Mais vidée de sa production.

Ils n'avaient pas le temps d'échafauder des hypothèses. Khalmatov empocha quelques étiquettes.

— On y va? demanda Silov.

— Il faut téléphoner.

Les bureaux occupaient une sombre baraque basse. Toutes ses portes, de modèles différents, étaient clouées de planches. Il était facile de comprendre que le local avait été refait à plusieurs reprises en fonction des changements survenus à l'usine.

— Où vont-ils chercher la matière première? grogna Silov. Pas d'étang dans les parages.

L'une des portes céda et Toura et Silov pénétrèrent à l'intérieur. Des châssis puant le poisson fumé étaient posés sur des chariots; des pancartes accrochées le long du mur carrelé expliquaient en détail comment boucher les bouteilles de boissons non alcoolisées. Tout au bout de l'atelier, les chambres froides étaient protégées par des portes carrées.

— Par ici.

Toura avait trouvé les bureaux.

Le téléphone était posé sur une pile de dossiers et de factures froissées.

— Fais le 5 ou le 8, pour sortir, souffla Silov. Khalmatov composa le 5 et puis – Silov ne s'était pas trompé – le numéro de Toulkoun. Après une série de longs signaux, il entendit la voix du vieux milicien, comme s'il se trouvait à côté :

— J'écoute.

— Toulkoun, c'est Khalmatov. Nous sommes à Ak-Sou. Il y ici en effet un atelier clandestin. Toute la production a été évacuée. Il y peu de temps de ça : nous n'avons rencontré personne en venant.

Toulkoun réfléchissait à toute vitesse :

— Ils ont pris un autre chemin. Vous les avez croisés sans les voir, au niveau de la fourchette, entre le Pont-d'Or et Ak-Sou. Vous pouvez les rattraper, ils ont emprunté la route la plus longue, celle qui est goudronnée, pour ne pas risquer de casser les bouteilles.
— Tu dis qu'on peut les rattraper ?
— Retournez au Pont-d'Or : ils ne pourront pas vous éviter. Moi, j'arriverai avec les gars par la route d'Ourtchachma. On fermera la marche, en quelque sorte.

On eût dit que Silov poussait l'Automotrice au suicide et que celle-ci résistait, manifestant une étonnante vitalité. Dans les épingles à cheveux, les roues arrière s'accrochaient au haut du virage le temps que celles de devant tâtent la terre ferme. La voiture était ballottée de tous côtés, mais gardait sûrement son centre de gravité, ce qui l'empêchait de se retourner.
— Tu comprends quelque chose ? hurla Silov.
— Je pense que oui.
— Explique. J'ai peur de mourir idiot.
Ils roulaient dans un noir complet. Les bornes blanches, telles des dents en plastique, jonchaient le bord de la route, avec de grands espaces entre elles. La mâchoire de la route avait besoin d'un bon dentiste.
— Souvone et Ziat Adylov, l'ex-inspecteur de la Gaï, trafiquent de la dope. C'est le fils d'Inoïat qui transporte l'opium. Peu de monde, à part Souvone et Ziat, est au courant. Même Khamidoulla Nassyrov, habitant selon son humeur tantôt un palais tantôt une pauvre masure, qui nous a proposé de constituer un syndicat criminalo-policier. Yakhiaïev, Chamil et Ravchan, qui leur mange dans la main, pensent que le fils d'Inoïat ne s'occupe que de cognac truqué. Ainsi, Souvone et Ziat font leur commerce dans leur dos.

— C'est une hypothèse, cria Silov, lançant l'Automotrice dans une vrille.

— Je pense que c'est Ziat qui a tué Sadyk Zakinov il y a huit ans. Sadyk avait arrêté une voiture et commençait à la contrôler. Et voilà-t-y pas que surgit Ziat, un pote de la Gaï. Sadyk n'aurait jamais laissé approcher un inconnu. Il ne savait pas que c'était Ziat, précisément, qui convoyait la drogue.

— Une seconde ! cria Silov en jetant l'Automotrice à l'assaut d'une colline, le précipice s'ouvrit devant eux, mais il réussit à tourner le volant à temps.

— Ziat a gardé le pistolet de Sadyk. Et c'est avec ce même pistolet qu'il a tiré sur Pak et Sabirdjon au Tchiroïli. Il savait que Sabirdjon le donnerait à Pak. Sabirdjon était l'assistant de Souvone et était au courant que le fils d'Inoïat transportait la drogue avec le cognac.

— Mais pourquoi Sabirdjon a-t-il choisi précisément ce jour-là pour donner Ziat ?

— Voilà pourquoi, à mon avis. Souvone, Ziat et Sabirdjon se sont retrouvés à la tchaïkhana d'Ourtchachma et Sabirdjon s'est rendu compte que cette ordure de Ziat ne l'avait pas seulement envoyé en taule mais que c'était lui-même un criminel et un trafiquant.

— Et ensuite ?

— Sabirdjon a cherché à me joindre pour convenir d'un rendez-vous. Seulement à ce moment-là, c'est le Grand Coréen qui était dans mon bureau. Sabirdjon n'avait pas beaucoup de temps, le convoi de drogue allait partir. Alors Pak a averti le chef de la Direction.

— Et le général ?

— Il a prévenu Souvone. Il leur a livré Pak…

Extraits de journaux :

« Rendons hommage aux organisateurs !

"Je voudrais féliciter le comité de l'organisation de l'Olympiade-80 pour le succès de la manifestation", a déclaré lord Killaneen, président d'honneur du Comité olympique international, lors de la conférence de presse organisée à l'aéroport de Cheremetievo-2 avant son départ de Moscou le 4 août. "Nous avons assisté à ces jeux et je regrette profondément l'absence d'un petit nombre d'athlètes qui n'ont pas pu y participer", a observé le président d'honneur avant de transmettre en guise d'adieux ses vœux aux athlètes soviétiques. Lord Killaneen a été accompagné à l'aéroport par le président du comité d'organisation de l'Olympiade-80, I. T. Novikov, le président du COI, KH. A. Sammaranch, le premier vice-président du COI, V. G. Smirnov, et le directeur du COI, Monique Berlue. Tass. »

Ils s'arrêtèrent au milieu du Pont-d'Or. Silov coupa le contact. L'obscurité, épaisse comme de la poix, recouvrit l'Automotrice. Seules, les cigales transperçaient le silence de leur cris assourdissants. En bas, invisible, le canal d'irrigation ronronnait dans sa couche de ciment. Ils descendirent de la voiture et écoutèrent quelques instants ce silence paisible et doux qui avait embrassé le monde.

Toura sortit le pistolet de Soatov de sa poche et le montra à Silov :

— Notre artillerie. J'ai peur que nos adversaires n'aient de meilleurs atouts.

— C'est ainsi, dit Silov. Nous n'avons le droit de tirer que s'ils ouvrent le feu. Je ne crois pas qu'il restera grand monde pour tirer.

Toura dit avec une note de mélancolie dans la voix :

— Tout dépend si Toulkoun arrive à temps…

— Pas tout à fait, quand même. Ils ne peuvent pas éviter le pont. Et, même après nous avoir tués, ils n'iront pas loin avec leur cognac.

— J'aimerais savoir comment tu les empêcheras de filer ?

— Très simplement. Un poids-lourd, chargé de toutes ses bouteilles, ne peut traverser le canal que par le Pont-d'Or...

— Et s'ils nous tuent ? demanda Toura. Rien ne le empêche de flanquer l'Automotrice dans le canal et de rejoindre la route.

— Il faut pour cela qu'ils franchissent le pont, répéta Silov. Et je ne le leur laisserai pas franchir.

Toura voulut lui demander comment il s'y prendrait, quand le crachotement d'une moto sur la route, accompagné du ronronnement solide d'un camion, attira leur attention.

— Et voici nos invités, dit Silov. Va par là, moi je reste près de l'Automotrice.

En un clin d'œil, il fabriqua une mèche dans un chiffon, ouvrit le réservoir, trempa le chiffon dans l'essence et le posa sur le capot.

— Tu ne crains pas d'abîmer la peinture ? demanda Toura, qui avait compris.

— Plus rien ne l'atteint, dit Silov en haussant les épaules. Ça fait longtemps que nous attendons ce moment, elle et moi. Va, maintenant, arrête-les. Je te promets qu'ils ne passeront pas le pont.

La lumière des phares illumina le rocher et un side-car surgit sur la route, suivi d'un grand camion bâché, roulant prudemment, évitant de secouer son précieux chargement. Le motard, en uniforme de la milice, aborda le pont.

— Il faut y aller, dit Toura ; il tapota Silov sur l'épaule et se dirigea vers le motard.

— Contrôle ! dit-il en désignant le bas-côté au side-car.

— On est de la maison, cria le motard. Tu es aveugle, ou quoi ?

Khalmatov reconnut la voix d'Alicher Gapourov.

— Contrôle ! cria plus fort Khalmatov.

Alicher freina. Il ne pensait pas rencontrer un poste de garde, puisqu'une heure auparavant, il n'avait rencontré personne sur la route d'Ak-Sou ! Le camion avait laissé ses codes allumés et attendait une centaine de mètres derrière.

— Tu ne vois pas que je suis de l'OBKhSS ? criait Alicher dans le noir.

— Vos papiers !

Alicher, qui ne parvenait pas à distinguer ce qui se trouvait hors de portée de son phare, s'approcha de Toura :

— Instructeur !

Il était confus.

— Alors, Alicher ? Te voilà convoyeur.

— Comprenez-moi bien, inspecteur, commença-t-il à expliquer rapidement. C'est Ravchan qui m'a donné l'ordre. Il a parlé avec Rakhmatoulla. Ravchan est mon supérieur, il a dit…

— Je comprends, Alicher, je t'avais prévenu.

— Je n'ai pas oublié. Que faut-il faire ?

— Tu es armé ?

— Comment ça, instructeur ?

Alicher retourna à son side-car, coupa le contact et, avant que le phare s'éteignît, une rafale d'automatique partit de la cabine du camion. Toura saisit Alicher et tous deux tombèrent dans le noir. Le starter du camion hurla et il se dirigea vers le pont. Ses phares découvrirent, au milieu du pont de bois, l'Automotrice et, caché derrière elle, Silov, le torchon imprégné d'essence dans la main.

Le camion, en première, s'ébranla, roulant sur eux, lorsque Silov sortit un briquet de sa poche et mit le feu au torchon. Au même instant, de nouveaux coups de feu retentirent et Silov, grimaçant de douleur, plaqua sa main sur l'épaule. De l'autre main, il fit tourner le torchon au-dessus de lui pour qu'il s'embrasât complètement et le lança dans le réservoir.

L'Automotrice, en explosant, emporta la moitié du pont, les planches imprégnées de créosote s'enflammèrent en une seconde, illuminant la nuit. Au même moment, pendant que le camion tentait, en marche arrière, de rejoindre la rive, en évitant les poutres qui s'écroulaient devant lui, une voiture arrivait par la route de Moubek. L'accès était définitivement coupé. Puis tout se calma, seul le feu grignotait le bois sec et les étincelles tombaient dans le ruisseau.

À l'intérieur du camion, on tenait conseil : la route de Darvaza, un cul-de-sac, était la seule issue, mais que faire des caisses de cognac ?

D'une minute à l'autre, Toulkoun Asimov surgirait de ce côté-là. Se dissimulant dans l'ombre des arbres, Toura s'approcha du camion et creva les pneus de deux coups de feu. L'air s'échappa en sifflant des chambres percées et le camion pencha sur le côté.

Le pont continuait de brûler. Toura jeta un coup d'œil derrière lui, tentant de repérer Silov dans les décombres, et découvrit une voiture garée au bord du canal. Quelques hommes en descendirent, vêtus d'uniformes sombres à boutons de métal et coiffés de képis à cocarde. On eût dit des bûcherons ou des pompiers. L'un d'eux cria quelque chose d'inaudible à l'intention de Toura. Les autres s'affairaient tout autour. Soudain, dans la lumière des flammes, Toura reconnut la silhouette maigre et sportive de Narijniak, en train de tirer en compagnie d'un autre homme le corps de Silov hors de l'eau. Les hommes de Narijniak se dispersèrent immédiatement, cherchant la protection de l'obscurité. Khalmatov cria :

— Narijniak ! C'est moi, Khalmatov ? Comment est-il ?

— Blessé… Il respire… lui parvint la voix aiguë et tendue du « spécialiste ».

Quelques minutes plus tard, les hommes de la brigade de Narijniak avaient rejoint l'autre rive du canal. Dans le noir, Narijniak, mouillé et frigorifié, se cogna contre Toura, mais ne le reconnut pas tout de suite :

— Ah, c'est vous ?

— Vous voyez…

Narijniak serrait un pistolet dans la main.

— Les renforts vont arriver d'Ourtchachma, avec Toulkoun Asimov. Qui sont ces hommes, avec vous ?

— Des gens de ma brigade. Je n'ai pas très confiance en la milice…

— Ce n'est pas le moment, dit Toura.

— J'ai décidé de les encercler. Personne ne doit s'échapper.

— Attirez leur attention. Je m'occupe du chauffeur.

Narijniak et ses hommes ouvraient le feu sur le poids-lourd, tandis que Toura, après avoir traversé la route, surgissait près de la cabine. Hélas, trop tard : le chauffeur, déjouant sa manœuvre, s'enfonça dans les buissons comme un sanglier. Toura extirpa le passager de la cabine : c'était Chamil, que sa prothèse avait empêché de fuir. Au dernier moment, il réussit à jeter un objet qu'il tenait dans la main : un revolver ? un coup de poing ?

— Je me rends, je me rends…

Un bruit de moteur parvint de la route d'Ourtchachma. Des hommes armés de fusils descendirent de deux Jigouli. Quelqu'un tira en l'air : Toulkoun Asimov prévenait de son arrivée. Des deux côtés du camion, les hommes de Narijniak se groupaient pour l'attaque.

Une ombre traversa la route. Toulkoun braqua la lumière sur un gros homme armé d'un pistolet : Toura reconnut Ziat Adylov. Toura se jeta en travers de sa route et entendit quelque part derrière le fausset désespéré du patron de la tchaïkhana :

— Je ne suis pas armé, criait Souvone, ne tirez pas, je me rends.

Ses glapissements furent couverts par le vacarme des cartons qui s'écroulaient et des bouteilles qui se brisaient. Par miracle, Toura réussit à rattraper Adylov et à écarter son pistolet. Lui-même ne songea pas à recourir à l'arme de Soatov : le règlement était le plus fort. Un milicien armé contre un bandit armé et qui tire le premier ne sont jamais égaux dans la bataille.

Toura frappait des poings, des pieds, de la tête, comme s'il s'en prenait à toute la noirceur qui avait empoisonné sa vie. Puis, ensanglanté, brûlé, couvert d'ecchymoses, il s'assit près de Silov et lui caressa le visage. Toulkoun ordonna à ses hommes d'approcher la Jigouli qui devait emmener Silov à l'hôpital d'Ourtchachma. Narijniak répartissait les prisonniers dans les voitures. On aidait quelqu'un à traverser le canal sur les planches, le tenant par la main. L'opération était terminée.

Toura sentit que ses forces l'abandonnaient.

La voiture s'arrêta devant l'entrée de la Direction régionale. Avant de descendre, Toura tendit le pistolet à Narijniak :

— Cette arme appartient à Soatov. Vous pouvez la lui rendre, si vous le jugez nécessaire. Je crois que je vais y aller.

Narijniak regarda devant lui sans répondre, puis soupira lourdement et dit :

— Je fais mon rapport dès aujourd'hui. Mais si je fais un seul faux pas, on m'arrache la tête.

Toura ouvrait la portière quand Narijniak lui posa une main sur l'épaule :

— Merci et pardonnez-moi. Je me suis trompé à votre sujet.

— Ce n'est rien, dit Toura.

Khaliaf n'était pas à son poste. On avait vidé l'aquarium et quelques flaques croupissaient sur les dalles de marbre. Personne ne demanda à Toura ses papiers. Il monta les escaliers, longea les couloirs et tout semblait mort autour de lui. Il entra dans l'antichambre d'Ergachev, le secrétaire se leva et essaya de lui dire quelque chose, mais Toura l'arrêta d'un geste et murmura entre ses dents :

— Ne t'avise pas…

Le secrétaire obéit et se rassit.

Toura poussa la porte du cabinet d'Ergachev. Le général était assis derrière son immense bureau, petit et desséché, infiniment solitaire, dans sa tunique tannée par le sel. Un désordre inhabituel régnait dans la pièce, jonchée de papiers déchirés et de notes froissées. Le cendrier était rempli de cendres noires. Le général brûlait les documents. Ça ressemblait à une évacuation. D'un pas lourd, Toura s'approcha de lui et le regarda dans les yeux.

Ergachev éclata de rire et ce rire était effrayant. Un rictus sinistre apparut sur son visage qui lui fit penser à un vieux chargeur déterré, rouillé et verdâtre.

— Alors, tu as obtenu ce que tu voulais ? demanda doucement Ergachev.

— J'ai juré que je retrouverais l'assassin de Pak, dit Toura sur le même ton et il s'étonna de n'éprouver pour le général ni haine ni colère. Il eut l'impression que son âme était morte. Ergachev hocha la tête et dit :

— Nos pères disaient que le seul espoir du disciple était

d'attendre le jour où il pourrait cracher à la figure de son bienfaiteur.

Toura demeurait debout, près du bureau, tentant de comprendre pour la dernière fois ce qui animait cet homme étrange, mais n'y parvenait pas. Son âme n'était qu'un concentré d'obscurité. Une obscurité profonde et effrayante.

Ergachev se leva et dit :

— Tu t'es détruit toi-même.

Il se retourna lentement et entra dans la petite pièce attenante à son bureau qui lui servait de salle de repos. Ses bottes de cheval grinçaient dans le silence. Puis Toura entendit la détonation et, une seconde plus tard, le bruit métallique et sourd de l'arme tombée par terre. Toura contourna le bureau et, par la porte, aperçut Ergachev, assis sur le divan, la tête renversée, la main dissimulant une tache rouge sur sa poitrine.

Toura resta à contempler le général pendant quelques instants puis tourna les talons. Que le chemin jusqu'à la porte lui semblait interminable ! Il arriva dans l'antichambre et dit au secrétaire pâle de terreur :

— Le général Ergachev vient de se suicider.

Puis il longea lentement le couloir, descendit l'escalier et entra dans le bureau de l'officier de garde, sans comprendre pourquoi tout le monde s'écartait sur son passage. Il voyait Enver remuer les lèvres mais n'entendait pas ce que lui disait son camarade. Les mots le heurtaient au visage et s'envolaient aussitôt comme s'il était vêtu d'une carapace de verre. Puis la carapace se brisa et le sens des paroles qu'Enver répétait sans cesse parvint enfin jusqu'à son cerveau :

— Instructeur, une dépêche de Tachkent. Votre famille a été victime d'un accident de voiture. Un camion… L'enquête est ouverte.

Toura s'assit, étonné par l'immobilité de sa propre

conscience, ne ressentant ni horreur, ni peur, ni douleur. Il ne songeait plus à son inculpation, ni au gentil vieillard Inoïat avec tous ses disciples, ni au notaire Rakhimov, qui connaissait l'adresse de Nadia et Oulougbek. Pas plus qu'il ne songeait au général Ergachev, à Silov, emmené à l'hôpital d'Ourtchachma, pas plus qu'à lui-même. Une seule idée oppressante avait envahi son esprit : le Père-Fils-Guide avait sûrement tout combiné lui-même et il revenait au vainqueur de payer la note.

Extraits de journaux :

« C'est une lutte acharnée et difficile que mène le groupe des juges d'instruction de la Procurature de l'URSS en Ouzbékistan. Personne n'avait imaginé que ce serait aussi complexe et que la toile d'araignée avait recouvert la République dans son ensemble. Après cinq ans d'enquête, un certain nombre de dirigeants ont été arrêtés, dont les secrétaires du Parti de l'Ouzbékistan, les premiers secrétaires des comités régionaux, de villes et de districts du Parti, le Premier ministre, le vice-président du Soviet Suprême, le représentant du Comité central du Parti, le vice-ministre de l'Intérieur de l'URSS, le ministre de l'Intérieur de l'Ouzbékistan et ses trois vice-ministres, les chefs des directions régionales de l'Intérieur, des fonctionnaires de organismes économiques et des Soviets… »
« La Pravda », 23 janvier 1988.

FIN

Cet ouvrage a été composé
par Infoprint.
Reproduit et achevé d'imprimer sur Roto-Page
par l'Imprimerie Floch à Mayenne
le 26 janvier 1995.
Dépôt légal : janvier 1995.
Numéro d'imprimeur : 37119.
ISBN 2-07-049423-3 / Imprimé en France.

67565